毛姆的

MAUGHAM'S ESSAYS ON READING

书单

［英］威廉·萨默塞特·毛姆 著

李亚飞 译

湖南文艺出版社
HUNAN LITERATURE AND ART PUBLISHING HOUSE

博集天卷
CS-BOOKY

图书在版编目（CIP）数据

毛姆的书单 /（英）威廉·萨默塞特·毛姆著；李亚飞译 .-- 长沙：湖南文艺出版社，2020.12
ISBN 978-7-5404-9772-9

Ⅰ.①毛… Ⅱ.①威… ②李… Ⅲ.①随笔—作品集—英国—现代 Ⅳ.① I561.65

中国版本图书馆 CIP 数据核字（2020）第 159264 号

上架建议：名家随笔

MAOMU DE SHUDAN
毛姆的书单

作　　者：［英］威廉·萨默塞特·毛姆
译　　者：李亚飞
出 版 人：曾赛丰
责任编辑：丁丽丹
监　　制：邢越超
策划编辑：刘　筝
特约编辑：王　屿
营销支持：文刀刀　周　茜
封面设计：UNLODK@ 广岛 Alvin
版式设计：梁秋晨
内文排版：百朗文化
出　　版：湖南文艺出版社
　　　　　（长沙市雨花区东二环一段 508 号　邮编：410014）
网　　址：www.hnwy.net
印　　刷：三河市百盛印装有限公司
经　　销：新华书店
开　　本：880mm×1270mm　1/32
字　　数：182 千字
印　　张：8
版　　次：2020 年 12 月第 1 版
印　　次：2020 年 12 月第 1 次印刷
书　　号：ISBN 978-7-5404-9772-9
定　　价：49.80 元

若有质量问题，请致电质量监督电话：010-59096394
团购电话：010-59320018

目录
Contents

Reading Notes
阅读与人生

Reading Notes

毛姆的书单

Reading Notes 阅 读 与 人 生

阅读应该是一种享受

尽管人人都应该谨慎于言语，但这绝非易事。我曾在《总结：毛姆写作生活回忆》一书中写道，经常有年轻人询问我应该如何读书，当时我并没考虑我的回答会造成怎样的影响。后来我又收到了各式各样的读者来信，都在询问我同样的问题。我尽自己最大的努力为他们作答，但是想要在一封私人信件中彻底解答这个问题，几乎是不可能的。鉴于有如此之多的人希望在此方面得到我的指导，我就简要地根据自己的娱乐性阅读以及求知性阅读总结几点建议，这或许是他们喜欢的。

首先，我坚持认为阅读是一种享受。当然，为了应付考试和获取知识，有许多书是我们不得不读的，读这类书当然谈不上是享受。我们是为了求知而读这类书，最大的希望就是通读全书的时候不觉得乏味。我们读这类书是出于被动，而不是心之所向。但这并不是我理想中的那种阅读。我在下文中所提及的这些书，既不能帮助你得到学位，也不能帮助你挣钱谋生；这些书无法教你如何驾船航行，亦无法教你如何让停滞的机器畅行无阻。但是它们能让你的人生更加充实。当然，只有你真正去享受阅读这些书的过程，才能从中受益。

我所谓的"你"是指那些有一定业余时间且热爱阅读的成年人，对他们来说，任何一本好书都是不容错过的。当然，我所针对的人群并不包括那些"书虫"。"书虫"们有自己的一套读书方式。他们的好奇心会将他们引向许多僻境，他们偏爱从那些被遗忘的佳作中获取快乐。我想谈的是那些长期以来获得广泛认可的伟大作品。按照常理来说，我们早应该读过这些作品，但遗憾的是，真正读过这些书的人少之又少。有这样一些杰作，它们早已被最优秀的评论家认可，在文学史上也占有举足轻重的地位，可如今却没有多少人能够把阅读这些作品当成一种享受。这些书仍被那些文学专业的求学者奉若经典，但是随着时代更迭、大众鉴赏品味的改变，它们的芬芳早已淡去。如今，人们阅读这样的作品需要极大的毅力。我来举个例子：我读过乔治·爱略特的《亚当·比德》，然而扪心自问，我不敢说我在阅读这本书的过程中感受到了快乐。我几乎是把它当成了一种任务：当我读完全书后，不禁长舒了一口气。

对于这类书，我没什么可说的。从自我角度出发，人人都是最好的评论家，无论那些学者怎样评价一本书，即便他们交口称赞，如果你对它完全不感兴趣，大可不加理会。别忘了评论家们也常常会犯错，在评论史上，纵使是那些最著名的评论家，也往往错误百出。你正在读的书有多大的价值，只有你自己才能做出最终评判，当然，这个原则也同样适用于以下我将为你推荐的书。我们每一个人都不尽相同，最多只是一定程度上的相似而已，因此，对我来说意义重大的作品，对你来说却未必如此。但是，我所要推荐的这些书确实让我收获颇丰，如果不是因为读过这些书，我也不会成为今天的我。因此，我要发出如下恳求：如果你仅仅是因为我的推荐才去读这些书，本身对它们并不感兴趣，那么请你作罢。因为如果你不能把阅读这些书当成一种享受，那么它们也无益于你。任何人都不应该把读诗歌、小说或其他任何可以被归为 belles-lettres [1] 一类的书籍当成一种义务。（我希望英语中也能有一个类似于 belles-lettres 的术语，但据我所知没有。）一个人必须快乐地去进行阅读，谁也无法保证能够带给某人快乐的书籍也同样能让其他人感到快乐。

但请不要认为这种快乐是不道德的。快乐本身都是好的，只是它所引起的后果，有时会让那些明智的人避之不及。快乐并不是粗鄙和肉欲。古往今来的智者们都认为只有获得真知的快乐最能带来满足感，而且最为持久。因而，养成阅读的习惯是大有益处的。没有哪种运动能让你到了中年以后仍然兴致不减；除了单人纸牌、打棋谱、填字游戏，其他任何娱乐项目都需要同伴。而阅读就没有这种不便。几乎没有什么活动可以像阅读这样——除了针线活，但针线活并不能安抚你躁动的内心——可以随时随地开始，当有其他事要做时，又可以立刻停下。没有哪项娱乐活动会像公共图书馆和廉价书籍那样唾手可得，同时带给你那么多快乐的日子。养成阅读的习惯就好比为自己构筑了一个避难所，几乎可以让你忘却生命中所有的不幸。我用了"几乎"这个词，因为我不想夸张地宣称阅读可以缓解饥饿的痛苦，或是

---

[1] 法语词，意为纯文学。——译者注

让单相思者得到情感上的慰藉。但是一些精彩的侦探小说和一个热水袋，可以让你忘却最严重的感冒。如果我们只是被动地去读那些让我们感到索然无味的书，试问谁还能养成阅读的习惯呢？

接下来，我会按照地域和年代顺序介绍一些作品，这样比较便利。不过，如果你已经决定要读这些书，也不一定非得按照我的这个顺序来依次阅读。我认为你最好根据自己的喜好来制定阅读计划，我也不建议你非得读完一本再读另一本。就我而言，我更倾向于同时读四五本书。毕竟，你每天的情绪都不一样，而且，即便在同一天，你也不会时时刻刻对同一本书保持同样的热情。我们必须让自己适应这种情况，我本人就是这样自然而然地养成了最适合自身的阅读习惯。早晨开始工作前，我会读一会儿科学或哲学方面的书，因为阅读此类书籍需要大脑处于清醒而专注的状态，这样能够激发我一整天的动力；当我完成了一天的工作之后，心情放松，不想再让精神处于高度集中的状态，我就读一些历史、散文、评论和传记；而到了晚上，我会读一本小说。除此之外，我总会在手边放一本诗集，这样兴致来了，我便可以翻上几页。我的床头也会放一本这样的书，可以随时翻阅，也可以在任意段落处停止，不过这样的书实在是少之又少。

跳跃式阅读和小说精简本

首先我要告诉读者，这本书中的文章是在怎样的契机下写成的。在美国时，有一天，《红书》的编辑找到我，让我列出心目中十部全世界最伟大的小说。我照他说的列出了书单，之后也没有多想此事。当然，彼时我的态度有些随意。其实我完全可以另选出十部小说，而且，从不同的角度来看，它们完全不逊色于我之前的选择，甚至我还能给出同样充分的理由来证明它们的伟大。如果我们请来一百个饱览群书、学识渊博的人来列这份书单，恐怕其中至少会出现两三百部小说的名字。不过我相信，我选择的这些书会出现在大部分人的书单上。

对于这样的问题，出现观点不一的情况是很正常的。一部小说，可以由于各种原因吸引人，即便是再挑剔的读者，也会对其优点大加赞赏。可能他读这本书时正处于人生的某一阶段或是某一特定的环境，导致他非常容易受到触动；又可能是由于他的爱好或个人遐想，导致这本书的主题或是情节设定对他产生了非常重要的意义。我能够想象，一位狂热的音乐爱好者或许会将亨利·汉德尔·理查森的《莫里斯·格斯特》列入十佳书单；一个五镇[1]居民则会对阿诺德·本涅特笔下的当地风土人情赞不绝口，他的书单里必少不了《老妇谭》。这两部小说都非常优秀，但是我不认为它们能够入选世界十佳。读者的国籍会让他对某些作品尤为偏爱，以至于对它们做出过高的评价。

　　18世纪，英国文学在法国很受欢迎，但此后直至今日，法国人对本国以外的所有文学作品都毫无兴趣。我完全不认为一个法国人会像我这样将《白鲸》列入自己的十佳书单，如果他真的涉猎广泛，或许会想到《傲慢与偏见》；不过拉法耶特夫人的《克莱芙王妃》一定是他的必选项。他完全有理由做出这样的选择，因为《克莱芙王妃》一书的确有突出的优点，它是一部伤感的心理小说，而且或许是第一部心理小说。这部小说的情节非常感人，人物刻画到位，语言优雅脱俗，架构简单清晰。它所反映的社会状态对每一个法国男学生来说都再熟悉不过了，而读过高乃依以及拉辛作品的他们对于其中的道德氛围也很清楚。这部小说结合法国历史上最辉煌的时期显现出了无限魅力，它对法国文学的黄金时代做出了巨大贡献。不过，英国读者则会认为主人公们高高在上的姿态似乎太过于刻板，他们的对话有些装腔作势，而他们的行为简直让人觉得不可思议。我并不认为这种观点完全正确，然而，只要有人持有这种观点，那么他就绝不会把这部颇受赞誉的小说列入世界十佳。

　　我在为《红书》列出推荐书单时，写了一条简短的注释："那些

---

[1] 英国地名，旧时为伯斯利、汉桥、克尼普、朗肖、特恩希尔的合称，如今的五镇已经成为斯托克城。

聪明的读者如果能学会跳跃式阅读，他们就能从阅读中获得最大的快乐。"聪明人绝不会把阅读小说当成一种任务，他完全是为了消遣。他对小说中的人物感兴趣，他关心他们在特定的环境里会有怎样的举动，以及他们会有怎样的遭遇。他和他们悲喜与共，将自己置于他们的境地，在一定程度上，他让自己活在了故事之中。故事中人物的言语和行为所体现出的人生观，以及他们对于人类的思考这种伟大命题的态度，都会在读者心中激起波澜——或是惊讶，或是愉悦，或是愤慨。不过，读者还是本能地知道自己的兴趣所在，他凭借自己的本能寻找自己感兴趣的章节，就像猎狗寻觅狐狸的气味一样。某些时候，由于作者的失误，读者会迷失方向，感到无所适从，直到再次发现自己感兴趣的内容才会释然，而跳跃式阅读便是这样形成的。

每个人都会跳读，但若想在跳读的同时又不降低阅读质量，并不容易。在我看来，即便跳读不算是一种天赋，也是需要积累大量阅读经验的。约翰逊博士就非常擅长大篇幅地跳读，包斯威尔曾告诉我们：他具有一种得天独厚的才能，可以毫不费力地通读一本书，并获取其中精髓。包斯威尔所指的当然是那些信息类或是教化类的书籍。如果一部小说也让人感到读起来很费力，那就没有必要读了。遗憾的是，几乎没有哪部小说可以让读者兴致不减地从头读到尾，接下来我会讲讲这其中的原因。跳跃式阅读或许是一种不好的阅读习惯，但读者也是不得已而为之。读者一旦学会了跳读，就很难停下来，并有可能错过很多有价值的内容。

正是由于存在很多这样的读者，在我为《红书》开列书单后不久，就有一位美国出版商提出要以精简本的形式出版我提到的那十部小说，并邀请我为每部小说撰写序言。他的想法是略去所有细节性描写，只保留作者想要叙述的故事以及所要表达的思想、人物性格。这样，读者将更容易接受这些优秀的小说——如果不将书中大量的枝枝蔓蔓去除，读者就不会阅读这些小说。精简后的书中都是有价值的内容，读者便可以尽情享受阅读带来的巨大快乐了。

起初，我不以为然，但是转念一想，尽管我们当中有些人已经掌握了跳读这项本领，并且获益匪浅，可大多数人却无法做到这一点，如果有一个经验丰富且有辨识能力的人帮他们将书中的内容加以提炼，也是大有裨益的。当然，我也很乐意为这些小说撰写序言，于是我就开始了这项工作。一些文学专业的学生、教授和评论家不免会对这样的删减之举大为震惊，他们认为文学作品必须阅读原稿。而我认为，能否删减关键取决于作品本身。比如说，像《傲慢与偏见》这样扣人心弦的小说，在我看来就容不得半点删减；还有像《包法利夫人》这样结构紧凑的小说亦是如此。见解独到的评论家乔治·桑兹伯利曾写道："很少有小说能够经得起缩减，就连狄更斯的作品也不例外。"删减文学作品这件事本身无可厚非，许多剧作在排演过程中都经过或多或少的删减。多年前的一天，我和萧伯纳共进午餐时，他告诉我，他的剧作在德国的反响要好过在英国，他将此归因于英国民众的愚蠢和德国民众的睿智。然而，他错了。在英国，他坚持保留剧本中的每一句台词。而我在德国所见的他的剧作，导演将所有与主题无关的台词全部删除了，因此，观众才能完全沉浸于戏剧所带来的享受中。不过，我想最好还是不要告诉他实情。讲到这里，我不免要问，小说为什么就不能做类似的删减呢？

柯勒律治曾这样评价《堂·吉诃德》，他说这本书只要从头至尾读上一遍就足够了，若要再读，随意浏览几页便可。他大概是认为该书的很多篇幅乏味冗长，甚至荒谬，只要你意识到这一点，也就不必花时间再读一遍了。这是一部非常伟大而有意义的作品，一个自诩为文学研究者的人自然要通读该书（我曾从头至尾将这本书的英文译本读过两遍，西班牙文原版我读过三遍），但是我不能不考虑一下那些普通读者，那些为了娱乐而读书的人。即便他们不读那些索然无味的部分，对他们来说也丝毫没有损失。他们会更沉浸于豪迈骑士以及他忠实仆人的那些精彩的冒险和生动的对话中。事实上，就有一位西班牙出版商将该书中所有精彩的故事集结成了一本书，而这本书读起来也很有意思。还有一部小说，虽然谈不上伟大，但也非常重要，是塞缪尔·理查逊的《克莱丽莎》。该书篇幅极长，只有那些最有毅力的读者才能读完。如果不是恰好看见了这本书的精简本，我恐怕是不会去碰这部作品的。而我所读的这个精简本确实不错，我在阅读的过程中并未感到有任何缺失。

我想绝大多数人都会认同马塞尔·普鲁斯特的《追忆似水年华》是本世纪[1]最伟大的小说。普鲁斯特的狂热崇拜者们对他作品里的每一个字都读得津津有味，当然，我也是其中一员。我曾经大言不惭地说过，我宁愿读普鲁斯特的作品直到心生厌倦，也不会为了取乐去读其他作家的书。但是，在将他的书读了三遍之后，我不得不承认，他的作品中也并不是所有内容都那么有价值。我认为，因受到时代思潮

---

[1] 指20世纪。

的影响，普鲁斯特的作品表现得冗长而散漫，这种写作手法如今已遭到一定程度的摒弃，而依然采用该手法写作的作品略显陈腐，未来的读者将不会再对此类作品感兴趣。我觉得，未来的读者或许会将普鲁斯特当作一位了不起的幽默作家来看待，而他所塑造的人物独具特点、丰富多样、栩栩如生，这足以令他的文坛地位等同于巴尔扎克、狄更斯以及托尔斯泰。或许有一天，他的这部鸿篇巨制也会出现精简本，那些没有经得起时间考验的篇幅将被删除，只有那些真正有价值的内容才能得以保留，它们是这部小说的精髓，是真正吸引读者的地方。那时，《追忆似水年华》仍然是一部伟大的长篇小说，但是它的精简本可能会更被认可。

安德烈·莫洛亚写过一本很不错的传记作品——《追忆马塞尔·普鲁斯特》，从其复杂的描述中我了解到，作者原本打算将他的这部小说分为三部出版，每部约四百页。然而在后两部即将印刷时，第一次世界大战爆发了，因此该书被推迟出版。普鲁斯特当时的身体状况很差，无法参战，于是他花了大量时间为小说的第三部分增加篇幅。据莫洛亚叙述："增加的内容多半是心理描写以及哲学论述，是智者（我认为指的就是作者本人）对作品中人物行为的评价。"莫洛亚还写道："我们可以将这些内容编成一系列具有蒙田风格的散文，例如'音乐的作用''文艺的创新''形式美''稀有性格类型'和'论医学鉴定'等。"这是个不争的事实，但这些内容是否能够增加这部小说的价值，我认为还有待商榷，这取决于你对"小说"这种文学体裁的基本功能持何种态度。

对于这一点，不同的人有不同的观点。赫伯特·乔治·威尔斯写过一篇很有趣的散文《当代小说》，他在文中提到："在我看来，当今社会的发展引发了一系列不可调和的问题，而小说是唯一能够让我们对其中的大多数问题进行讨论的媒介。"在将来，小说会成为"整个社会的协调者，相互理解的渠道，自我反省的工具，道德的体现，生活方式的交流，风俗的汇集地，以及对法律制度、社会教条观念的批判……我们会通过小说来研究政治问题、宗教问题和社会问题"。威尔斯不认为小说只是一种消遣的方式，他曾经明确表示自己无法将小说当作一种艺术形式。奇怪的是，他也非常抵触别人将他的小说称为宣传物。他说："在我看来，宣传物这个词仅适用于某些党派、教会或是某种学说。"时至今日，这个词的意思已经变得非常宽泛，它表示以某种方式让别人接受你的观点，其中包括口头的言语、书面的文字、广告以及各种千篇一律的媒介，你要想方设法地让别人认为你对事物的真假、好坏、公正与否等方面的判断是正确的，所有人都应当接受并以身作则。而威尔斯的几部代表作都旨在传播某种学说和原则，当然属于一种宣传物。

根本问题在于，小说算不算是一种艺术形式？其宗旨是教导读者还是愉悦读者？如果其宗旨是教育，那它就不算是一种艺术形式。因为艺术的宗旨是使人愉悦。这一点是诗人、画家以及哲学家一致认同的。然而，由于基督教总是教导人们要对带来愉悦的事物保持警觉，将其视为诱捕灵魂的陷阱。不过，我更倾向于将愉悦视为一种美好，但某些一时之乐会酿成恶果，所以避开它们才是明智之举。人们通常会将愉悦视为感官上的满足，这很自然，因为感官上的愉悦比精神层面的愉悦表现得更为强烈。但这无疑是一种谬误，因为感官上的愉悦和精神上的愉悦是同时存在的，虽然精神上的愉悦不如感官上的愉悦表现得那么强烈，但前者更为持久。对于"艺术"一词，牛津词典给出了这样的定义："与个人审美相关的技能，如诗歌、音乐、舞蹈、戏剧、演讲、文学创作等等。"这个解释很不错，只是应该再做如下补充："尤其是通过现代工艺，完美地借助对象本身，展现自身的技能。"我认为这是每一位小说写作者的目标所在，不过我们都知道，没有哪位小说家能够真正达到这一目标。我想我们可以将小说称为一种艺术形式，或许它算不上是一种特别高雅的艺术，但终究属于艺术范畴。从本质上说，它是一种并不完美的艺术形式。关于这个概念，我在各地的演讲中都曾提及，如果现在再要我说，也是乏善可陈，我还是简单地借用演讲中的一些内容吧。

我并不赞成有人将小说当成说教场，我认为这样会误导读者，使他们认为这样就能轻易地获取知识。知识的获取是一个非常艰辛的过程。打个比方，我们会将苦涩的药粉裹在甜美的果酱中一口吞下；同样，如果能将有益的信息加入小说中供读者阅读，那固然好。但事实上，在过于甜美的环境中，药粉还是否有效，我们就不得而知了。因为小说家所传递的知识，不免带有个人的主观意识，所以并不可靠。如果只能了解被歪曲的事实，那还不如不去了解它。我们没有理由要求小说家除了会写小说，还要在其他方面有所建树。他只要能够写出优秀的小说就足够了。他需要对各类事物都有所了解，但没有必要成为某一领域的专家，那样甚至会阻碍他的小说事业。要知道羊肉的味道，只需品尝一口羊肉，并不需要吞下整只羊。浅尝其味后，小说家便可以通过自己的想象力和创造力，向读者描述一顿美味可口的爱尔兰炖羊肉。然而，如果他又进一步地发表了自己对牧羊业、羊毛工业的看法，甚至谈及他对整个澳大利亚的政治观点，这样的作品我们还是不读为妙。

小说家总摆脱不了自身的偏见。他所选择的题材、他所创造的人物，以及他对这些人物的态度无一不受到他的偏见的影响。他笔下的一切都是他个性的流露，是他的内在天性、感受以及经历的表现。无论他如何竭力保持客观，他终究受制于自身的偏见。无论他如何竭力秉持公正，他都会有所偏向，这就好比是灌了铅的骰子一样。在小说开篇，他就会诱导你注意某个人物，并对该人物产生兴趣及共鸣。亨利·詹姆斯曾不止一次强调，小说家必须具有戏剧性。这一说法或许表达得不太确切，但实实在在地表明小说家必须用自己的素材吸引读者。在必要时，小说家会牺牲真实性和可靠性来达到这一效果。当然，我们也都了解，小说的创作完全有别于科普类和信息类作品。小说家的宗旨并不是对读者进行说教，而是要让读者感到愉悦。

什么是好小说

现在，我要冒昧地谈谈一部好的小说应该具备哪些特点。

首先，其主题必须能够引起读者的广泛兴趣。我的意思是它不能仅仅让某个小群体产生兴趣，它的受众不能仅仅是评论家、学者和知识分子，也不能仅仅是公共汽车售票员和酒保，它必须广泛地被普通男女所接受。同时，其主题还应该使读者保持持久的兴趣。作为一名小说家，如果选择只能引起一时兴趣的题材来写作，未免太过草率。因为这种题材一旦让人失去了兴趣，就会像过期的报纸一样毫无价值。作者所描述的故事还应该条理清晰、有说服力。开端、发展、结尾都必不可少，结尾必须是由开端自然发展而导致的。

故事情节要合乎情理，不但要促进主题的展开，还应当在故事中形成。

小说中的人物要个性鲜明，他们的行为应该符合他们的性格，不能让读者做出这样的评论："某某人是绝不会这么做的。"相反，要让读者心悦诚服地说："某某人这么做，完全合乎情理。"我认为，如果这些人物能够再有趣一些，就更好了。福楼拜的小说《情感教育》虽然受到了众多优秀评论家的高度赞扬，但该书的主人公是一个毫无特点、死气沉沉的人，他的所有行为以及发生在他身上的所有事情都无法吸引读者。因此，尽管这部作品还有很多亮点，但终究无法让人畅读下去。

我想有必要解释一下，为什么我说小说中的人物要个性鲜明。因为小说家几乎不可能创造出全新的人物，小说家所拥有的素材是人性，尽管人性形形色色，但并非无限的。而小说、故事、戏剧、史诗的创作已经延续了数千年，因此，创造出一个全新人物的可能性非常渺茫。纵观整个小说史，唯一让我觉得具备独创性的人物是堂·吉诃德，然而，当我听说某位学识渊博的评论家发现了一个堂·吉诃德式的古老人物时，我并不感到惊讶。只要小说家能够通过个性来观察自己笔下的人物，并让人物的个性鲜明到使读者觉得这完全是一个独创性人物，便已足够了。

人物的行为需要符合其性格，人物的语言亦是如此。身份高贵的女人说话，就应该像身份高贵的女人；街边的妓女说话，就应该像街边的妓女；兜售马场门票的小厮或是律师说话都应该符合其身份。（梅瑞狄斯和亨利·詹姆斯笔下的所有人物都在以作者本人的腔调说话，这无疑是一个弊病。）小说中的对话不能没有条理，也不能被用来表达作者的观点。它必须服务于人物的刻画以及故事情节的推动。叙述性的段落应当生动、直奔主题，要符合人物的动机以及他们所处的环境，做到清晰而令人信服，切忌太过拖沓。文章的表达要简洁，让普通读者也能够轻松地阅读，表达方式要与故事内容相协调，就像剪裁良好的鞋子正适合匀称的脚。

最后我要说的是，小说还应当给人带来娱乐。虽然我把这一点放在最后来说，但这是最基本的要素，少了该要素，其他的一切就都没有意义了。在带来娱乐的同时，一部小说越能引人思考，就越有价值。"娱乐"这个词有很多层含义，其中之一就是供人消遣。人们通常会错误地认为，在娱乐的多层含义中，消遣是最为重要的。其实，相比《项狄传》和《老实人》这样的作品而言，《呼啸山庄》和《卡拉马佐夫兄弟》在娱乐性方面也毫不逊色。它们的感染力不同，却同样真实。当然，小说家有权利写那些和人类紧密相关的伟大题材，比如说上帝的所在、灵魂的不朽、生命的意义和价值。不过，当他的作品涉及这些题材时，最好不要忘了约翰逊博士的一句名言："关于上帝、灵魂以及生命的话题，没有人能够发表任何新颖而真实或是真实而新颖的见解。"纵使这些题材是故事中不可或缺的元素，而且对小说中人物性格的塑造起着至关重要的作用，甚至影响到人物的行为（换言之，如果没有这些题材，人物的行为就会发生改变），小说家也只能寄希望于读者对他所写的题材感兴趣。

即便一部小说具备了以上我提到的所有优点（这是非常不容易的），其在形式上也会或多或少地存在缺陷，就像玉石上总有瑕疵，很难尽善尽美。所以说，真正完美的小说是不存在的。通常情况下，一部短篇小说可以让读者在十分钟到一个小时的时间内读完（具体时间根据其篇幅而定），由于它具有单一而明确的主题，可以完整地叙述一个事件，或是在精神上、物质上相关联的一系列事件。它的内容基本上没有任何增加或减少的余地。

所以我认为，短篇小说是可以做到完美的。而且，我相信要找出一些这样的短篇小说也不是什么难事。可是小说的叙事篇幅终究是很难被限定的：它可以是《战争与和平》那样的鸿篇巨制，也可以如

爱听故事是人类的天性

为了自我提高，我一生中读了许多谈论小说的书籍。总的来说，这些书的作者都和赫伯特·乔治·威尔斯一样，认为小说不应当被视为一种消遣方式。他们无一例外地表示，故事对一部小说来说并不是至关重要的。事实上，他们将故事视为小说中的一层障碍，因为故事会使读者的注意力分散，从而忽视小说中的那些重要因素。他们似乎并没有意识到，故事实际上是小说家为了抓住读者而扔出的一根救生绳索。在他们看来，单纯地叙述故事是小说走向沉沦的一种体现。我觉得这种观点真是匪夷所思，因为对人类而言，听故事的欲望是根深蒂固的，就如同他们对财富的欲望一样。自古以来，人们就喜欢聚在篝火旁或市井处听别人讲故事。这种欲望从未减退，从如今侦探小说的大受追捧就可见一斑。

小说家要会讲故事，这是个不争的事实，但如果仅仅把小说家当作编故事的人，这实在是一种侮辱。当然，我敢打包票，没有人会如此蔑视小说家。小说家通过他选择叙述的事件、他选择的人物以及他对人物的态度，对生活进行批判。这样的批判或许并没有什么独到之处，也谈不上深刻，但它已成既定事实。结果，就连小说家本人都没有意识到，他已经通过这种简单的方式变成了一位道德家。不过道德不同于数学，算不上追求精确的科学。衡量道德的标准不是一成不变的，它与人类的行为相关，而我们都知道，人类的行为是复杂多变的。

我们生活在一个纷乱的世界，而小说家要做的就是关注它。未来的一切都是未知之数，我们的自由始终会受到威胁。我们总是在焦虑、恐惧以及挫折中挣扎。那些长期以来根深蒂固的道德观念，现在看来已经过时。然而，小说家们很清楚，这些严肃的话题会使读者感到小说内容过于沉重，不愿继续阅读。举例来说，由于避孕药的出现，保持贞洁的传统道德观念变得不合时宜。小说家们很快发现了由此导致的两性关系变化，为了维持读者的兴趣，他们频繁地让作品中的人物发生男女关系。我不确定这样做是不是明智之举。切斯特菲尔德爵士对于两性关系发表过这样的评论："这种欢愉只是一时之快，场面荒谬，代价沉重。"如果他还活着，读了现代小说，他还会加上一句：行为单调，叙述冗长，乏味至极。

如今的小说越来越重视表现人物，而非单纯地描述事件。毫无疑问，表现人物是至关重要的，读者必须熟悉小说中的人物并与其产生共鸣，才会进而关心发生在人物身上的事件。不过，突出人物、弱化事件只是小说的一种处理手法。相反，单纯地叙述事件并对人物描写一带而过，这种处理手法同样有其存在的意义。事实上，有许多优秀的小说都采用了这种写作手法，例如《吉尔·布拉斯》和《基督山伯爵》。如果《一千零一夜》中的山鲁佐德[1]只会刻画人物，而不知道那些光怪陆离的故事，那她早就性命不保了。

---

[1] 因夜复一夜给国王讲故事而幸免于死的新娘。

两种常见的写作手法

　　小说的写作手法大概可以分为两类，而这两类手法各有优缺点。一类是第一人称写法，另一类是全知视角写法。在运用全知视角写作时，作者会将他认为你应该获悉的一切告知于你，以便你深入故事、理解人物。他可以通过内部描写来刻画人物的情感和动机，比如在描写某个人物穿过街道时，作者会告诉你，他为什么要这么做，接下来会发生什么。他可以同时关注一系列的人物和事件，随后又可以将他们搁在一边，再去关注其他人物和事件，这样就能使故事变得更加复杂，呈现出生活的复杂性和多样性，从而重新激发读者的兴趣。这种写作手法的缺点在于，小说中的一部分人物相比于另一部分人物会显得乏味。例如，在我们熟悉的《米德尔马契》一书中，当读者读到那些他不关心的人物时，就会感到厌烦。而且，以全知视角写作的小说还有可能在内容上显得冗长、凌乱。

　　对于这种手法的运用，没有人能胜过托尔斯泰。然而，即便是托尔斯泰，也无法完全摆脱上述这些缺点。这种写作手法对作者的要求甚高，几乎没有人能够完全符合要求。作者必须洞悉其笔下的每一个人物，切身去体会其感受及想法。然而，对作者来说，也存在一定局限，他必须与笔下人物存在共性，才能做到这一点。否则，他只能以旁观者的角度来观察人物，而这样凭空捏造的人物往往缺少说服力，无法完全使读者信服。

我认为，亨利·詹姆斯之所以非常在意小说的表现形式，是因为他早已意识到了这些缺点，于是他从全知视角写法中衍生出了一种新的写作手法。在用这种手法创作时，作者仍然是无所不知的，但他的无所不知仅限于一个人物，而该人物对于周围的一切并不是无所不知的。举例来说，当作者写到"他看见她露出了微笑"时，他是无所不知的；可当他写到"他看见了她微笑中流露出的嘲讽"时，他就不是无所不知的了。他把嘲讽归因于她的微笑，或许毫无根据。亨利·詹姆斯很清楚这种写作手法的实用性，从他对以下这个人物的刻画中就不难看出。

在他的小说《使节》中，斯特瑞塞是个非常重要的人物，作者通过描述他的所见、所闻、所感、所想以及他的猜测，来推进故事，并展示其他相关人物。因为作者觉得这样写可以让故事简洁，避免生出复杂的枝蔓，他的小说结构也变得非常紧凑。此外，这样处理还提高了作品的真实性。因为读者的注意力都集中在一个人物的身上，很自然地就会相信作者所描述的一切。作者通过故事中的人物传递了读者应该获知的情节；读者也因为一步步地了解到充满疑惑、未知的故事情节，而享受到了阅读的乐趣。这种写作手法能让小说具有侦探故事中的那种神秘感以及戏剧性，这也正是亨利·詹姆斯一直以来所追求的。然而，这样一点点地泄露故事情节也有不足之处，因为读者或许会比故事中追寻真相的人物更加机敏，还没到作者预设的时间点，就猜到了答案。我想，每一个读过《使节》这本书的人，都会越来越忍受不了斯特瑞塞的愚钝。事实就摆在面前，他身边的每个人都一清二楚，只有他还是一头雾水。对于尽人皆知的事情，斯特瑞塞却还在胡乱猜测。这一点也表明，该写作手法是存在缺陷的。无端将读者当成傻瓜，这实在不是明智之举。

不过，既然大部分小说都采用了全知视角的写法，那就说明小说家们早已发现这种写作手法对于一些难点的处理基本还是令人满意的。然而，第一人称写法也具备一定的优点。亨利·詹姆斯就是用这种方法，使叙述更加逼真，同时也强调了自己的观点，因为他所叙述的一切都是他自己所见、所闻、所经历的事情。19世纪英国的那些伟大的小说家都喜欢采用这种手法写作，导致他们的作品杂乱无章，一方面是由于出版商的干涉，另一方面是由于他们民族的特性。第一人称写法的另一个优点是可以让读者产生共鸣。读者本身可能并不喜欢该人物，但他完全占据了你的注意力，使你不得不对他产生共鸣。

然而，这种写作手法也有一个弊端。以《大卫·科波菲尔》为例，叙述者同时也是主人公，由他嘴里说出自己是多么相貌堂堂、魅力出众，不免有失偏颇；他若夸耀起自己的英勇之举，又会显得过于自负；当读者都看出女主人公喜欢他时，他自己却浑然不知，又显得太过愚蠢。而且，这种写作手法还有一个最大的缺点：小说中的叙述者，即中心人物，与周围的人物相比，显得过于苍白。还没有哪位以该手法写作的小说家能够完全克服这一弊病。我暗自思考了一番，得出的唯一可能性就是，作者在主人公身上看到的是他自己，他主观地判断人物的内心感受，叙述他所见到的一切，导致人物变得迷惘、优柔寡断；但是，当他借助于想象力和直觉从外部客观地观察其他人物时，如果他具备狄更斯那样的天赋，就会从戏剧性的角度出发，饶有兴致地进行分析，各种古怪性格成为他的乐趣所在，这样创造出的人物会更加生动、突出，相比之下，作者的自我写照就会黯然失色。

还有一类以该手法创作的小说曾经风靡一时，即书信体小说。当然，其中的每一封书信都是以第一人称来书写的，只不过这些信都出自不同人之手。以这类手法创作的小说都极具真实感，很容易让读者相信这些都是真实的信件，它们确实是某人所写的，这样一来，小说家便成功抓住了读者的心。现在，真实性是小说家们最为重视的：他想要让读者相信他所叙述的事情是真实发生过的，即便是像明希豪森男爵经历的那种离奇事件，或是卡夫卡的《城堡》中耸人听闻的故事，也不例外。此类故事在叙述上迂回曲折，而且在情节编排上也太复杂。这些书信往往过于琐碎，而且偏离了主题。所以读者们对于这类小说越来越厌恶，这也导致了这种写作手法的消失。不过，还是有三部书信体小说可以称为佳作，那便是《克莱丽莎》《新爱洛绮丝》以及《危险的关系》。

不过，在我看来，有一类以第一人称写法创作的小说，不仅避免了以上所述的种种缺点，还很好地利用了自身的优点。或许这是最便捷、最高效的小说写作方式。赫尔曼·麦尔维尔的《白鲸》便很好地使用了这一写作手法。在这部作品中，作者以第一人称进行叙述，但他并不是作为主人公来讲述自身的故事，他是故事中的一个人物，与其他人物或多或少有一些关联。他的角色并不决定故事走向，只是其他人物的知己，他所充当的是仲裁者和旁观者的角色。就好像是希腊悲剧中的合唱队，他对自己目睹的一切进行反思；他可以哀叹，也可以提出建议，但不会影响整个事件的发展。他对读者敞开心扉，把自己所知道的、希望的、担忧的都告诉读者，当他感到困惑时，也会坦率地告知读者。而亨利·詹姆斯在《使节》一书中，为了避免主人公斯特瑞塞将自己试图隐瞒的事情泄露给读者，就把他写得愚蠢不堪，实在没有必要。相反，作者完全可以让他保持机敏、睿智。在整个故事中，叙述者和读者对人物以及其性格、动机、行为会产生同样的兴趣；叙述者会让读者对这些人物持有和他相同的感受。他营造出的效果，和作者本人作为小说主人公所营造的效果具有等效的真实性。同时，他可以把主人公描述成一个英雄，让他的形象光芒万丈，但如果以主人公本人来作为叙述者，不免会引起读者的抵触情绪。这类小说写作手法能拉近读者与故事中人物的距离，提高真实性，无疑值得我们推崇。

建立属于你自己的哲学体系

当我成为一名医科大学生后，我进入了一个新的世界。我读了大量医学方面的书籍。通过阅读这些书我了解到，人就是一台机器，按照机械的法则运行着，一旦这台机器停止了，那么人的生命也就走到了尽头。我在医院里看到了人们死亡的过程，这让我惊恐不已，同时也更加确信书本上的内容。我相信宗教和上帝的概念是人类在进化过程中由于生存所需而虚构出来的，这种概念在某一时期代表着某种有利于人类生存的价值，不过，我们只能通过历史层面对其进行解释，无法探究它的现实意义。虽然我是个"不可知论者"，但我骨子里认为一个理智的人绝不应该相信上帝的存在。

可是，如果根本不存在那个将我投入永恒之火的上帝，也没有任何可以被投入火焰的灵魂；如果我只是机械力量的玩物，被来自生存竞争的推动力所驱使，那么曾经受到过的向善的教导又意义何在？于是我开始阅读有关伦理学的书籍。我曾经仔细研读过许多令人望而生畏的巨著，我得出这样一个结论：人生的目的仅仅是追求自身的快乐，那些舍己为人的行为只是出于一种自我幻想，他们以为自己所追求的就是作为一个奉献者所得到的满足感。既然未来不可预知，那么及时行乐理应是一种常识。在我看来，对与错仅仅是两个词，所谓的那些行为准则不过是人们为了一己私利而约定俗成的。真正自由的人根本无须遵循这些规则，除非他认为它们并不会束缚自己。那个年代流行格言，于是我也将自己的信念编成了一条用于自勉的格言：随性而为，毋犯法律。二十四岁那年，我已经建立了一套完整的哲学体系，它主要有两条基本原则：事物的相对性和人类的圆周性。后来我才发现，事物的相对性并不算是我独创的理论，人类的圆周性却颇为深刻，然而现在我绞尽脑汁也想不出它的含义了。

一个偶然的机会，我在阿纳托尔·法朗士《文学生涯》的某一卷中读到了一个小故事，我非常喜欢。虽然时隔多年，可至今我记忆犹新——一位年轻的东方国王，登基后一心想治理好自己的国家，他召集了举国上下的有识之士，命令他们将全世界的箴言酌句编纂成书，供他阅读，这样他就能学会如何更好地施行王道。这些有识之士带着王命离开，三十年后，他们领着一支背有五千本书的驼队回来了。他们回禀国王，这五千本书包含了普天之下所有的智慧。然而国王忙于朝政，根本没有时间阅读这么多书，于是他命令这些有识之士对这些书进行精简。十五年后，他们又回来了，这一次，他们领着一支背有五百本书的驼队，他们告诉国王，这五百本书也包含了世间所有的智慧。可是五百本书还是太多，于是国王下令再做精简。又过了十年，他们带了五十本书回来。然而国王年老体迈，已经没有精力去读这五十本书了。于是他下令再做一次精简，要将人类所有的智慧浓缩在一本书里。这些有识之士再次奉命离开，又过了五年，他们也变成了老人。而他们苦心编纂的那本包含了人类所有智慧的书也终于被送到了国王手中，可是国王已经行将就木，就连一本书也读不了了。

我也想找一本这样的书，它能够解决所有困扰我的问题。这样一来，我就可以放手去追求属于我自己的生活模式了。我不断地阅读，从古典哲学家到现代哲学家，想从他们身上汲取我所需要的养分。但我发现他们的观点很不一致。我很认可这些作品中那些评判性的内容，不过对于那些建设性的内容，虽然我提不出什么否定意见，但也无法完全赞同。尽管我知道这些哲学家学识渊博、思维缜密、条理清晰，但我认为他们各持一家之言，并不是出于理性，而是由他们各自的气质决定的。否则，我根本想不明白他们各自之间的见解为何会有如此大的差异。印象中，我在某本书里读到过费希特的一句话：一个人持有怎样的哲学观点取决于他是一个怎样的人。这句话让我意识到，我所寻找的东西或许根本不存在。我认为，既然从哲学的角度出发，并不存在适用于每个人的真理，只存在符合个人气质的真理，那我只好缩小我的搜索范围，去寻找那些符合我审美的哲学家。因为我们是同一类人，气质相符，他对于我的那些疑问做出的解答也自然会让我满意。

有一段时间，我被美国实用主义深深吸引了。我曾读过一些英国老牌大学教授的哲学著作，却并无太多获益。他们表现得太过绅士，并不像是很好的哲学家。他们从不愿通过论证得出合乎逻辑的结论，我甚至怀疑，他们是为了维护社会关系，不愿意得罪其他学术同人。而那些实用主义哲学家都非常活跃，他们简直可以说是锋芒毕露。他们最为突出的优点是文笔犀利，他们能够深入浅出地回答那些我苦思而不得解的问题，但是他们相信真理是用来满足实际需求的这一观点我始终无法认同。在我看来，感性材料绝对是一切知识的基础，无论它是否可以为人提供便利。他们还认为如果有神论可以让人获得慰藉，那么神就是存在的。这一观点我也很难认同。最终，我对实用主义哲学失去了兴趣。

我又发现柏格森的作品很有意思，只是很难让人完全信服。此外，贝奈戴托·克罗齐的书也不合我意。不过，伯特兰·罗素的作品让我爱不释手，他的语言优美，思路清晰简洁，让我十分钦佩。我非常愿意将他列为我一直以来追寻的精神向导。他学识渊博，能够包容他人的缺点。但我又很快发现，他的方向性不够明确，无法胜任向导之位。他的思想有些飘忽不定，就好比是一名建筑师，当你想要建造一座栖身之所时，他先是建议你用砖头来建，随后又陈述一系列理由，向你说明用石头来建这座房子更为合适，可是当你刚刚接纳他的建议时，他又用充分的理由向你证明，钢筋混凝土才是最好的选择。最终，你连个遮风避雨的顶棚也没建起来。我所寻求的是布拉德莱所创建的那种哲学体系，环环紧扣、无懈可击，哪怕篡改一言一字，整个体系都会分崩离析。很遗憾，伯特兰·罗素的哲学体系不是我所追求的。

最后，我得出了这样一个结论：我永远也无法找到一本令我完全满意的书，因为那样的书只能是我的自我表达。于是，我大胆地做出决定，我要自己来写这本书。我找来了那些攻读哲学专业的必读书，仔细研读。我想，这样起码可以奠定我这本书的写作基础。有了这样的基础，加上四十年的生活经历（当我产生这个想法时，刚好四十岁），再花上几年时间好好钻研一些哲学著作，我想我应该有能力写出这样一本书。我清楚地知道，这本书对别人来说没有任何价值，它最多就是一个热爱思考的灵魂（我只能勉强想到这么个词）的真实写照，只不过他的生活经历比一般的哲学家略为丰富罢了。我很清楚，我在哲学方面并无天赋，因此我打算多搜集一些理论资料。这些理论不仅要符合我的思想，更要符合我的天性、情感以及那些根深蒂固的偏见（这些或许对我来说更为重要），事实上个人的偏见与生俱来，很难和天性区分开。具备了这些条件，我就能够建立一套对自身切实可行并能够指导生活的哲学体系。

然而，读的书越多，我越发现这一课题的复杂，也越体会到自己的愚昧无知。更令我灰心气馁的是，当我读哲学杂志上那些意义深刻的长篇大论时，犹如置身于黑暗之中，一片茫然。那些表述方式、推理过程、观点的论证、对可能出现的反对意见的应对、对初次使用的术语的定义以及大量论据的引用，都在向我说明一点：今时今日的哲学只属于专家们，外行人根本无法理解它的精妙所在。要是真想完成这本书，起码需要准备二十年。写完这本书后，恐怕我也会像故事中的那位东方国王一样垂垂老矣。而那时，这一番心血对我而言，已经没有任何价值了。

哲学很有趣

最初将我领入哲学殿堂的是库诺·费舒尔。我在海德堡时曾听过他的讲座，他在当地很有名。那个冬天，他开设了一系列关于叔本华的主题讲座。当时现场挤满了观众，必须提前排队才能占到一个好位置。费舒尔个头不高，衣着整洁，圆圆的脑袋，红红的脸，还有一头梳得整整齐齐的白发。他的眼睛不大，但炯炯有神。他的塌鼻梁，好像是挨了别人的拳头似的，看起来十分滑稽。或许你会觉得他更像一个退役的职业拳击手，而不是哲学家。他非常风趣，曾经写过一本谈论机智的书，当时我还特意读过这本书，现在却忘得一干二净。他时不时地会在讲座中说一些俏皮话，逗得台下听讲的学生哄堂大笑。他声音洪亮，演讲的时候妙语连珠，让人印象深刻，精神振奋。当时我太年轻，对他所讲的内容也是一知半解，不过我却对叔本华古怪而独特的个性留下了非常清晰的印象，对他哲学体系生动而浪漫的本质有了一些浅显的认识。时隔多年，我不敢做什么评价，只想说一点：库诺·费舒尔的讲座更像是一场艺术活动，而非严肃的学术讲解。

从那时开始，我便大量地阅读哲学类的书籍。我发现哲学非常有趣。对将阅读视为一种需求和一种享受的人来说，哲学的确是各类可供阅读的素材中最丰富多彩、最令人心驰神往的。纵然古希腊文学博大精深，但和哲学相比，还是稍显逊色。流传于世的古希腊文献以及相关著作已经少之又少，用不了多久，你就可以通读一遍。意大利文艺复兴也令人着迷，不过这一主题与哲学相比，显得略为狭隘。它所包含的思想有限，而这一时期的艺术灵感也早已枯竭，只剩下优雅、妩媚和匀称（这些特质在艺术品中，已经被非常普遍地运用），所以你会对文艺复兴时期的艺术感到厌倦，同样你也会对这一时期的艺术家感到厌倦，因为他们虽然才华横溢，却缺乏独创性。

关于意大利文艺复兴时期的书籍你永远也读不完，不过相信用不了多久，你就会失去兴趣。法国大革命是另一个具有吸引力的题材，它的特点是具有非常重要的现实意义。那个时代并不算久远，我们只要稍稍发挥一下想象力，便可以让自己置身于那些先驱者的行列。我们几乎可以将他们视为同时代的人。他们的行为和思想至今仍影响着我们的生活，我们都可以算作法国大革命的后继者。这方面的素材非常丰富，与之相关的资料简直数不胜数，而且这一数量还在不断增加。只要你愿意阅读此类作品，总能找到一些新鲜而有趣的资料。只可惜，它并不能完全满足你的阅读需求。因为这一题材的艺术性和文学性都极为有限，于是你只好转而去研究发动这场革命的那些历史人物。随着了解的加深，你会对他们的卑劣和粗俗感到失望。这些人为世界历史添上了最浓墨重彩的一笔，可他们的品行却完全配不上他们所扮演的角色。最后，你只能怀着一丝厌恶放弃这一题材。

不过，哲学是永远不会让你失望的，你永远不会走到哲学的终点。哲学就像人类的灵魂一样包罗万象。它是一门伟大的学科，几乎涉及各个领域——宇宙、上帝、永生、人类的理性、生命的目标及归属、人类的能力及局限等，都属于它的研究范畴。当你在幽暗而神秘的世界中茫然前行，心头萦绕着一些得不到解答的问题，那么哲学会让你坦然接受自身的懵懂。它会教导你退守为安，也会赋予你前行的勇气。它能够激发人类的智慧和想象力。在我看来，它为业余爱好者所提供的思考空间比它为那些专家提供的更为广阔，他们可以从这些思考中获得无与伦比的快乐，以此充实那些闲暇的时光。

库诺·费舒尔对我有很大的启发，于是我开始阅读叔本华的著作，后来，我几乎阅读了所有伟大的古典哲学家的重要作品。其中固然有许多我无法理解的内容，但我还是对这些书充满了兴致。

唯一让我感到厌恶的是黑格尔，不过这显然是我个人的问题，因为他对 19 世纪哲学思潮的影响足以证明他的重要地位。我觉得他的论述太过冗长，总是不能直截了当地阐述问题，这实在让我无法忍受。或许是叔本华对黑格尔的批判让我对后者产生了偏见。不过对于柏拉图以及之后其他哲学家的作品，我都饶有兴致地阅读过，那感觉就像是在未知的世界中畅游。我并不是以思辨的态度去读这些作品，而是像读小说一般，追寻快乐和刺激。（我曾坦然说过，我读小说并不是为了接受教育，而是为了获得快乐，希望读者能够理解。）作为一个探知人性的人，我从不同哲学家的自省中获得了极大的乐趣。我看到了各学派背后的一个个独立个体，他们的高尚品格让我肃然起敬，他们的特立独行又令我忍俊不禁。当我头晕目眩地跟随普罗提诺从一片孤寂走进另一片孤寂时，我感到无比欣喜。纵使我清楚地知道笛卡儿在合理的前提条件下得出了极为荒谬的结论，却仍为他简洁明快的语言而着迷。阅读笛卡儿的作品就如同在清澈见底的湖中畅泳，那碧水清波定会让你心旷神怡。至于第一次读斯宾诺莎的作品则是我人生中的重要体验，他让我的内心充满了庄严、欣喜的感觉，仿佛在仰望一座巍峨高耸的山峰。

当我在读英国哲学家的作品时，心中带着一些偏见。因为在德国的经历让我产生了这样的认知，即英国的哲学家除了休谟，其他的都不值一提，而休谟之所以在我心中占有一定地位，是因为康德曾批判过他。我发现这些英国哲学家同时也是非常优秀的作家。尽管他们或许算不上是伟大的思想家（这一点我不敢妄下定论），但他们非常勇于探索。我想，大部分人在读霍布斯的《利维坦》时，都会被其率直、爽朗的英国式作风所吸引；同样，每个人在读贝克莱的《海拉斯与斐洛诺斯对话三篇》时，都会为那位大主教的魅力所折服。尽管康德确实将休谟的那套理论批得体无完肤，但我依然觉得休谟的优雅而清晰的写作风格是难能可贵的。包括洛克在内的所有英国哲学家都深谙英文写作之道，以至于后来研究文体的学生都以他们的作品为范本。每当我要开始创作一部长篇小说时，都要读一遍伏尔泰的《老实人》，这样我便知道究竟什么是清新、优雅、睿智的文风。我想，现在的英国哲学家在开始写作前，都应该看看休谟的《人类理解研究》，因为如今他们当中已经很少有人能写出佳作。或许是由于他们的思想比前辈们更加缜密，所以必须生造出一套术语才能表达自己的想法，但这样做很危险。因为当他们谈论那些和所有善于思考的人有着密切关联的问题时，他们生造出来的术语根本无法被别人所理解，这实在是令人惋惜。有人告诉我，怀德海教授是当今哲学界的权威，可惜他并没有竭尽全力去清晰地表达自己的思想。斯宾诺莎有一条很好的准则——他所用来表达事物属性的词语，其含义绝对不会背离该词语的基本意思。

人人都与哲学有关

我们没有任何理由认为一位哲学家不能同时扮演作家的角色。不过好的文笔绝不是天生的，它是一种需要刻苦研习的艺术技巧。哲学家的说教对象不仅仅是其他哲学家和那些攻读学位的大学生，还包括那些直接影响下一代人观念的作家、政治家以及思想家。他们当然更愿意接受一种既简单又通俗易懂的哲学。

我们都知道尼采的哲学是如何给世界某些范围带来积极的影响，不过，对于它所带来的一些负面效应，我们也非常清楚。尼采的哲学之所以盛行，并不在于它有多博大精深，而在于它的表述形式非常生动、简洁。如果一位哲学家不愿意花心思将他的思想清晰明快地表达出来，那就说明他只在乎哲学的学术价值。

我发现，有时候就连哲学家们本身也无法互相理解，这对我们来说实在是一种宽慰。布拉德莱经常说，他弄不明白和他争论的那些人持有什么观点；而怀德海教授也说过，布拉德莱的某些言论让人不知所云。就连那些最杰出的哲学家都无法互相理解，何况我们这些门外汉呢？哲学当然是非常晦涩的，这一点我们必须有心理准备。外行人阅读哲学，就像一个人手里没拿平衡杆就去走钢索，如果能安然走完全程便谢天谢地了。不过，这绝对是一项令人振奋的壮举，所以就算摔得头破血流也值得一试。

我曾不止一次听过这样的言论：哲学是那些高级数理学家的专属领域。对此我不以为然。进化论学说已经表明，知识是随着生存竞争的实际需求发展起来的，那么哲学作为与人类息息相关的各类知识的总和，为什么只属于那一小部分搞生僻专业研究的人呢？由于我在数理学科方面毫无天分，因此这番言论差点让我对哲学望而却步。幸好后来我了解到布拉德莱对于数理学也知之甚少，我才没有放弃哲学。布拉德莱在哲学方面还是颇有建树的。我们都很清楚，不同的人有不同的喜好，若非如此，人类也就没有存在的意义了。因此，我们也不是非要成为数理学家，才有资格去研究宇宙的本质、人类在宇宙中的位置、罪恶的根源、现实的意义等理论。打个比方，我们并不需要能够辨别各种葡萄酒生产年份的能力，但我们照样可以品尝葡萄酒的香醇。

哲学并不是一门只关乎哲学家和数理学家的学问，它关系到我们每一个人。大多数人只是间接地接受了一些哲学思想，然而他们并不清楚自己拥有了哪些哲学。就算是毫无思想的人也拥有属于他自己的哲学。第一个说"打翻了牛奶，哭也没用"的老太太就是一位哲学家。因为她的这句话蕴含着一个道理：后悔是无济于事的。这是一个完整的哲学体系。

根据决定论者的观点，你的一切行为都是由你现在是怎样的人决定的。你的存在不仅是肌肉、神经、内脏、大脑这些有形物质，也是习惯、观点、想法这些无形物质。无论你对这些无形物质的了解多么匮乏，也无论它们是多么矛盾、偏激、不合理，它们都真真切切地存在着，并且影响着你的行为和反应。尽管你从未提及它们，但它们是属于你的哲学。大多数人或许并不想将之表达出来。它们根本算不上是思想，至少不是有意识的思想，只是一种模糊不清的感觉，就像是不久之前生理学家发现的肌肉感觉一样。它们是你从社会主流的观念中汲取的，又结合自身经验发生了小小的改变。它们按照一定的规律存在着，将思想和感觉融为了一体。这其中也包含着一些经年累月积攒而成的智慧，足以应对生活中的基本需求。

不过，我一直想要形成自我的思维模式。年轻时，我就试图弄明白自己必须处理好哪些问题。我渴望获得关于宇宙整体构造的知识。我想要做出决断——我是否只要考虑此生？或者是来生？我想弄明白我是不是绝对自由的，又或者说我的自我意识只是一种幻觉。我还想知道，人生的意义是客观存在的，还是我主观上赋予它的。

于是，我又开始胡乱地翻阅各类书籍。

哲学理论随想

读了康德的书，我决定放弃年轻时一度痴迷的唯物论，以及与之相关的生理决定论。当时我并不知道康德体系已饱受诟病，我只是发觉他的哲学理论为我带来了情感上的满足。它启发我去思考那些未知事物本身，而我原先只满足于从表象认识世界。它带给了我一种特殊的释放感。

不过，康德说的："人必须遵循一般法则。"这句名言我不认同。因为我坚信人性是多样化的，所以他的说法对我来说缺乏合理性。我认为，某人认为正确的事情，很可能在别人眼中是错误的。对我来说，最大的希望就是别人不要管我在做什么。不过我也发现，并非人人都如我一般，如果我对他们不闻不问，他们就会觉得我冷漠、孤僻、自私。对研究唯心主义哲学的人来说，唯我论是一个不可逃避的主题。唯心主义总是会涉及唯我论。哲学家们像受到惊吓的小鹿一样避之不及，但是他们的言论又总是绕回这一主题上来，据我判断，他们有意避开唯我论的原因是他们不愿探究其根源。

不过这种理论对小说家来说倒是极具吸引力。唯我论的主张很符合小说家的日常习惯，它的完整性和优雅使得它自身充满了魅力。我不能保证这本书的每一个读者都了解各类哲学体系，因此我要简单地介绍一下唯我论，希望对这方面知识已有涉猎的读者能够谅解。

唯我论者只相信自己以及自身经验，他眼中的世界就是他自己的活动范围，而这个世界由他的思想和情感组成。除此之外，一切皆不存在。一切可知的事物、一切可体验的事实，都只是他思想中的一种感念，如果他的思想不存在，那么一切也都不复存在。对他而言，根本没有可能也没有必要去证实自身以外的任何存在。梦境和现实对他来说并无差别。生活就是一场梦，一切事物都是他所创造的，这场梦会因他而持续，当他不再做梦之时，整个世界，以及世间的一切美好、痛苦、悲伤还有那些未知事物都不复存在。这一理论堪称完美，只有一个缺点，那就是不可信。

当我踌躇满志地要写一本关于此类问题的书时，我就知道我必须从头开始。我研究了认识论，发现其中没有一条理论是完全具有说服力的。在我看来，尽管普通人（大多数情况下，这类人都是哲学家蔑视的对象，除非他的观点恰好与哲学家相符，才会被另眼看待）没有能力判断这些理论是否有价值，但起码他可以选择一种最能满足他的偏好的理论。如果你无法抉择，我建议你最好接受这样的理论：除了某些既定的基础材料以及某些盖棺论定的思想，其他一切事物都是人类无法确定的。人类对于这些事物的认知都是假设，是由他们内心构建的，而他们这么做是为了给生活提供便利。在进化过程中，为了适应不断变化的环境，人类用从各处搜集而来的零星素材拼凑了一幅图画。这就是他们所认识的表象世界。所谓真实性，也只是他们在这样的条件下提出的一种假设。如果他们搜集的素材变了，就会拼凑出另一幅图画，而那个截然不同的世界也会和我们现在自以为认知的世界一样完整、真实。

要让一个作家相信肉体和心灵之间并没有紧密的联系，这几乎是不可能的。福楼拜在写爱玛·包法利自杀这一段时，他自己也感受到了砒霜中毒的痛苦。我举的这个例子有点极端，不过几乎每个小说家都有这样的经历。大多数作家在写作过程中身体都会发冷、发热，甚至会感到疼痛、恶心；不过，他们也清楚地意识到，许多创作中的奇思妙想都是在这种病态的身体状况下产生的。他们深知，自己情绪的起伏以及那些突发的身体反应，很有可能是由于缺乏运动、肝脏不好引起的，因此他们只好以嘲讽的态度对待自己的精神活动。这样做的好处在于，他们可以把握和操控这些精神活动。

从普通人的角度出发，我觉得哲学家们提出的各类有关物质与精神关系的理论中，斯宾诺莎的观点最令人信服。他认为思维实体和广延实体并无差别，属于同一类实体。当然，如今我们可以简单地称之为能量。伯特兰·罗素曾经提出过一种"中性材料"的概念，他认为这种材料是构成精神世界和物质世界的最初原料。如果我没有理解错，他的这一观点和斯宾诺莎并无太大差别，只是在语言表述上更加现代罢了。

精神上的休憩地

　　人的自我主义会使他不愿意接受毫无意义的生活，因此，当他不幸地发现自己对某种崇高的、可以为之献身的力量失去信仰时，为了重拾生活的意义，他便会在与自身利益相关的价值之外再建立一些特殊的价值。

　　古往今来的智者们选出了三种最为宝贵的价值。他们认为，如果能够单纯地追求这三种价值，人生便能获得某种特殊意义。尽管这些价值还具有一些生物学功效，不过从表面上看，它们却不具备任何功利性，让人误以为可以通过它们挣脱人生的枷锁。当人们对精神的意义有所动摇时，它们以自身的崇高性带给人信心。无论结果怎样，对于这些美好品质的追求是有意义的。它们就像是荒漠中的绿洲，由于在漫长的人生旅途中，人们并不知道其他终点的存在，于是他们只好说服自己去往这些绿洲，因为在那里他们将获得精神上的休憩，而他们内心的疑问也将得到解答。这三种价值就是真、美、善。

　　我认为，"真"之所以能够在这三种美德中占有一席之地，是因为它在修辞学上的引申义。人们将勇气、荣誉和独立精神等道德品质也纳入了它的范畴。在人们求"真"的过程中，这些品质确实常常出现，但实际上它们和"真"并无关系。人们一旦发现了自我表现的好机会，便会不顾一切地抓住它。人们在意的只是自我，而不是"真"。如果说"真"是一种价值，那是因为它自身的纯粹性，而并不是因为表达"真"是一种勇敢的行为。不过由于"真"是一种判断，人们往往认为它的价值在于判断的过程而不是其本身。连接两个大城市的桥梁自然要比连接两块荒芜之地的桥梁更为重要。

如果说"真"是一种最高价值，人们对于它的本质却不甚了解，这一点颇为奇怪。对于它的意义，哲学家们一直争论不休，不同流派的哲学家甚至会互相嘲讽。在这样的情况下，普通人只能对他们的争论不加理会，只要秉持自己相信的"真"即可，这是一种非常谦逊的行为，只需要维持"真"在自己内心的特殊存在——这就是对事实的直接陈述。

如果"真"是一种价值，那么我们必须承认，它是最容易被忽视的。一些伦理学方面的书举出了许多例子，用以证明"真"是可以得到正当维护的。其实这些书的作者完全不必大费口舌，因为古往今来的智者们早已断言，并非所有真理都可用言语表达。为了虚荣、安逸和利益，人们常常会放弃"真"的一面。人们并非依靠"真"而活，他们活在自己理想的虚假世界里。有些时候我会觉得，人们所谓的理想主义不过是打着"真"的旗号弄虚作假，以满足他们内心的自负。

"美"的情况要好一些。多年以来，我一直认为只有美才能赋予生命以意义。对生生不息的人类而言，唯一的愿望就是这世上能够诞生一些艺术家。我相信，艺术是人类活动中最高级的产物，它阐述了人类的所有苦难、无休止的辛劳和绝望的挣扎。因此，米开朗琪罗在西斯廷教堂留下的那些画作，莎士比亚的那些经典台词，以及济慈的那些颂歌，足以让千百万人平庸的生活以及他们的苦难和死亡变得有意义。后来，我对这样夸张的言论有所收敛，我只是简单地说艺术作品能够赋予生活意义，而美好的生活也是一种艺术，我内心最为珍视的仍然是美。不过，这些想法如今都已被我摒弃了。

首先，我发现美是一个完整的句号。当我想到那些美好的事物时，我发现自己能够做的只有注视和赞赏，它们对我情感的触动固然妙不可言，但这种感觉既无法保持，也无法复制。即便是世上最美的事物，也终究会令我感到厌倦。我发现，那些带有实验性质的作品能够给予我更为持久的满足。因为它们并不是十全十美，这就让我的想象力有了一定的发挥空间。而那些伟大的艺术作品几乎已是完美无瑕，我无法再对它们产生什么想法，于是我活跃的思维便会因为这种被动沉思而感到倦怠。对我来说，真正的美就像是高山之巅，当你到达了那里，能做的就只有下山了。完美的事物总让人感到乏味。虽然我们都在追求完美，但还是不要实现为好，这对生活来说，真是个不小的讽刺。

我想，我们所说的美是指那种能够满足我们审美的对象，它既可以是精神对象，也可以是物质对象，不过更多的是指物质对象。然而，这样的认知就像我们仅仅知道水是湿的一样，太过表面化。我阅读了大量的书籍，想要了解那些权威人士对于美是怎样解释的；我还结识了许多在艺术方面造诣颇深的人。但无论是这些艺术家还是那些书籍，都无法让我有所获益。我发现了一个非常奇怪的事实，那就是对于美的判断永远都没有定论。博物馆里的各类藏品，仅仅对过去某个时代的鉴赏家来说是美的，对如今的我们来说似乎已经毫无价值；而我这一生中，也目睹过许多诗歌和画作在某一段时间广受赞誉，可是它们的魅力就如朝阳下的薄雾一样转瞬即逝。即便我们这一代人再怎么自负，也不敢对自己的审美持完全笃定的态度。我们认为美的事物，无疑会被另一代人所诟病；而我们不屑一顾的事物，也很有可能被下一代人所赞赏。我们唯一能得出的结论便是——美是相对于某一代人的需求而言的。如果要在我们认为美的事物中找到绝对美的特质，那必然是徒劳的。我们可以将美视作某种能赋予生命意义的价值，但是由于它是不断变化的，因此也无法被完全解析。我们再也无法对祖先们欣赏过的美感同身受，正如我们再也无法闻到他们那个年代的玫瑰花香。

　　我曾经试图从美学家的作品中寻找那些可能使人产生审美情感的特质，同时我还想弄清这种情感的本质。人们常常会谈到审美本能，这个术语似乎向我们揭示了审美是人类的一种基本欲望，就如同性欲、食欲一样；而且它还让人类的审美具有了一种特殊的性质，即哲学上所说的统一性。也就是说，审美源于人类内心表达的本能、过剩的精力和一种纯粹的神秘感，以及其他我无法言喻的东西。对我而言，审美根本就不是一种本能，它是一种由身体和内心共同促成的状态，它以某些强大的本能为基础，同时又结合了一些人类进化而成的特质，而且它和生命的普遍性也有一定的联系。事实表明，审美和性本能也存在着莫大的联系，这一点已经被普遍认同，而那些具有独特审美的人往往在性欲方面也容易走向极端，甚至达到病态。

在人类身心构造中或许存在某种物质，它会使人对某些音调、某些节奏和某些颜色特别敏感，也就是说，我们的审美或许受到了某种生理因素的影响。

然而，有时候我们认为某些事物是美的，只是因为它们让我们想起了我们热爱的人或物或地方，抑或是经时间洗涤后仍然对我们有价值的东西。我们会因为熟悉某些事物而觉得它们是美的，相反，我们也会因为某些事物新奇而认为它们是美的。这些都意味着，相似性联想和相异性联想都是审美情感的主要组成部分。只有联想才能对丑的美学价值做出解释。

我不知道是否有人研究过时间对美的诞生有怎样的影响。对某些事物而言，并不是因为我们熟悉它才觉得它美，有可能是时间的沉淀在一定程度上为其增添了美感。这就是某些作品在问世之时无人问津，如今却大放异彩的原因。我想，时至今日济慈的诗歌必然比当年更有美感。这些生动的诗歌给人们带来了慰藉和力量，而人们所注入的情感也让这些诗歌更为丰富。

我不认为审美情感是一种具体而简单的东西，相反，我认为它非常复杂，它是由各种不和谐的元素组成的。如果你被一幅画或是一段交响乐所刺激，产生了情欲，或是对往事伤感介怀，又或是由于心绪不定而亢奋，即便有美学专家说你不该被触动，也无济于事。因为你终究受到了触动。这些方面也是审美情感的组成部分，就像平衡的结构所带来的客观满足感一样。

一个人在面对伟大的艺术作品时，究竟应该有怎样的反应呢？当他在罗浮宫看见提香的《基督下葬》或是听到《纽伦堡的名歌手》中的五重奏时，究竟作何感受？我知道我自己的内心感受，那种兴奋的感觉简直让我欢呼雀跃，这种兴奋感同时包含着感性和理性，是一种带给我力量、让我从生命的束缚中获得解脱的幸福感；与此同时，我感觉到自身充满了人性深处的怜悯；我感到一片宁静、祥和，甚至获得了精神上的超脱。有些时候，当我欣赏到某些画作或雕塑，或是欣赏到某段音乐时，我的内心会产生一种无比强烈的感受，我只能用神秘主义者惯用的语言来形容这种感受，那就是天人合一。因此，我认为这种更为宽泛的现实交融感并非只属于宗教徒，它也可以通过祈祷和斋戒以外的途径来实现。随后，我又扪心自问，这种情感究竟有什么作用？当然，它本身所包含的愉悦是美好的，但又是什么因素导致它能够凌驾于其他愉悦感之上，以至于我们将它称之为一种愉悦感似乎都是在贬低它呢？那么，杰里米·边沁宣称各种愉悦感并无差别，只要程度相当，少儿游戏就和诗歌一样，这种说法未免太过愚蠢。神秘主义者对于这个问题的回答倒是毫不含糊。他们说，除非这种喜悦能够磨炼人的品性，促使人多行善举，否则它就毫无意义。这种喜悦的真正价值在于它所起到的实际作用。

生活中，我们不可避免地会遇到一些审美独到的人。我指的不是那些从事艺术创作的人，在我看来，那些从事艺术创作的人和享受艺术的人之间存在着巨大的差别。前者之所以创作是因为他们的内心存在强烈的欲望，他们只能通过这种方式来展现个性。如果他们的艺术创作具有美感，那纯属偶然，因为几乎极少有人将这作为艺术创作的初衷。他们用画笔、颜料和黏土等各种工具来展现自我，目的是让重压之下的灵魂得以解脱。我现在所说的是那些将对于艺术的思考和鉴赏作为赖以为生的事业的人。我对此类人并不赞赏，他们往往过于自负。他们无法妥善处理生活中的各类事务，却又蔑视那些谦虚工作的人。他们自认为读过许多书，看过许多画，可以高人一等。他们打着艺术的名号来逃避生活，还愚昧无知地蔑视普通事物，否定人类基本活动的价值。事实上，他们和那些瘾君子并没有太大差别，甚至更为恶劣，因为那些瘾君子至少不像他们那样自以为是，也不会蔑视身边的人。艺术的价值和神秘论的价值一样，在于它的实际作用。如果它只能给人带来愉悦，那么不管这种精神上的愉悦有多大，其影响也极为有限，换句话说，它所带来的享受比一打牡蛎或是一杯蒙特拉谢葡萄酒大不到哪儿去。

让艺术成为一种慰藉便已足够。这世上充满了不可避免的邪恶，如果古往今来的艺术作品能够为人们提供一片安宁之地，那当然很好。但这并不是逃避，而是为了积攒新的力量去面对邪恶。如果真的要将艺术视为人生的一种重要价值，那么它必须教导人们谦逊、忍耐、聪慧和宽容。艺术的真正价值不是美，而是正确的行为。

如果说美是人生的一种重要价值，那么谁也不会同意鉴别美丑的审美感只属于某一阶层。人类生活所必需的感受能力只掌握在一小部分人手里，这样的说法无论如何也站不住脚。然而，这是美学家们的共识。不得不承认，在愚昧无知的青年时代，我曾经认为艺术（我曾经主观地认为大自然的美也属于艺术范畴，直到现在，我也依然觉得大自然的美是人类的杰作，正如绘画、音乐一样）是人类最伟大的成就，而且我还自鸣得意地认为只有极少数人懂得如何欣赏艺术。不过如今我早已摒弃了这种想法。我不相信艺术的美只属于一小部分人，我更倾向于认为，如果艺术只对一小部分受过特殊训练的人才有意义，那么这种艺术就像它为数不多的受众一样不值一提。

只有人人都能欣赏的艺术，才是真正伟大而有意义的，局限于个别人群的艺术只是一种小把戏而已。

我不明白为什么会有古代艺术和现代艺术之分。艺术就是艺术，它是有生命的。任何试图通过历史、文化或考古学方面的联想使艺术对象获得生命的行为都是荒谬的。譬如说一座雕像，是出自古希腊人之手，还是出自法国人之手，都不重要。唯一重要的是，此时此刻它的美让我们为之震撼。这种震撼会激发我们创造出新的作品。如果艺术创作的初衷不仅仅是自我放纵或是自我满足，那它必然能够磨炼我们的品性，并对我们的行为做出正确的指导。对于艺术品的评判需要看它的艺术效果如何，如果效果不好，那它便毫无价值。虽然这个结论我不太喜欢，但也不得不坦然接受。艺术家们往往在无意中才能达到较好的艺术效果，这是个令人不解的事实，我们只能把它当作事物的本性看待，因为我实在不知道该如何解释。布道者在无意识状态下的布道最为有效，蜜蜂采蜜也只是出于自身的目的，并没有想过让人类获得收益。

看来真与美自身都不具备固有价值。那么善呢？在我谈论善之前，我想先谈谈爱。有些哲学家认为爱包含其他一切价值，因此他们将爱视为人类的最高价值。无论是柏拉图学说还是基督教教义，都给爱蒙上了一层神秘的面纱。

"爱"这个字眼比单纯的"善"更能让人为之振奋。与爱相比，善的内容略显沉闷。爱有两层含义：第一种较为简单纯粹，即性爱；第二种是仁慈。我认为即便是柏拉图也无法准确地区分这两种爱。在我看来，他似乎将那种伴随着性爱出现的欢快、有力、亢奋的感觉当成了另一种爱，也就是他所说的神圣的爱。我却更愿意将之称为仁慈的爱，尽管这样会使它染上世俗之爱的缺陷。要知道，世俗之爱会暗淡，会消亡。

人生最大的悲剧不是死亡，而是停止去爱。当你所爱的人不再爱你，这是个不小的悲剧，然而谁都帮不了你。拉罗斯福哥发现，在一对恋人之间，总有爱人的一方和被爱的一方。他用一句话讽刺了这种不和谐的状态，正是这种不和谐阻碍了相爱的人获得完美的幸福。无论人们多么厌恶这样的事实，也无论他们多么愤怒地否认，毋庸置疑的是，爱取决于某种性腺的分泌。大多数人不会持续不断地因为同一个对象的刺激而分泌性激素，而且随着年岁的增长，性腺的分泌功能也会退化。人们在这一方面往往表现得非常虚伪，不愿面对现实。当他们的爱已经衰退，变成了一种坚贞不渝的怜惜，他们却自欺欺人地欣然接受。就好像怜惜和爱是一回事！怜惜之情是建立在习惯、利害关系、生活便利和陪伴的需求上的。它能给人带来的是宁静而非兴奋。

我们是变化的产物，变化对我们来说是必不可少的，而我们本能中最为强烈的性本能又怎么会摆脱这一法则呢？今年的我们已经不再是去年的我们，我们所爱的人也发生了改变。改变中的我们如果还能继续爱着另一个已改变的人，那真是幸运。大多数情况下，由于自身的改变，我们需要付出巨大的努力，才能继续去爱那个我们曾经爱过，却已经改变的人。因为当爱情以摧枯拉朽之势席卷而来时，我们以为它永远也不会消逝。然而，当它逐渐衰减时，我们便会感到羞愧，觉得自己受到了蒙蔽，并埋怨自己不够坚贞。事实上，我们应该坦然地将这种情感的改变看作人性的自然结果。人类过往的经历使他们对爱抱有一种复杂的情绪。他们质疑它，对它毁誉参半。人类的灵魂总是追求自由的，他们总是把爱情所需要的自我服从看作有失体面的行为，只有某些瞬间例外。或许只有爱能够为人类带来这世上最大的幸福，但这样的幸福并不纯粹。爱的故事，结局往往都是哀伤的。许多人对爱情嗤之以鼻，他们愤怒地企图挣脱爱情的束缚，他们拥抱自身的枷锁，同时又心怀怨恨。爱不是盲目的，死心塌地地去爱一个根本不值得爱的人，这是人生最大的悲剧。

然而，仁慈之爱不像世俗之爱那样转瞬即逝，尽管它自身也存在一些无可避免的缺陷。而且，它也或多或少与性有一定的关联。这就好比是跳舞，有些人去跳舞纯粹是为了在有节奏的律动中获取快乐，并非一定要和他的舞伴发生关系，不过，只有完全沉醉其间，才能真正将跳舞变成一种愉快的活动。在仁慈之爱中，性本能已经得到升华，不过它仍然可以为这种情感注入热情与活力。仁慈之爱是善当中较好的部分，它为原本严肃的善增添了几分温情，从而使人们可以更加从容地做到节制、自律、忍耐和包容，这些品德遏制了人类的天性，不大能够带给人最直接的愉悦。这样看来，善似乎是世上唯一具有自身目标的价值，它能够为我们带来美德。我大费周章，却只得出了一个如此平庸的结论，实在是非常惭愧。如果依照我以往的秉性，一定会用一些惊世骇俗的言论来结束这部作品，或者用一些愤世嫉俗的巧言妙语来博读者一笑。然而，现在我只能照搬一些随处可见的陈词滥调。我兜了一大圈，却只得出了一个尽人皆知的道理。

我是个没什么崇敬心的人。世人所怀有的崇敬之心已经够多了，事实上，有很多事物都配不上我们对它们的崇敬。现在，我们往往会出于传统对某些事物表现出敬意，然而我们对其本身并无兴趣。对但丁、提香、莎士比亚、斯宾诺莎这些伟大的历史人物而言，最好的表达敬意的方法是把他们当作与我们同时代的人，表现出亲密无间的状态，而不是将他们奉若神明，这样才是对他们最好的赞美。这种亲密无间的感觉就表明，他们仍然鲜活地伴随着我们。不过，当我在生活中与真正的善不期而遇时，我的内心还是会不由得生出一丝敬意。尽管这些凤毛麟角的行善者并不如我想象中的那般睿智，但这并不影响我对他们的赞许。

孩提时代，我常常心怀郁结，有一段时间，夜里我总是不停地做梦，我真希望我的校园生活也是一场梦，梦醒后我会发现自己回到了家里，和母亲在一起。母亲的离世对我的内心造成了巨大的创伤，如今五十年过去了，这伤口依然未能完全愈合。虽然我已经很久没做那样的梦了，却一直摆脱不了那种感觉，我还是会觉得自己的生活只是一场幻境。在这幻境中，总有各种事情发生，我也因此变得忙忙碌碌，尽管我身在其中，却也能从远处审视它，并弄清它的本质。回首我这一生，有成功，有失败，有数之不尽的错误，也有欺骗和成就、欢乐和痛苦，但奇怪的是，这些感受都不像是真实存在过的。它们就像幽暗缥缈的幻影一般。或许是我的灵魂没有栖息之处，才会像先辈们一样对神性和永生充满渴望，尽管我的理智早已否定了它们的存在。

有时候，我只能无奈地安慰自己，我这一生也遇到过不少善行，而且有些善行就发生在我自己身上。或许，我们无法从善中获取生命的缘由，也无法获取生命的真谛。在这苍茫的宇宙间，我们从出生到死亡，始终无法摆脱邪恶的纠缠，善虽然算不上是一种挑战或回应，但它至少证明了我们是独立存在的。对悲惨而荒诞的命运而言，善是一种颇具幽默感的反驳。善不同于美，即便它达到极致状态，也不会令人生厌；而且，善比美更伟大，它不会因为时间的流逝而褪色。善是从正确的行为中显现出来的，不过在这个混沌不清的世界中，谁又能分辨什么样的行为才是正确的呢？正确的行为并非为了追求幸福，即便它带来了幸福的结果，也只是运气而已。众所周知，柏拉图曾经劝导那些智者放弃终日苦思冥想的生活，去体验世俗琐事，借此将责任感置于享乐欲之上。

我想，我们每个人都会不时做出这样的选择：明知自己的做法不会带来幸福，却还是这么做了，因为这是正确的行为。那么究竟什么是正确的行为呢？我觉得路易斯·德·莱昂修士做出了最好的回答。他所说的并不难实现，虽说人性中存在弱点，也不会因此畏缩不前。下面，我就以他的这句话作为本篇的结尾吧。他说：生命之美，不过是顺应其天性，做好分内之事罢了。

有关恶

普通人对哲学的兴趣往往表现得比较实际。他想要知道生命的价值是什么，他应该怎样生活，以及他能够赋予宇宙怎样的意义。如果哲学家对这样的问题避而不答，或者仅仅给出常识性的答案，那就是在推卸责任。如今，对普通人来说，最迫切需要解答的就是有关恶的问题。

令人不解的是，哲学家在讲到恶的时候，经常以牙疼来举例。他们总是郑重其事地说，你不可能感受到我的牙疼。似乎在他们悠闲、轻松的生活中，牙疼是唯一会给他们造成困扰的痛苦。我们可以想象，随着美国牙科医学的发展，这一问题也将迎刃而解。我有时候会想，那些获得学位的哲学家在向年轻人授业前，最好先花上一年的时间，去某个大城市的贫民窟做一些社会服务，或是通过体力劳动来养活自己。如果他们亲眼看见一个孩子由于脑膜炎而失去生命，他们一定会重新审视与自身相关的某些问题。

如果这个问题不算紧迫，那么当你读到《现象与实在》有关恶的那一章时，就一定会觉得诙谐有趣。这本书的内容非常高雅，它会让人真切地感觉到，虽然恶的存在是一个不争的事实，但无须对此大惊小怪。不管怎么说，我们现在所提到的"恶"都被过分夸大了，而"恶"中包含着许多"善"，这一点是显而易见的。布拉德莱认为，整体而言，痛苦是不存在的。"绝对者"大过其内部的各种不和谐以及差异。他告诉我们，就好比是在一部机器中，各部分所产生的阻力和压力都是为了一个凌驾于它们之上的目的。他所说的绝对者就类似于这个目的，只是层次要高得多。如果他说的是可能存在的，那么其真实性也就不言而喻。恶与错误的存在都是为了促成一个比其自身范围更广的计划。在凌驾于它们之上的"善"中，恶与错误起到了部分作用，从这种意义上来说，它们也是无形之中的"善"。简单来说，恶仅仅是我们的一种错觉而已。

我很想知道，其他派别的哲学家是如何看待这个问题的。不过，这方面的资料并不多。或许是因为这个问题没什么好说的，于是哲学家们就自然地将重点放到那些便于深入论述的问题上了。在为数不多的言论当中，我几乎无法找到令我满意的答案。或许是从以往经历过的恶中吸取了教训，我们变得更好了；但我们并不能将之视为普遍性规律。或许是由于勇气和同情这两种品质实在难能可贵，只有经历了苦难和艰险才能获得。但我无法想象，当一个士兵冒着生命危险救了一个盲人，授予士兵的维多利亚十字勋章会给盲人的失明带来怎样的安慰。施舍是一种慈善，而慈善是一种美德，但这种美德是否能够减轻那个穷困潦倒、靠施舍度日的跛子所承受的恶呢？恶是普遍存在的。痛苦、疾病、爱人的死亡、贫穷、犯罪、过失、希望的破灭，比比皆是。而哲学家们对此又做何解释呢？他们有的说，从逻辑学上看，恶是必需的，否则我们也不知道什么是善；也有的说，世界的本质就是善与恶的对立，从哲学角度来看，它们二者是相互依存的关系。

对此神学家又做何解释呢？有的说，上帝为了考验我们，才使人间有恶；也有的说，上帝为了惩罚人们所犯的罪孽，才使人间有恶。不过，当我目睹了一个孩子由于脑膜炎失去了生命，我发现只有一种理论能够让我在理智和情感上得到慰藉——这便是灵魂轮回说。我们都知道，在灵魂轮回说中，生命并不仅仅是从生存到死亡的过程，它只是无穷生命序列中的一环，然而每一环的命运都是由前一环的行为所决定的。行善者就会升上天堂，作恶者则会降入地狱。所有生命都会走向终点，就连神也不例外。只有从生的轮回中超脱，并止息于涅槃之不变境界，才能获得真正的幸福。如果一个人相信他所受之恶是前世罪孽所导致的必然结果，那他的恶也就不难忍受了。而且，为了来世能得善果，他还会多行好事。不过，如果一个人对自身的不幸感觉比对他人的不幸更为强烈（就像哲学家说"我无法感觉到你的牙疼"一样），那么只有他人的不幸会激起此人的愤慨。自身的不幸也有可能激起一个人的愤慨，只有那些完全沉迷于绝对真理的哲学家才会对他人的不幸无动于衷。如果真的存在因果报应，相信每个人都会心怀怜悯却无比坚毅地看待生命中的不幸了。我们也不应当厌恶不幸，因为这会导致生命所遭受的痛苦变得毫无意义，这也正是悲观论者所持有的无可辩驳的观点。遗憾的是，我发现这种理论和我之前提到的唯我论一样，都无法让人信服。

Reading Notes 毛 姆 的 书 单

英国文学漫谈

《摩尔·弗兰德斯》

我书单上所列的第一本书是笛福的《摩尔·弗兰德斯》。没有哪位英国小说家的描写比笛福更加生动。读笛福的作品时，你甚至会忘了自己是在读一部小说，它更像是一份毫无瑕疵的报告。你会发现书中人物所说的话都非常符合他们的身份，他们的行为也都非常合理，在特定的环境下，读者根本无法对他们的行为产生怀疑。

《摩尔·弗兰德斯》不是一本阐述道德的书。其内容复杂、粗俗而残酷，但我认为它很符合英国人坚忍不拔的性格。笛福想象力匮乏，也缺少幽默感，可是他阅历丰富，他是一位出色的记者，对一些特殊事件具有敏锐的嗅觉，并能够进行非常详尽的叙述。他的作品中没有大起大落的篇章，也没有模式化的描写，因此读者不会被一股无法抵触的力量推着走，而像是被人群簇拥着前行，经过某条偏僻小道时，便可以悄悄开溜。在读了两三百页一成不变的故事之后，读者或许会感到厌倦，这是很正常的。不过对我而言，还是很愿意继续追随作者的，我要看着他让刁蛮的女主人公真心悔过，过上体面的生活。

《格列佛游记》

接下来，我要推荐的是斯威夫特的《格列佛游记》。下文中我将会提到约翰逊博士，而这里我要引用一下他对该书的评语："一想到巨人和小人的故事，其他的一切都变得索然无味了。"约翰逊博士是一位杰出的评论家，也是一个睿智的人，但是他的这一番评论实在经不起推敲。《格列佛游记》一书充满了智慧与嘲讽，同时还具有巧妙的构思、无尽的幽默、残酷的讽刺以及鲜活的生命。该书的写作风格令人叹为观止。没人能像斯威夫特一样把我们如此复杂的语言运用得既简洁又明快，而且非常自然。我希望约翰逊博士能够把他对另一位作家的赞誉送给斯威夫特。他是这样说的："任何英文写作者，如果想要做到通俗而不媚俗，优雅而不浮夸，必须潜心研读艾迪生的作品。"我觉得对于斯威夫特还可以再加上一组形容词：遒劲而不狂妄。

《弃儿汤姆·琼斯的历史》和《项狄传》

接下来，还有两本小说要推荐。菲尔丁的《弃儿汤姆·琼斯的历史》或许是英国文学史上最具生命力的作品了。这是一部华丽、勇敢而乐观的著作，笔法稳健、气势恢宏，当然，其内容也非常直白。主人公弃儿汤姆·琼斯长相俊美、充满活力，深受读者的喜爱，尽管他做了一些有违道德的事情，可是我们对此毫不在意。因为我们并不是伪善的教条主义者，我们所看到的是他无私而真挚的内心。菲尔丁不同于笛福，他是一位有自我意识的艺术家，他的文字构架给了他许多机会去描述偶然事件，他也因此创造了大量风格迥异的人物。他们鲜活地存在于那个喧嚣而骚乱的世界。菲尔丁非常严谨——当然，每一位作家都理应如此——对于许多重要的主题，他都要亲自阐述。因而，在每一章节的开头，他都会就某件事发表一番评论。尽管这些论述幽默而不失真诚，但即便删除这些内容，也不会对作品本身造成任何影响。我认为，任何人在阅读《弃儿汤姆·琼斯的历史》时都会感到愉悦，这是一部充满豪情、积极向上的作品。全书没有任何欺瞒性的语言，能够让读者从心底感受到温暖。

斯特恩的《项狄传》是一部独树一帜的小说。约翰逊博士在评价《查理·葛兰狄生爵士》[1]一书时曾这样说道："如果你是为了读故事而翻阅这本书，那你会气得想上吊。"我认为这句话同样适用于《项狄传》。对于这本书的评价因人而异，有人觉得它就像任何一本好书一样值得一读，也有人觉得它既枯燥又做作。全书内容涣散，缺乏连贯性，情节不止一次偏离了故事的正轨。然而，它颇具独创性，既幽默又令人动容。诸多个性鲜明的人物无疑会为你带来一场精神盛宴，他们是如此可爱，一旦你认识了他们，便会觉得错失这样的朋友实在是一种遗憾。我认为斯特恩的另一部作品《多情客游记》也不容错过。对于这本书，我没有太多要介绍的，我只想说它很吸引人。

《约翰逊传》

现在，我要推荐的小说暂且告一段落，我们来看看其他体裁的文

---

[1] 18世纪英国小说家塞缪尔·理查逊的作品。——译者注

学作品。我想包斯威尔的《约翰逊传》是英语传记文学中最伟大的作品，这一点毋庸置疑。任何年龄层次的人都能从这本书中受益，并收获快乐。无论什么时候，只要你拿起这本书，随手翻阅，它必然能够让你心情愉悦。不过，时至今日再来赞誉这部作品，实在是太过荒谬。此外，我还要不合时宜地介绍另一本不太出名的书，是包斯威尔的《赫布雷德群岛游记》。我想大家都知道，包斯威尔的书稿一向都由马隆编辑，而马隆为了迎合那个时代迂腐的温煦风气，对书稿进行了大量删减，许多颇为风趣的内容都未能得以保留。幸好伊沙姆上校购买了包斯威尔的原稿，因此我们才能看到该书未经删减的版本。这本书可以加深我们对约翰逊以及包斯威尔的了解，也会让我们更加喜爱及钦佩这位倔强的老博士。当然，我们也会更加尊敬这位可怜的传记作者，因为他曾饱受非议。包斯威尔绝不应当被忽视，他能够敏锐地捕捉有趣的事件，巧妙地运用各类生动的短语，他还有一项罕见的天赋，就是还原场景的氛围以及生动的对话。

约翰逊博士的伟大形象在整个 18 世纪屹立不倒。他身上既有纯正的优点，也有不幸的缺陷，被视为英国公民的典范。我们通过阅读他的传记，对他的了解甚至超过了身边的至亲好友，但我们鲜有人读过他的作品。他的作品中，至少有一部具有极高的趣味性，那便是《诗人传》。恐怕没有任何一本书比《诗人传》更适合消磨假日时光或是作为枕边读物了。这部作品文风清雅，又不乏尖锐、幽默的语言，全书内容通俗易懂。尽管他的某些评论令人震惊——他认为葛雷非常愚蠢，而且对弥尔顿的《列西达斯》也并不认可——但我们仍然乐意阅读这些内容，因为这正是作者个性的体现。他对自己笔下人物的兴趣丝毫不逊色于对他们作品的兴趣。尽管你可能没有读过那些诗作，但约翰逊凭借细致、生动、包容的观察力所刻画的那些形象仍然会深深吸引到你。

吉本的《自传》

对于下面这本书，我有些犹豫不定。我希望我推荐的每一本书都是不容错过的，尽管我本人极度痴迷吉本的这本《自传》，但我并不能确定，如果不读这本书，于我自身有什么损失。当然，如果没有读过这本书，我会缺少很多乐趣，但如果仅以此为衡量标准的话，那么，还有许多书也是不得不提的。它们都算不上是需要单列一章来详细介绍的伟大作品。不过，吉本的《自传》确实具有很强的可读性，篇幅短小，保持了吉本一贯的优雅文风，既严肃，又不乏幽默。提到幽默，我不得不举一个例子来证明这一点：当吉本居住在洛桑时，他坠入了情网，但他父亲以剥夺继承权相要挟，几经思量之后，他打消了与爱人结婚的念头。吉本在这段小插曲的结尾处写道："作为一个爱人，我唏嘘不已；作为一个儿子，我只能服从。时间流逝，至爱分离，以及新的生活习惯，让我的伤口在不知不觉中愈合了。"我想，即便这本书再无其他亮点，这些经典的语句也是弥足珍贵的。

《大卫·科波菲尔》和《众生之路》

以上的书籍我都是按照年代先后顺序介绍的，现在，我要打破时间的顺序，介绍两部伟大的小说：狄更斯的《大卫·科波菲尔》和勃特勒的《众生之路》。我这么做，不仅是因为它们在英国小说领域占有举足轻重的地位，更是因为它们和我之前提到的作品一样，具有显著的英国文学特点。除了《项狄传》，所有这些作品都具有某种坚毅、坦率、幽默以及积极的特质，而在我看来，这正是英国的民族特点。书中的内容并没有什么巧妙之处，写作手法也谈不上细致，这类作品属于实践者，而非思考者。书中有许多的常识性内容，一些伤感的情愫以及大量人性的光辉。

至于《大卫·科波菲尔》，我没有什么需要多加赘述的，它是狄更斯最伟大的作品，在这部小说中，我们几乎找不到狄更斯的任何缺点，他的优点则完全展现了出来。在《众生之路》问世之后，又涌现出了许多长篇小说，但我认为这是最后一部文笔庄严的英国式小说，它同样也是最后一部未受到法、俄两国的伟大小说家影响的重要作品。它完全可以和《弃儿汤姆·琼斯的历史》媲美，我们也不难看出其作者继承了老辞典编纂人（指约翰逊博士）的精髓，而后者是公认的英国文学典范。

简·奥斯汀的《曼斯菲尔德庄园》

现在，我要回头再谈谈简·奥斯汀。我不能说她是最伟大的英国小说家，因为这个头衔是属于狄更斯的，尽管他浮夸、粗鄙、啰唆又多愁善感，但他仍然是出类拔萃的。他并不是在描写我们所知的世界，而是创造了一个新的世界。他用悬念、戏剧性及幽默感营造了多样的感受及喧嚣的生活气息。在我看来，除了狄更斯本人，至今只有一位小说家能够做到这一点，那便是托尔斯泰。狄更斯凭借充沛的精力塑造了一系列经典人物，他们千差万别，个性鲜明，我原本想说他们引发了生活的颤动，但这并不准确，事实上，他们使得生活躁动不安。狄更斯以娴熟的技巧驾驭着他那些复杂而超乎寻常的故事。只有真正的小说写作者才能完全认识到他的才华。

但简·奥斯汀是完美无缺的。诚然，她的写作范畴非常有限，只涉及一些乡绅、牧师、中产阶级，但是说到准确地洞察人物内心、细致地刻画人物性格，又有谁能望其项背呢？她根本不需要我的赞誉。我只想提一下她的写作特点：她能够不动声色地展开叙述，读者总感觉她所描述的一切都是合情合理的。总的来说，她的故事里没有什么跌宕起伏的情节，而且她也不愿意去写那种充满戏剧性的偶然事件，但你还是会忍不住一页页地翻阅，迫切地想要知道接下来的故事情节，我根本无法理解为什么会出现这种情况。这就是小说家所需要的才能，如果做不到这一点，这个小说家就完了。在这方面，我想不出有谁比简·奥斯汀更具天赋。此时此刻，唯一让我犹豫不决的是，在她为数不多的作品中究竟该推荐哪一部。我个人最喜欢的是《曼斯菲尔德庄园》。我知道，书中的女主人公有些做作，男主人公则是个自以为是的蠢货，但我并不在意这些。这是一部睿智、诙谐而温情的小说，充满了嘲讽式的幽默和细致入微的观察。

赫兹里特的《初识诗人》

现在，我来跟你说说赫兹里特。尽管他的声名完全被查尔斯·兰姆所掩盖，但在我看来，作为散文家，他比后者更加优秀。查尔斯·兰姆很有魅力，性情温和、风趣幽默，认识他的人都很喜欢他，他总是能够打动读者的心。赫兹里特则截然不同，他粗鲁、冒失、爱妒忌，又争强好胜。老实说，他确实不招人喜欢，但遗憾的是，最好的人不一定能写出最好的书。艺术家终究还是要有个性的。在我看来，赫兹里特痛苦、挣扎、激昂的灵魂远比查尔斯·兰姆的隐忍和伤感更吸引我。作为一名作家，赫兹里特非常活跃、大胆、积极。只要是他想说的话，必然会毫不避讳地说出来。他的散文内容丰富，只要你读完其中一篇，就会像吃了一顿丰盛的大餐一样，感到无比满足；相反，兰姆的散文则华而不实。赫兹里特最优秀的作品大多收录于《燕谈录》一书中。他的散文集版本众多，但是每个版本都收录了《初识诗人》这一篇，我个人认为，此篇不仅是赫兹里特最令人振奋的作品，也是英国文学史上最好的散文作品。

《名利场》和《呼啸山庄》

现在，我再推荐两部小说：萨克雷的《名利场》和艾米莉·勃朗特的《呼啸山庄》。由于篇幅限制，我只能简单介绍一下。如今的评论家对萨克雷都过于苛刻了。或许，萨克雷的不幸在于他生在那个年代。如果他生活在我们这个时代，并从事写作事业，他就不会受到维多利亚时期传统观念的束缚，无论他所面对的是多么残酷的现实，他都可以如实诉诸笔端。他的意识超前，他深刻地认识到了人类的平庸，同时，对于人类天性中所体现出的种种矛盾他也持有浓厚的兴趣。尽管他作品中的伤感与教条令人反感，同时由于性格中的软弱而导致他随波逐流，这一点也着实让人遗憾，但不可否认，他所创造的贝基·夏普是英文小说中最真实、生动、有力的人物。

《呼啸山庄》是一部绝无仅有的作品。这部小说中充斥着一些暴力情节的描写，往往会令读者无所适从；然而全书的内容激情澎湃、感人至深，犹如伟大的诗篇一般既深刻又有震撼力。这部作品读起来根本不像是在读小说，因为在读小说时，无论你多么全神贯注，你总会提醒自己，这不过是一个故事罢了；然而，《呼啸山庄》能让你真真切切地感受到破碎的生命带来的痛苦。

还有三部小说是不容错过的，分别是乔治·爱略特的《米德尔马契》、特罗洛普的《尤斯塔斯钻石》和梅瑞狄斯的《利己主义者》。这里我就不多加赘述了。

诗歌里的上乘佳作

想必读者们已经注意到，目前为止我还没有提到任何诗歌作品。我并不认为英国能够诞生世界一流的画家、雕塑家或是音乐家，尽管在这些方面我们也颇有建树，但算不上卓越。不过，我认为我们的诗歌是一流的，我这么说并不带有任何国家和民族角度的偏袒。诗歌是文学的花冠，它绝对不会甘于平淡。埃德蒙·戈斯曾告诉我，他宁愿读一本二流的诗歌，也不愿读一本普普通通的小说，因为读诗花不了多少时间，而且也不费脑子。然而，我只愿意读那些真正伟大的诗篇，否则不管它的写作手法有多巧妙，对我来说也毫无意义，还不如看看报纸。阅读诗歌需要有特定的心情和环境。我倾向于选择夏日的傍晚，在花园中读诗；或是坐在海边的崖壁上面，又或是躺在林中青苔密布的溪边，捧起一卷诗歌细细品味。

不过即便是最伟大的诗人，也必然写过大量枯燥乏味的作品。有不少诗人出过许多本的诗集，但真正能称得上佳作的只有那么两三首，但我认为这已经足够证明他们的价值。然而我不想花大量的时间去阅读，收获那么少。所以我更喜欢读诗选。有些评论家对诗选不屑一顾，这我完全能够理解，他们认为要想欣赏一位作家，就必须通读他的所有作品。但我不愿意带着评论家的眼光来读诗，我只是一个需要抚慰、振作和宁静的普通人。我要感谢那些体贴的学者，他们从卷帙浩繁的诗海中层层筛选，留下来那些值得细细品味的经典之作。我心目中最好的三部诗选分别是帕格雷夫的《英诗金库》《牛津英诗选》和杰拉尔德·布莱特编写的那部广受赞誉的《英国短诗精华》。不过，我们也不能忽略了当代诗人，他们或许也为我们留下了珍贵的诗篇。遗憾的是，我所知道的唯一一本当代诗选实在没什么价值，所以不提也罢。

当然，每个人都应该读一读莎士比亚的那些悲剧作品。他不仅是有史以来最伟大的诗人，更是我们英国人的骄傲。如果有哪位品位高雅、行事严谨的博学之士熟知莎翁的剧本，我希望他能够编一本莎士比亚选集，将他剧本和诗歌中的那些经典的章节、段落甚至是个别句子摘录出来，编成一本可以随身携带的书，这样当我的内心需要诗歌的滋养时，就能随时阅读了。

英国文学漫谈（二）

由于篇幅所限，在《英国文学漫谈》一文中，有几部小说我只提了一下书名。为了自我满足，我想借这篇再加以介绍。

这三部作品分别是：特罗洛普的《尤斯塔斯钻石》、梅瑞狄斯的《利己主义者》和乔治·爱略特的《米德尔马契》。我已经有许多年没有碰这几本书了，这次正好重读了一遍。我推荐的是特罗洛普的《尤斯塔斯钻石》，而不是他最著名的小说《巴彻斯特养老院》。因为《尤斯塔斯钻石》更具完整性。《巴彻斯特养老院》则属于某个系列中的一部分，该书的主题和人物都不是很清晰，要想完全理解这部小说，必须连同前后几部小说一起读。我的目的是为读者推荐那些读起来既享受又能从中获益的书，而特罗洛普在文坛的重要性还不足以让我将他那六本印得密密麻麻的大部头列入推荐书单。我还记得，《巴彻斯特养老院》中充斥着大量夸张的描写，这似乎是维多利亚时期小说一个令人生厌的特征。然而，现在我又把《尤斯塔斯钻石》读了一遍，我要提醒读者，尽管更为著名的《巴彻斯特养老院》同样存在瑕疵，但仍然是值得一读的。

作为一部侦探小说，《尤斯塔斯钻石》有两处别出心裁的情节，遗憾的是其内容拖沓冗长。如今，这一类小说的写作手法已经日趋成熟，一位现代作家完全可以用三百页的篇幅更好地叙述这样的故事。书中的人物虽然描写到位，读起来却非常乏味，他们大多可以被视为维多利亚时期小说中的典型。通过读这本书，我们不难发现，特罗洛普想要创作狄更斯那样的伟大作品，然而他做得并不够出色。莉奇·尤斯塔斯是这部小说中最鲜活的角色，但是特罗洛普对她非常反感，或者至少可以说，他希望读者反感她。他对这个角色非常不公平。这就正如我们看见律师当庭威吓犯人，不管犯人如何罪大恶极，却依然会引起我们的恻隐之心，我们会看到，莉奇并不比其他人坏多少，因此作者不该对她如此中伤。然而，不管怎么说，这都是一本可以轻松阅读的小说。对维多利亚时期的英国感兴趣的读者，可以借助这本书来好好回顾旧日的风俗礼仪。总之，对于这本书我不做强烈推荐。

尽管与《尤斯塔斯钻石》相比，我更建议你们去读《巴彻斯特养老院》，但我必须补充一句：千万不要期望太高。特罗洛普晚年的创作能力被夸大了。他几乎已经被一代人所遗忘，可当他的作品重新回到人们的视线中时，却被冠以时代特色，我觉得他实在担不起如此多的赞誉。他的确是一位诚实、勤勉、有洞察力的笔耕者。他的作品有感染力，他能够平铺直叙那些简单的故事，尽管这种平铺直叙的方式导致作品的结构变得松散。不过他缺乏热情、智慧，也不够机敏，他无法用简单而含蓄的词语来介绍角色。如今我们能够欣赏的只有他的真诚，以及他质朴、准确而真实地勾勒出的那个已然消逝的社会状态。

如果时光倒退五十年，每个聪明、自负的年轻人都会热衷于梅瑞狄斯的书。这就和之后一代的年轻人喜欢读萧伯纳，十年前的年轻人喜欢读 T. S. 艾略特一样。不过，我相信如今已经没什么年轻读者喜欢梅瑞狄斯的书了。但《利己主义者》实在是一部不错的小说。尽管书中描写的那个社会阶层早已淡出了我们的视线，可在梅瑞狄斯那个年代，对其持有敬意是很理所当然的事情。我们再也无法接受那些乡绅贵妇乘坐四轮马车招摇过市的场面，那些所谓的社会精英，他们的行为看起来是那么庸俗，简直令人鄙夷。梅瑞狄斯笔下的那个世界已经不复存在，如今，克莱拉·米德尔顿的行为根本无法引起我们的任何共鸣：她是一个勇敢、独立的富家女，当她发觉自己已经不再倾心于威罗比·帕特恩爵士时，便断然与他解除了婚约。

如今这个年代，女孩们根本不会陷入这种困境。如今，我们要求小说具有合理性，我们无法接受那些稍有常识便可避免的所谓"困境"。当克莱拉终于下定决心前往伦敦，她悄悄溜出家门，惶恐地走向火车站，但是暴雨骤降，她的双脚被打湿，因而错过了火车，她只好又回到家中。在她身上几乎没有一点女性该有的狡诈。她就要结婚了，当然需要添置些衣服，可她却完全没想到以此为借口前往伦敦，这一点实在让人想不通。

梅瑞狄斯的写作方式在一定程度上限制了他作品的可读性。他的做作以及故弄玄虚实在令人生厌。你会发现，他根本不知道如何直截了当地说话，这使得他引以为豪的才华被埋没了。不过，他还是很擅长塑造人物，他笔下的人物活灵活现，让人过目不忘。他们不像《白鲸》中的人物那样比起真实生活中的人物略显夸张，但也有不同于常人之处。就像康格里夫喜剧中的人物，虽然略显不自然，但也不是死气沉沉。梅瑞狄斯用自己的热情点燃了他们的生命，就像霍夫曼笔下的那些木偶被魔法师赋予了生命一样，这些人物也绽放出了属于自己的光芒。只有真正的小说家才能塑造出这样的人物，读者也正是因此被梅瑞狄斯所吸引。尽管他的文风过于华丽，价值观有失偏颇，情节设计略显拙劣，但如果你真的能够怀着欢愉的心情阅读他的作品，你会发现他的故事非常流畅，在不知不觉中，你已经欣然和他一起展翅翱翔，他的创造力会给你带来无限的快乐。

《利己主义者》是梅瑞狄斯最好的一部小说，因为这样的主题是普遍存在的。利己主义是人类的天性，它是我们永远无法摆脱的一种品质（我不想贬低它，因为人类的诸多美德也正是源于这一劣根性），它决定了我们自身的存在。如果没有利己主义，我们就不是真正的自我；没有它，我们就会一无所有。我们需要做的就是不断地审视自身，抑制内心的私欲，这样我们才能生活得更好。梅瑞狄斯对于威罗比·帕特恩爵士这一利己主义者的刻画可谓空前绝后。不过，我认为任何一个读者在阅读这本书时，都会从内心深处生出一些谴责。如果读者丝毫没有察觉到威罗比·帕特恩爵士的荒谬与可憎，那他一定是个更自私的利己主义者。正如梅瑞狄斯所言，他笔下的这个可悲的主人公并非特指某个人，他是我们所有人的缩影。《利己主义者》是一部生动有趣的小说，因为它会让我们产生一些对自我的认识，而这是非常有益的。

现在我要介绍《米德尔马契》这本书了。但从小说的角度来看，这部作品比前两部更为精彩，它的写作技巧非常高明。这部小说的结构非常复杂，乔治·爱略特的取材并非局限于某一特定的阶层，她综合了来自不同社会阶层的形形色色的人物。在她的故事中，有生活在米德尔马契周边，以地产维生的乡绅贵族，有居住在米德尔马契城里的职场人士、商人、小贩。大多数小说家所描写的只是真空环境下的两三个人，他们与外部世界并无太大关联，乔治·爱略特则不同，她所描写的是存在于整个世界的各类人物的命运，我们自然也被囊括其中；她对于发生在各类人物身上的故事也处理得非常巧妙。对于如此复杂的故事构架，如果作者没有纯熟的写作技巧，很有可能导致读者只对其中某一类人物产生兴趣，其他类型的人物则无法获得任何共鸣感。但是乔治·爱略特笔下的所有人物都能抓住读者的心。当她将故事重心从一类人转移到另一类人身上时，给读者的感觉就像是现实生活一样，我们通过某些人认识了另一些人，非常自然。这为她的小说营造出了一种非常真实的氛围。虽然这个故事发生在乔治四世在位时期，但我们仍然感觉这就是我们所熟悉的生活场景。书中的众多角色栩栩如生。作者用细致入微的观察，让每一个人物都能站得住脚，而且独具特色。

不过乔治·爱略特没有梅瑞狄斯那样的热情，她无法让笔下的人物如天使般纯粹（我突然觉得这倒是个不错的理由，可以解释为什么克莱拉·米德尔顿从未想到以添置衣物为借口前往伦敦，因为天使是不需要任何结婚礼服的）。乔治·爱略特能够冷静、精准、饱含同情地对待自己笔下的人物。因而她所塑造的英雄比我们强不了多少，她所塑造的恶棍也坏不到哪儿去。她对人物的剖析极为深刻，这使得读者仿佛也走进了人物内心，而不是以旁观者的身份看待他们。所以就连卡索朋先生那样可恶的家伙都能赢得几分同情。乔治·爱略特塑造的这些人物都非常具有现代气息，因为他们并不是只顾及自己的内心感受，他们也关心政治和社会事实；他们和我们一样要面对柴米油盐，他们也同样具有理智和情感。简单来说，他们和我们一样，都是有血有肉的人。

就《米德尔马契》这部作品来看，乔治·爱略特拥有成为一位伟大小说家的所有天赋，只是缺乏热情。没有哪位英国作家能够像她那样对生命做出完整而理性的诠释。她绝对是一位充满理智与同情心的作家，只是缺少了一些浪漫。

在结束本文之前，我还想再说两点。在《英国文学漫谈》一文中谈论诗集时，我遗漏了罗伯特·勃里奇斯的《人之精神》。有一位评论家反对我将《牛津英诗选》列入推荐书单，他认为这本书没有什么价值。对此我却不敢苟同，我承认该书的后半部分确实有一些毫无价值的篇目，但这种情况是不可避免的。任何选集都摆脱不了编者的个人判断及品味。对于那些经过时间沉淀的作品，编者自然是充满信心，对于同时代作品却拿捏不准。因为随着时间的推移，谁也不敢保证如今深深震撼我们的作品也同样能触动下一代人。不过，我觉得如果有人对《人之精神》持有异议，那简直是大错特错。这种偏颇的个人观点也一定不会被读者们所认可。罗伯特·勃里奇斯学识渊博，有独到的鉴赏能力以及对美学的热切追求，所以他在《人之精神》一书中收录了许多读者不太熟悉的优秀诗歌。这绝对是一本博大精深、令人震撼的书。

最后，在本文的结尾处，我想引用约翰逊博士写给史雷尔小姐的一句话："那些不读书的人没有什么可思考的，便也没有什么可表达的。"

查尔斯·狄更斯与《大卫·科波菲尔》

（一）

查尔斯·狄更斯虽然个子不高，但是举止优雅，长相讨人喜欢。麦克里斯二十七岁时为他画过一幅肖像，收藏在国家肖像馆。画中狄更斯坐在写字台前的一把漂亮的椅子上，一只优雅的小手轻轻地放在手稿之上。他穿着华丽，戴着一个大大的缎子领饰。一头卷曲的棕发，垂于脸颊两侧的耳朵下方。他的眼睛很漂亮，脸上带着若有所思的表情——这正是那些仰慕他的公众期望在这位成功的年轻作家身上所看到的。这幅肖像没有展现的是——他的活力、闪耀的光芒、心和思维的活力，与他接触过的人都会在他的面容中看到这些特点。他的衣着通常都很华丽，年轻的时候，他喜欢天鹅绒外套、艳丽的马甲、彩色领带以及白帽子，然而他的衣着从未获得他所期望的效果，因为旁人都对他的穿着感到震惊，在他们眼中，狄更斯总是衣着不整，而且太过浮夸。

他的祖父威廉·狄更斯早先是一名男仆，后来与一名女仆结婚，最终他成了克罗尔府的管家。克罗尔府是查斯特尔市议员约翰·克罗尔的乡村宅第。威廉·狄更斯育有两个儿子，威廉和约翰。我们要关注的只有约翰，原因有二：首先是因为他是英国最伟大的小说家的父亲，其次是因为他是他儿子笔下最出名的人物密考伯先生的原型。威廉·狄更斯去世后，其遗孀作为主管继续留在克罗尔府。三十五年后她退休了，也许是为了离两个儿子近一点，她搬到了伦敦居住。克罗尔一家为失去父亲的两个男孩提供了求学的机会，并且承担了他们的生活费用。他们还为约翰在海军出纳室找了份工作，在那里他和一个同事成了朋友，不久后还娶了他的妹妹伊丽莎白·巴鲁。自他们的婚姻生活开始，约翰的经济状况似乎一直不好，任何愿意借钱的傻瓜他都不会放过。不过他心地善良、慷慨、聪明，而且勤奋（尽管这可能是间歇性的）。显然，他很爱喝酒，因为他第二次由于债务被捕是遭到了一位酒商的控告。据说，晚年的约翰是一个衣着讲究的浪荡老头，总爱拨弄系在手表上的一大串印章。

查尔斯是约翰和伊丽莎白·狄更斯生的第一个男孩，他还有个姐姐。他于 1812 年出生在普特希镇。两年后他的父亲被调离到伦敦，三年后又被调到查特姆。在那里，这个小男孩开始上学，学会了阅读。他的父亲收藏了很多书，比如《弃儿汤姆·琼斯的历史》《威克菲尔德牧师传》《吉尔·布拉斯》《堂·吉诃德》《蓝登传》和《小癞子》等等。查尔斯把这些书反反复复地阅读。从他写的小说中，可以看出这些书对他产生的影响非常深刻和持久。

1822 年，约翰·狄更斯已有了五个孩子，那年他搬回到伦敦。而查尔斯被留在查特姆继续上学，几个月后才和家人团聚。他们定居在伦敦市郊的康登镇，他们的住所后来被他描绘成密考伯的家。虽然约翰·狄更斯的年收入有三百多英镑，但是他常常处于经济危机的绝境之中，无力继续负担小查尔斯的学费。令小查尔斯沮丧的是，他不得不去照看其他小孩，擦靴子、刷洗衣服、帮助狄更斯太太从查特姆带过来的女仆做家务。余暇时，他会在康登镇闲逛，这里是"一个被田野和壕沟围绕的荒凉地方"，还会去邻近的萨默斯镇和肯特镇，有时候还会去更远一点的地方，看一眼苏荷和莱姆豪斯。

由于生活越来越艰难，狄更斯太太决定为远赴印度生活的英国人子女创办一所学校，她借了些钱，可能是从她的婆婆那里借来的，她印了一些准备分发的传单，让几个孩子把传单放进附近的邮筒里。结果可想而知，她没有招到学生。债务越来越紧迫，查尔斯被派去典当行将任何可以换钱的东西——书籍，对他而言极为珍贵的书籍，也被卖了——典当。后来狄更斯太太的远房亲戚詹姆斯·兰伯特为查尔斯提供了一份工作，让他在一家碳粉厂工作（兰伯特是该厂的合伙人），工资是每星期六先令。他的父母心怀感激地替他接受了这份工作，他们如此释然地对查尔斯不管不顾，这深深地伤害了这个男孩。他那时才十二岁。不久之后，约翰·狄更斯由于债务被捕，被带到马歇尔西监狱；他的妻子将仅剩的一点东西典当之后，也带着孩子们去了那里。那所监狱脏乱不堪而且十分拥挤，不仅有犯人住在里面，还有他们的家人，只要他们愿意，家人都可以住进来。我不知道这样的安排是为了帮助囚徒度过艰难的监狱生活，还是由于这些不幸的家人根本没有其他地方可去。如果欠债者不能还钱，那么失去自由就是他要承受的最坏的结果，而这种结果在某些情况下可以得到缓解：有一些犯人在遵守一些条件的前提下可以住在监狱的外面。过去，看守者常常将犯人作为勒索的对象，并且经常粗暴地对待他们。但是到了约翰·狄更斯入狱的时候，这些残忍的做法被取消了，他可以令自己舒适地待在里面。忠诚的小女仆住在外面，每天都来帮忙照顾孩子们并且做饭。他依旧领着每星期六英镑的薪水，但是没有还债。可以设想，他满足于不用再受到债主的骚扰，所以对于出狱并不怎么在意。很快，他的精神就恢复了。其他欠债者"推选他为监狱委员会主席，负责监管监狱的内部经济"，不久他就和包括狱吏、最低等的犯人等在内的所有人成了朋友。

为他写传记的作者们一直困惑于一个问题，那就是约翰·狄更斯为什么可以在监狱里面依旧领着薪水。唯一的解释可能是，政府职员都是由有权有势之人任命的，像由于欠债入狱这样的事并不是一件严重的事情，所以不至于中断发放他的薪水。

父亲刚刚入狱的那段时间，查尔斯寄宿在康登镇。后来由于距离碳粉厂（该厂位于查令十字街亨格福德浮动平台）太远，约翰·狄更斯在萨瑟克区兰特街为他找了一个房间，靠近马歇尔西监狱。查尔斯才得以和家人一起吃早饭和晚饭。他的工作不怎么辛苦，主要就是清洗瓶子、贴上标签、打包。1824年4月，克罗尔府的老管家威廉·狄更斯太太去世，她将积蓄留给了两个儿子。约翰·狄更斯还清了债务（由他哥哥办理），重获自由。他再次在康登镇安家，然后回到海军出纳室工作。查尔斯继续在碳粉厂清洗瓶子，但是后来约翰·狄更斯和詹姆斯·兰伯特发生了争吵。"他们通过书信争吵，"查尔斯后来写道，"因为是我把父亲那封引发他们关系破裂的信拿给他的。"詹姆斯·兰伯特告诉查尔斯，他的父亲侮辱了他，所以他必须离开。"很奇怪，我竟然有如释重负之感，于是我回到了家。"他的母亲试图平息这件事情，这样查尔斯才能保住他的工作和每星期六先令的工资，因为那时候她还是非常需要这笔钱的。这件事让他永远无法原谅自己的母亲。"我后来永远无法忘记，我永远不会忘记，我永远忘记不了，我的母亲竟然如此期望把我送回去工作。"他补充道。然而，约翰·狄更斯坚决不让，他把儿子送到了一所学校，该学校有一个非常大气的名字——惠灵顿议会学院，位于汉普斯特德路。查尔斯在那里待了两年半的时间。

很难算出这个小男孩在碳粉厂一共待了多长时间，他2月初到了那里，6月和家人团聚，所以他在该厂待的时间不会超过四个月。然而，似乎这段经历给他留下了深刻的印象，他将这段经历视为难以启齿的耻辱。当他的好朋友以及首位传记作家约翰·福斯特偶然间谈到这个话题时，狄更斯告诉他：这是一个令他非常痛苦的话题。"即便是在那个时候，"当时已经过去二十五年了，"他仍然铭记在心。"

我们已经习惯听到一些著名的政治家和行业巨头自夸他们年轻时有过洗盘子、卖报纸的经历，所以很难理解查尔斯·狄更斯为何将自己在碳粉厂的那段经历视为父母对他的巨大伤害以及必须掩饰的可耻秘密。他是一个快乐、淘气、机敏的孩子，对于生活的阴暗面早已有了深刻的认识。从很小的时候起，他就目睹了父亲的挥霍无度令他们的家庭陷入经济危机。他们是穷人，过着穷人的生活。在康登镇，他要打扫和擦洗；他还被派去典当外套或者小装饰品，以获得购买食物的钱；和其他男孩一样，他也必定会在街上和同龄男孩一起玩。当同龄男孩在上学的时候，他不得不去工作，并且赚到了不错的工资。每星期六先令的工资（不久后就涨到七先令），至少相当于现在的二十五至三十先令。在一个短暂的时期，他不得不依靠自己的工资养活自己，但是当他后来住到马歇尔西监狱附近，可以和家人一起吃早饭和晚饭时，他就只需要自己买午饭了。和他一起工作的男孩子都很友善，很难理解他竟然会因为和他们在一起而感到羞耻。他时不时地会被带去看望住在牛津街的祖母，并了解到她一生都在"服务"他人。

约翰·狄更斯很可能是一个有点势利的人，没什么本事却自视过高，不过一个十二岁的男孩肯定对于社会地位没有过多的认知。我们可以做进一步的猜想，假如查尔斯足够成熟，认为自己比工厂的其他男孩优越，他一定可以聪明地意识到自己的工资对家人而言是多么重要。我们还可以猜想，他会因为自己可以给家里挣钱而感到自豪。

因此，根据福斯特的发现我们可以推测，狄更斯撰写了部分的自传内容并将其交给了福斯特，由此我们了解到这段经历的细节内容。我猜想，当他在回忆这段经历时，他对童年时期的自己充满了同情；虽然当时他有名有钱，受人尊敬，但当他想到那段经历时，仍然能够感受到痛苦、厌恶和屈辱。当他写到这个可怜的孩子由于被自己信任的人所背叛而感到孤独和悲伤时，往事一幕幕清晰地出现在眼前，他宽容的心在滴血，双眼由于泪水而模糊了。我认为，他不是有意在夸大，而是不自觉地进行了夸大。他的才华、他的天赋离不开夸大的写作手法。正是通过对密考伯先生这个人物的喜剧元素进行的详述和强调，令读者们捧腹大笑；正是通过对小内尔日渐衰弱的悲伤感进行了加强，令读者们伤心落泪。假如他未能将自己在碳粉厂的四个月经历描绘得如此生动的话（因为只有他自己知道如何描绘），他就不会成为一名如此出色的小说家。此外，众所周知，他在《大卫·科波菲尔》中再次运用了这段经历，赚取了读者的眼泪。

在我看来，我不相信那段经历真的给他带来了如此巨大的痛苦，以至于他后来成为知名的受人尊敬的社会公众人物后依然难以忘怀。我更不相信，传记作家和评论家所认为的那段经历对他的生活和工作产生了决定性的影响。

在马歇尔西监狱的时候，约翰·狄更斯担心自己作为一个无力偿还债务的欠债者会丢掉海军出纳室的工作，所以他以健康不佳为由请求部门主管推荐自己申请退休金。最终，鉴于他二十年的服役以及有六个孩子需要养育，"基于同情"他获得了每年一百四十英镑的退休金。这笔钱对需要养家糊口的约翰·狄更斯来说实在不多，他不得不寻找增加其他的收入来源。他不知道从哪里学到了速记法，在与新闻界有交情的姐夫的帮助下，他获得了一份议会记者的工作。

查尔斯在学校上学一直到十五岁，然后去了一家律师事务所当童役。他似乎没有觉得这份工作有损尊严。他加入了我们如今所说的白领阶层。几个星期后，他的父亲设法给他在另一家律师事务所找了一份周薪十先令的职员工作，后来薪水又涨到了十五先令。他感到生活无趣，抱着提升自己的目的，他学习了速记——十八个月后，他足以胜任宗教法庭记者这份工作了。二十岁的时候，他已经可以报道下议院的辩论了，不久就作为"记者席上速度最快、最准确的记者"而声名远扬了。

在这段时间，查尔斯爱上了玛丽亚·比德奈尔，一个银行职员的漂亮女儿。他们第一次遇见时，查尔斯十七岁。玛丽亚是一个轻浮的年轻女子，她似乎给过他很多鼓励。他们甚至可能有过秘密的订婚。玛丽亚因为有一个情人而感到很开心，但是查尔斯身无分文，她从未打算和他结婚。两年后，这段恋情结束，但是他们仍然浪漫地交换礼物和信件，查尔斯感觉自己的心碎了似的。多年以后，他们才再次见面。此时玛丽亚·比德奈尔已经是结婚多年的妇人，她和已经赫赫有名的狄更斯先生及其夫人共进了晚餐。此时的她身材肥胖，平庸愚蠢。后来她成为《小杜丽》中芙洛拉·费因钦的原型，此前也是《大卫·科波菲尔》中朵拉的原型。

为了离自己工作的报社近一点，狄更斯住在了距离斯特兰德不远的一条肮脏的街道上。感觉不满后，不久他就在菲尼瓦尔旅馆租了没有家具的房间。不过，正当他准备布置房间之前，他的父亲再次由于债务被捕，他不得不负担起父亲在拘留所生活的费用。"可以想到，约翰·狄更斯将有一段时间无法和家人团聚。"查尔斯为家人找到了便宜的住所，他自己和弟弟弗雷德里希则到外面去住，他们住在菲尼瓦尔旅馆四楼的后屋。

"正是因为他的热心和慷慨，"恩娜·波普－亨奈希在她极具可读性的查尔斯·狄更斯传记中曾写道，"因为他似乎能够轻易地解决这类困难，他的家人以及后来他妻子的家人都习惯于找他帮忙，期待他为这些没有骨气的人找钱、找职位，正如养家糊口的人都需要承受这类负担一样。"

（二）

狄更斯在下议院的记者席工作了大约一年后，开始撰写有关伦敦生活的系列短文；最早的几篇发表在《月刊》上，后来发表在《晨报》上；狄更斯没有获得任何报酬，但是这些文章引起了出版商迈克尼的注意。在狄更斯二十四岁生日的那天，这些文章以两册的形式出版，书名叫《博兹特写集》，附带克鲁克香克所画的插图。迈克尼向狄更斯支付了第一版的稿酬，共计一百五十英镑。该书大受欢迎，不久作者就收到了约稿。当时，关于幽默人物、带有喜剧插图的逸事小说非常流行，每月发表一期，每期的稿费是一先令。它们相当于现在的连环画的前身，并且同样地广受欢迎。

有一天，查普曼＆豪尔出版公司的一个合伙人拜访狄更斯，让他写一篇关于业余运动员俱乐部的叙述类故事，目的是配合宣传一位知名艺术家所画的插图。当时的计划是一共发表二十期，该合伙人的出价是每月十四英镑，作为现在所说的"连载版权"费用，并且将来以书的形式出版后还会向他支付额外的费用。狄更斯当时提出了异议，给出的理由是他对运动一无所知，没有把握可以按时完成，但是"那笔稿酬实在令人无法抗拒"。无须我多言，后来的《匹克威克外传》就是这个故事。最初的五期没有获得什么热烈的反响，但是随着山姆·维勒的出场，发行量急剧上升。当这个故事以书的形式问世的时候，查尔斯·狄更斯已经声名远扬。尽管评论家对此持保留意见，但他的名声已经打响了。《评论季刊》曾有一段谈论狄更斯的话："无须预言能力就可以预测他的命运——他已经声名鹊起，未来会跌入低谷。"不过的确如此，在他的整个生涯中，公众看他的书看得津津有味，评论家们对他的书却吹毛求疵。

1836 年，在《匹克威克外传》第一期发表的前几天，狄更斯娶了凯特为妻，她是狄更斯在《晨报》的同事乔治·霍格斯的长女。乔治·霍格斯共有六个儿子、八个女儿，他的几个女儿全都身材矮小，体态肥胖，精神焕发，她们还都有一双蓝眼睛。凯特是唯一达到适婚年龄的，这似乎就是狄更斯娶了这个女儿的原因。短暂的蜜月期后，他们安顿在菲尼瓦尔旅馆，并且邀请了凯特漂亮的妹妹玛丽·霍格斯同住，玛丽那时十六岁。狄更斯接受了另一份合同，也就是小说《雾都孤儿》，于是在写《匹克威克外传》的同时他又开始了这部小说的创作。这部小说也是要按月发表，所以他先用两个星期写这一部，再用两个星期写另外一部。大多数小说家都是集中于创作当下的人物，不知不觉地就会将其他的文学想法压抑到潜意识中。而狄更斯竟然能够轻松地在两部小说中切换，着实令人惊叹。

他喜欢上了玛丽·霍格斯。当凯特有孕无法陪他出行时，玛丽常常陪伴在他左右。凯特的孩子出生后，因为她可能还要再生几个孩子，所以他们从菲尼瓦尔旅馆搬到了道蒂街的一个住所。玛丽出落得越来越漂亮了。5月的一个晚上，狄更斯带着凯特和玛丽出去看戏，她们看得很开心，兴致勃勃地回到了家。接着玛丽就病倒了，他们请来了一位医生。几个小时后，玛丽就去世了。狄更斯把她手上的戒指取了下来，戴在了自己的手上。他一直戴着这枚戒指，直到他去世。他悲痛不已，不久后，他在日记中写道："她是如此可爱、快乐、亲切的一个伙伴，她比任何我认识的或者以后认识的人，都能理解我的想法和感觉，如果她现在还和我们在一起，我想我别无他求，只希望这份幸福可以持续下去。但是她已经不在了，我祈求上帝，让我有一天可以和她重逢。"这段文字别有深意，包含了很多的信息。他还安排自己葬在玛丽的旁边。我认为，毫无疑问他深深地爱上了她。而我们永远无法得知，他自己是否已经意识到这一点。

玛丽去世的时候，凯特再次有孕，却因为这个打击流了产。当她身体恢复后，查尔斯带着她去国外进行了一次短途旅行，以期望两个人都能恢复精神。到了夏天，他的精神倒是恢复了，还和一位埃莉诺·P女士打情骂俏。

（三）

《雾都孤儿》《尼古拉斯·尼克尔贝》《老古玩店》这几部作品令狄更斯的职业生涯获得稳步发展。他是一个努力工作的人，连续几年，他都是在上一部作品尚未完成的情况下又开始写另一部作品。他写作的目的是迎合读者，他密切关注大众对于刊登其小说的月刊的反应。有趣的是，他没有打算将《马丁·瞿述伟》放到美国出版，直至下降的销量表明他的文章不如以前那么畅销。他不是将流行视为可耻的事情的那一类作者，他的成功是巨大的。

不过，文人的生活通常不是多姿多彩的，他们的生活是单一的。由于职业需要，狄更斯每天都需要花上几个小时来写作，他还建立了适合自己的生活规律。他和当时有名望的各类人接触，包括文学界、艺术界和上流社会的人；他被贵妇们纠缠不休；他参加聚会，也组织聚会；他旅行；他要公开露面。基本上这就是狄更斯的生活方式。他所获得的成功在作家当中确实是罕见的。他似乎有用之不竭的精力。他不仅频繁地创作出长篇小说，而且创办和编辑过杂志，甚至在很短的时间内编辑过日报；他还偶尔写一些文章；他做过讲座，在宴会上演讲，后来还朗诵过自己的作品；他骑过马，认为一天步行二十英里[1]根本不算什么；他还跳舞，喜欢搞恶作剧、变魔术来逗乐他的孩子；他还在业余剧院演出。他对剧院一直着迷，曾经甚至认真考虑过要登台演出。当时他还跟一位演员学习语言艺术，背诵台词，对着镜子练习如何入场、如何坐在椅子上、如何鞠躬。

可以这么认为，当狄更斯初入时尚界时，这些学习对于他是非常有帮助的。然而，吹毛求疵者仍然觉得他有些粗俗，认为他的穿着方式过于显眼。在英国，通常根据口音就能够判断一个人的"位置"，所以几乎一生都在伦敦生活、家境平凡的狄更斯，大概说话带有伦敦东区口音。不过，凭借英俊的外貌、明亮的眼睛、充沛的精力、生机勃勃以及欢乐的笑声，他散发出迷人的魅力。也许他沉醉于阿谀奉承，但是绝没有被溢美之词冲昏了头脑。他保持着谦逊的优良品质，他对人和善，感情丰富，他出场的时候必定带着愉悦的心情。

说来奇怪，尽管狄更斯的观察力敏锐，并且随着时间的推进，与上层社会人士的关系越来越好，但是他在他的小说中从未将这个阶层的人物描绘得非常可信。在他生前，对他最普遍的一个指责是，他不知道如何刻画绅士。他描绘的律师和律师助理（他在办公室工作时就已经熟悉）都具备鲜明的个性特征，而他描绘的医生和牧师没有。他最擅长刻画的是在他童年时期混迹其中的下层社会人士。似乎一个小说家只能对自己从童年时期起就接触的人有深刻的认识，并且将他们作为创作的原型。一个孩子的一年，一个男孩的一年，要比一个成

---

[1] 英美制长度单位，1 英里合 1.6093 公里。

年人的一年漫长得多，所以他似乎拥有世界上的全部时间，使其意识到构成其周围环境的人具备什么样的特质。"很多英国作家在描绘上层社会的生活方式方面是彻底失败的，有一个原因很可能是，"亨利·菲尔丁曾写道，"在现实生活中，这些作家对上层社会的生活方式一无所知……恰巧这类上层人士不像其他阶层的人那样在街道、商店、咖啡馆等场所出没，也不像其他的上层人士那样出头露面。简而言之，如果不具备一定的资格，也就是头衔、财富或者等同于这两者的光荣的赌徒职业，一个人是无法了解这个阶层的。不幸的是，具备这些资格的人很少愿意从事写作这项倒霉的职业；通常，下层和贫穷的人才会从事这项职业，因为很多人认为这个职业是不需要什么准备就可以从事的。"

当条件允许后，狄更斯一家立即搬进了一个更加时尚的区域的新房子，并且从知名的公司订购了用于会客室和卧室的全套家具。地板上铺了厚厚的绒毛地毯，窗户上装饰着彩色窗帘。雇用了一个好厨师、三个女佣和一个男佣。他们还准备了一辆马车。他们举办宴会，邀请有名望的人参加。他们的挥霍无度令简·卡莱尔震惊，杰弗里勋爵曾写信给他的朋友科伯恩勋爵，说他去了他们的新房子赴宴，并且评价道："对一个有家庭、刚刚富裕的人来说，这真是一次过于奢华的宴会。"狄更斯天性慷慨，所以他喜欢身边围绕着很多人。另外他出身贫寒，所以他会从慷慨给予中获得乐趣是很自然的事情。然而，这是需要花费很多的钱的。他的父亲以及父亲的家庭、他的妻子的家庭都在花他的钱。他创办了自己的第一份杂志《汉普雷老爷的钟》，部分的原因就是为了抵销巨额的开支；他以在杂志上面发表了《老古玩店》作为一个好的开始。

1842 年，他带凯特去往美国，将四个孩子托付给凯特的妹妹乔治娜照顾。从未有一个作家像他那样受到崇拜，但是这次旅程并非圆满成功。一百年前的美国人尽管喜欢抨击欧洲人，但是也非常在意自身受到的批评。一百年前，美国的新闻界将不幸的"新闻焦点"无情地作为隐私侵犯的对象。一百年前，美国的那些传媒人物将知名的外国人当作吸引公众眼球的绝佳机会，如果这些外国人不愿意像动物园里的猴子那样被人注意，他们就会称他们高傲自大。一百年前，美国是一个言论自由的国家，只要你说的话没有伤害到别人的感情或者危害到别人的利益，你想说任何话都可以；每个人都有权发表自己的观点，只要不与整个社会的意识形态相冲突。然而，查尔斯·狄更斯对于这些一无所知，因此犯下大错。

由于国际版权法的缺失，英国作家的书籍在美国出版，不仅英国作家不能从中获利，而且美国作家的利益会受到威胁。因为不需要付版权费，书商们自然更愿意出版英国作家的书籍。狄更斯在为其举办的欢迎会上发表演讲时提及了这个话题，这是非常不明智的。当时引起了强烈的反应，报纸将他描述为"一个唯利是图的无赖，而非绅士"。虽然他被仰慕者们簇拥着，在费城和渴望见到他的人足足握了两个小时的手，但是他的戒指、钻石别针、华丽的马甲背心使他遭受了一连串的批评，还有人认为他的举止缺乏教养。但是他表现自然，不装腔作势，最终很少人能够抵挡得住他的年轻、清秀的外貌和快乐。他结交到几个好朋友，和他们一直保持着亲密的友谊，直至他去世。

狄更斯夫妇度过丰富却疲惫的四个月旅行后返回到英国。孩子们已经对他们的阿姨乔治娜产生了深厚的感情，于是疲惫的夫妇邀请她与他们同住。那时她十六岁，正是玛丽当年搬来菲尼瓦尔旅馆与这对新婚夫妇同住的年纪，而且她跟玛丽长得很像，从远处看，很容易把她错认为是玛丽。她们的外貌如此相像，"以至于当她与凯特和我坐在一起时，"狄更斯曾写道，"我似乎觉得以前发生的事情只是一个忧伤的梦，而我刚刚从梦中醒来。"乔治娜长相漂亮，很有魅力，不装腔作势，具备模仿天赋，能把狄更斯逗得开怀大笑。随着时间的流逝，狄更斯越来越依赖她。他们可以一起走很长的时间，他会同她探讨他的文学计划。他发现她是一个可靠得力的助手。

狄更斯的生活方式过于奢侈，不久他就陷入了债务危机。他决定将房子出租，带着家人（当然也包括乔治娜）前往意大利，因为那里的生活成本低，可以让他节省开支。他在那里生活了一年，主要待在热那亚。尽管他游览了全国，但是由于他的思想过于褊狭、文化过于贫乏，那段经历并未对他的精神世界产生影响。他是个典型的英国游客。不过当他发现国外的生活如此有趣（并且经济实惠）后，他开始长期生活在欧洲大陆。乔治娜自然作为他们家庭的一员与他们生活在一起。有一次，当他们打算在巴黎定居相当长的一段时间后，乔治娜和查尔斯一起去寻找公寓，而凯特在英国等待他们。

凯特性情温和，却多愁善感。她适应能力不强，既不喜欢查尔斯带她去的旅行和带她去赴的宴会，也不喜欢作为女主人安排的宴会。她笨拙、个性乏味，而且有些愚蠢；那些渴望结识这位知名作家的重要人物，很可能觉得不得不忍受他这位乏味的妻子是一件麻烦的事。有些人根本不把她放在眼里，这令她非常苦恼。做名人的妻子并不容易，她是不太可能做好的，除非她为人机智，具有很强的幽默感。因为不具备这些优点，她必须深爱自己的丈夫，足够仰慕自己的丈夫，这样才能坦然地接受人们对她的丈夫而不是对自己更加感兴趣这一事实。她必须足够聪明，只要丈夫爱她，无论他在思想上如何不忠，只要他最终回到她的身边寻求舒适和信心，她就能找到慰藉。

凯特似乎从来没有爱过狄更斯，在他们订婚期间，狄更斯曾经写过一封信，指责她的冷漠。她之所以嫁给他，可能是因为当时婚姻是女人的唯一出路，又或者是因为作为八个女儿当中年龄最大的一位，在父母的施压下不得不做出那样的选择。她温柔善良，但是无法满足与其丈夫的显赫地位所匹配的要求。在十五年内，她一共生了十个孩子，流产四次。在她怀孕期间，狄更斯喜欢的旅行由乔治娜陪伴，此外乔治娜还陪他一起参加宴会，并且越来越频繁地替代凯特成为餐桌的主人。有人曾猜测，凯特一定对此不满——她是否有过不满，我们无从知晓。

（四）

岁月流逝，1857年，查尔斯·狄更斯四十五岁。存活的九个孩子当中，大一些的已经成年，最小的五岁。此时他扬名世界，成了英国最知名的作家，颇具影响力。他的生活备受公众的关注，这倒满足了他的虚荣心。

几年前，狄更斯认识了维基·柯林斯，并且很快与之建立了深厚的友谊。柯林斯比狄更斯小十二岁。埃德加·约翰逊曾经对他做出这样的描述："他热爱美食、香槟，喜欢出入音乐厅，经常同时和几个女人有暧昧关系，他为人风趣，愤世嫉俗，有幽默感，放荡不羁，甚至有点粗俗。"在狄更斯的心中，维基·柯林斯代表着"风趣和自由"（再次引用约翰逊的话）。他们一起周游了整个英国，还一起去巴黎玩乐。可以推测，像很多名人一样，狄更斯抓住一切机会与身边轻浮的年轻女子暧昧不清。凯特无法给予他所期望的一切，有很长一段时间，他对她的不满与日俱增。"她性情和善顺从，"他写道，"但是她永远不能理解我。"自他们婚姻开始，她就对他产生了猜忌。我猜想，因为狄更斯一开始认为她没有理由猜忌他，所以他可以容忍她的吵闹。但到了后来，她绝对有理由对他有所猜忌，这时他便说服自己，他的妻子根本不适合自己。他一直在进步，而她依旧在原地不动。狄更斯确信自己没有任何方面应当受到指责，他相信自己是一位好父亲，并且竭尽所能为孩子提供一切。尽管他对于需要养育如此多的孩子（他似乎认为这是凯特一个人的过错）有所不满，但事实上，在孩子们小的时候，他非常喜爱他们。但是当他们长大后，他就对他们失去了热情，到了合适的年龄，他就把男孩们送到了遥远的地方。这些孩子后来也确实无所作为。

如若不是发生了一件预料之外的事情，很可能狄更斯和其妻子之间的关系也不会发生改变。正如其他志趣不相投的夫妻一样，他们可能会貌合神离，但是在众人面前做出和睦的假象。这一切都因为狄更斯爱上了一个人而发生了改变。正如我先前所述，狄更斯对舞台拥有一股热情，他不止一次为了慈善的目的而在剧院客串演出。当时，狄更斯受邀在曼彻斯特演出一出戏，叫《结冰的深渊》，这出戏剧是维基·柯林斯在狄更斯的帮助下撰写完成的。在此之前，这出戏曾在德文郡庄园，在女王、女王的丈夫以及比利时国王的面前成功演出过。

然而当他同意在曼彻斯特重新演出时，他认为虽然他的女儿曾经扮演过里面的女孩角色，但是在偌大的一个剧院里，她们的声音很难被观众听见，所以他决定这些角色应当由专业演员来扮演。

一个叫爱伦·泰尔兰的年轻女人扮演了其中的一个角色。当时她十八岁，长相娇小，美丽动人，她的眼睛是湛蓝色的。彩排是在狄更斯的家里进行的，狄更斯担任导演。爱伦对他表现出仰慕之情，并且试图讨好他，这令他很高兴。彩排还没有结束，他就爱上了她。他送了一只手镯给她，但是错送到了他妻子那里，他的妻子自然和他大闹了一场。狄更斯似乎对此采取了一个无辜的态度，对身处如此尴尬处境的人来说，这是再方便不过的办法了。这出戏上演了，他在里面扮演了主要角色——一位具有自我牺牲精神的北极探险家，他的表演极富感染力，全场观众都流下了感动的泪水。为了扮演这个角色，他还留了胡须。

狄更斯和妻子的关系日益紧张。曾经的他亲切幽默，为人随和，现在却变得喜怒无常、焦躁不安，对所有人（除了乔治娜以外）都脾气暴躁。他一点都不快乐。最终他得出这样的结论：他再也不能和凯特一起生活了。但是由于他的身份，他惧怕公开分手将会带来流言蜚语。他的担忧是可以理解的。在他写的那些获得高额利润的圣诞主题书籍中，他曾比任何人都热衷于将圣诞节描写成庆祝家庭美德、家庭和谐幸福的象征性节日。多年以来，他曾用感人的话语令读者相信，世界上没有比家更好的地方了。

在那样微妙的处境下，他提出了很多建议。其中一个建议是，凯特应该拥有自己的一个套间，和他分开住，并且在他的宴会上担当女主人，陪他出席公共场合。另一个建议是，当他在盖德山庄（狄更斯最近在肯特购买的房子）时，她应该待在伦敦，而当他在伦敦时，她要待在盖德山庄。还有一个建议是，她应该居住在国外。凯特否定了他的所有建议，最终他们决定完全分居。凯特被安顿在卡姆登镇边缘的一个小房子里，每年有六百英镑的收入。不久之后，狄更斯的长子查理前去和她居住了一段时间。

这样的结果令人惊讶。人们不禁会想，虽然凯特性情温和，也许还有点傻，但是为何她会允许自己被赶出家门，为何她会愿意离开自己的孩子。她明明知道查尔斯迷恋上了爱伦·泰尔兰，手里握着这张王牌，她原本可以提出任何条件。在一封信中，狄更斯曾提到凯特的一个"弱点"；而在当时不幸发表的另一封信中，他暗示一种精神疾病"致使他的妻子认为自己还是离开更好"。现在可以确定，他暗指的是凯特酗酒这一事实。猜忌、无能之感、因自己不被需要的屈辱感令她借酒消愁，这毫不奇怪。如果这是事实，也就可以解释为什么是乔治娜操持家务、照看孩子，为什么当凯特离开后，孩子们仍然留在家里，为什么乔治娜曾写道："可怜的凯特无力照看孩子，已经不是什么秘密了。"也许她的长子前去和她同住期间，她没有饮酒过度。

狄更斯的名望很高，所以他的私事不可能没有引起流言蜚语。各种谣言四起。当他听到霍格斯一家（凯特和乔治娜的母亲、妹妹）在谈论爱伦·泰尔兰是他的情妇时，他很恼火，并且强迫他们签署一项声明，以表明他们认为他和那位女演员之间没有任何应当受到指责的关系，否则他就要将凯特身无分文地赶出家门。霍格斯一家考虑了两个星期，最终表示同意。他们肯定知道，如果狄更斯真的实施了他所威胁的事情，凯特可以以无可辩驳的证据诉诸法律；如果他们不敢让事情发展到这种程度，原因只能是凯特有他们不愿泄露的过错。

关于乔治娜，有各种各样的说法。在整件事中，她的确是一个颇具神秘感的人物。我很奇怪，为何没有人把她作为中心人物来创作一出戏剧。在本章的前面部分，我讨论过狄更斯在玛丽去世后写的日记的意义。在我看来，狄更斯不仅仅爱上了她，而且已经对凯特产生了不满。当乔治娜过来和他们同住时，他被乔治娜迷住了，因为她和玛丽有着惊人的相似之处。那么，狄更斯爱上乔治娜了吗？她爱上他了吗？没有人知道。狄更斯去世后，乔治娜在编辑他的书信选集时，删除了所有赞美凯特的句子，足以说明她是多么地忌妒凯特。鉴于教会和政府对于娶亡妻妹妹的态度，这样的关系被归为乱伦。因此，也许她从来没有想过，要和同住在一个屋檐下十五年的这个男人有任何超出兄妹的非法关系。也许她觉得能和一个如此有名的男人做知己并且可以完全支配他，已经足够了。最令人不解的是，查尔斯爱上爱伦·泰尔兰后，乔治娜竟然和她做了朋友，并且欢迎她来盖德山庄。无论她的想法是什么，都只有她自己知道。

查尔斯·狄更斯与爱伦·泰尔兰的关系在一位知情人的帮助下被处理得十分谨慎，所以关于这段关系的细节无法确定。她似乎最初拒绝了他的求爱，但最终在他的一再坚持下屈服了。据说，狄更斯以查尔斯·特林海姆的名义为她购买了一幢房子，她在那里一直住到他去世。根据他女儿凯蒂的说法，他们生了一个儿子。鉴于没有任何关于这个孩子的记载，人们推测这个孩子在襁褓中就夭折了。然而，据说爱伦的屈服并没有为狄更斯带来他所期望的容光焕发和快乐；他比她大二十五岁，并且他不是不知道她并不爱他。没有什么比一厢情愿的迷恋更令人痛苦的了。他在遗嘱中给她留下了一千英镑，后来她嫁给了一个牧师。她曾对一位叫卡农·贝纳姆的牧师朋友说，她一想到狄更斯强加给她的亲密关系就感到厌恶。

大约在和妻子分开的那段时间，狄更斯开始为人们朗读自己的作品，并且为了这个目的游遍不列颠群岛，再次前往美国。他的戏剧天分令他广受好评，获得了巨大的成功。然而，他所付出的努力和长途跋涉令他精疲力尽，人们开始注意，尽管他才四十多岁，但是他看上去就像个老头。

除了朗读活动以外，自与妻子分开至去世的那段时间里，狄更斯还写了三部长篇小说，创办了一本畅销杂志《一年四季》。他的健康每况愈下，是不足为奇的。他开始饱受疾病的困扰，显然那些演讲耗尽了他的体力。曾有人劝他放弃，但是他不愿意。他喜欢公开露面，享受在公众面前亮相的那种兴奋感，面对面获得的掌声，以及用自己的意志影响观众的那种影响力。有没有这样的一种可能性：他觉得当爱伦看到公众蜂拥前来听他的演讲，也许她会更加喜欢他？他决定做最后一次巡演，但是中途病重，不得不放弃。他回到盖德山庄，开始写《德鲁德疑案》。为了奉承经理，他需要继续演讲，于是不得不缩减篇幅，在伦敦又做了十二次演讲。当时是 1870 年 1 月。"圣·詹姆斯会堂挤满了观众，当他入场和离开时，观众全体起立并且欢呼。"

回到盖德山庄后，狄更斯继续开始创作那部小说。6 月的某一天，当他正与乔治娜一起用餐之时，突然生病了。乔治娜请来医生以及他住在伦敦的两个女儿。次日，小女儿凯蒂被她足智多谋的阿姨派去将狄更斯将死的消息告知他的妻子。凯蒂与爱伦·泰尔兰一同回到盖德山庄。第二天，即 1870 年 6 月 9 日，狄更斯离开人世，葬于威斯敏斯特教堂。

（五）

马修·阿诺德在一篇流传颇广的文章中曾提出，真正优秀的诗歌作品一定是极其严肃的，而他认为乔叟的作品未满足这个条件，所以尽管他对他倍加赞赏，却无法将他列入最伟大的诗人中。阿诺德过于严厉了，所以他在评判幽默时不可能没有一丝的疑虑。我想，他也绝对不会承认，拉伯雷的作品引发的大笑与弥尔顿向人类证明上帝杰作的愿望具备同样高的严肃性。不过我理解他的观点，并且这个观点不仅仅适用于诗歌。

也许正是因为狄更斯的小说缺乏如此高度的严肃性，尽管它们具备诸多优点，我们仍然隐约有些不满。现在，如果我们在阅读这些作品时心中想着伟大的法国和俄国小说，那么我们会惊讶于这些作品甚至乔治·爱略特作品的幼稚性。相比之下，狄更斯的作品实在微不足道。当然，我们必须认识到，我们已经不看他写的小说了。我们变了，那些作品也随之发生了改变。我们无法领会狄更斯那个时代的人阅读那些新鲜出炉的作品时的情感。

我要引用尤娜·波普－轩尼诗书中的一段话："杰弗里爵士的邻居兼好友亨利·席登斯太太窥视他的书房，看见杰弗里趴在书桌上，然后眼里噙满泪水抬起了头。她愧疚地说道：'我不知道你听到了什么坏消息，或者有什么令你伤心的事情，否则我就不会来的。有人死了吗？''是的，有人死了，'杰弗里爵士答道，'要泄露此事，会令我成为大傻瓜，但是我实在忍不住。你听到这个消息也会伤心的，小内莉，博兹笔下的小内莉死了。'"杰弗里是一位苏格兰法官，创办了《爱丁堡评论》杂志，他是一位严厉苛刻的评论家。

在我看来，狄更斯的幽默感深深吸引着我，但是他写的悲伤的部分不能引起我的共鸣。我想说的是，他拥有强烈的情感，但是没有真心。对此我要立刻做出解释：他有一颗慷慨的心，同情穷人和受压迫的人，并且正如我们所知，他对社会改革一直有着强烈的兴趣。不过，这是一位演员所具备的情感——我的意思是，他描写的自身的强烈情感如同演员扮演悲剧角色时表演的情感一样。"他是赫卡柏的什么人？赫卡柏是他的什么人？"说到这里，我想到很多年前一位女演员跟我讲述的一件事，她曾在萨拉·伯恩哈特的剧团工作过。这位伟大的艺术家当时正在演出《费德尔》，但是就在最精彩的演说的过程中，她看见了几个人站在舞台侧面大声讲话，她感到了一种难以遏制的愤怒。于是她背向观众，朝着他们走去，并令自己看似由于痛苦在遮挡自己的脸，而实际上，她是咬着牙说了一句法语，意思相当于"闭上你们的臭嘴，你们这些浑蛋"。接着，她面带悲伤的表情重新优雅地面向观众，继续完成她的演说，直至结束。观众没有察觉到任何异样。如果她没有真正的感受，却还能说出那些崇高、悲伤的台词，是足以令人惊叹的。不过，她的情感只是一名专业演员的情感，浮于表面，是一种源自神经而非心灵的情感，这种情感对她的沉着冷静没有任何影响。

毫无疑问狄更斯是真诚的，但是这只是一名演员的真诚。尽管他试图堆积悲伤，我们却感觉他的悲伤不够真实，不能被它感动，也许这就是原因。

但是我们无权要求一位作家必须具备他本身并不具备的东西。如果说狄更斯缺乏马修·阿诺德要求最伟大的诗人所必须具备的高度严肃性，那么他还具备了很多其他优点。他是一位非常伟大的小说家，具备了超凡的天赋。他认为《大卫·科波菲尔》是自己写得最好的书。通常作家在评判自己的作品时，都不是一位好裁判。但在这点上，我认为狄更斯似乎是正确的。我想所有人都知道，《大卫·科波菲尔》在很大程度上可以被视为一部自传。但狄更斯写的是一部小说，并非自传。尽管他从自己的生活中选取了很多素材，但他只是合理地运用了这些素材。至于剩余的部分，他充分发挥了自己丰富的想象力。他从来都不是一个好的读者，文学上的交流只会令其厌烦，他在人生后期所做的文学交流似乎也并未对其产生多大的影响，反而是他童年时期在查特姆最早阅读的那些作品对他的影响更为深刻。在那些作品当中，我认为斯摩莱特的小说对他的影响最为长远。斯摩莱特创作的人物并不是多么夸张，他们更像是代表着一种性格，而不是人物本身。

因此，善于观察别人是狄更斯的性格特点。密考伯先生的原型是他的父亲约翰·狄更斯，约翰喜欢夸大其词、挥霍无度，但是并不愚蠢，也并非无能之人，他勤奋、善良、热情。而我们已经知道狄更斯在作品中如何对他进行刻画了。如果说福斯塔夫是文学史上最伟大的喜剧人物，那么密考伯先生就是排名第二的那一位。狄更斯曾经受到过这样的指责（我认为是不公平的）：指责他将密考伯最终刻画成澳大利亚一位受人尊敬的地方法官。一些评论家认为，这个人物应该自始至终都是性格鲁莽、毫无远见的。澳大利亚人烟稀少，密考伯先生仪表堂堂，接受过一定的教育，并且能说会道。我不明白，在那样的环境下，又具备

年后乘船从葡萄牙归来，竟然就在距离雅茅斯不远的地方遇到船舶失事，葬身大海；而大卫·科波菲尔正好去那里拜访朋友，做短暂的停留。这样的巧合实在令人难以置信。如果为了体现维多利亚时代恶有恶报的背景而不得不让斯提福兹死去，狄更斯完全可以为这个人物想出一个更加可信的死亡方式。

（六）

在英国文学史上，济慈的英年早逝和华兹华斯的长寿都可视为不幸；另外一件不幸的事情是，当我们国家最伟大的小说家们创作能力最旺盛的时期，盛行的出版风气却鼓励思想散漫、啰唆的写作风格，而英国小说家多半天生具有离题倾向，这些对他们的创作造成了不利的影响。维多利亚时代的小说家，是以写作为生的工人。他们不得不按照合同的要求，为十八、二十或者二十四期报纸创作出一定篇幅的文章，并且不得不巧妙地为每期设计一个结尾，以吸引读者购买下一期。故事的主线，他们无疑早就心中有数，但是他们只要在出版之前写好两三期就够了。等到需要的时候，他们才会去写剩余的部分，因为他们期望凭借自己的创造力完成剩余的内容。根据他们的坦白，有时候他们会失去创造力，灵感枯竭，却不得不竭尽全力。有时候，故事已经写完，却还有两三期要写，于是他们不得不想方设法拖延故事的结尾。造成的结果就是：小说结构混乱、啰唆；他们是不得已才离题、啰唆的。

狄更斯用了第一人称来写《大卫·科波菲尔》。这种直截了当的写作方法起到了很好的作用，因为他的故事情节通常都很复杂，读者的注意力有时候容易被转移到与故事发展无关的人物和事件上面。在《大卫·科波菲尔》中，只有一处发生了重大离题，也就是对斯特朗博士与其妻子、母亲、妻子的表妹之间的关系的描述；它与大卫毫无关系，并且是冗长乏味的。我猜测，他写这段描述是为了填补两段时期之间的空隙，这是他想到的唯一的办法：第一段时期是大卫在坎特伯雷上学的日子，第二段则是大卫对朵拉失望至朵拉去世的时期。

如同将自己作为主人公的半自传小说的作家一样，狄更斯没有逃脱小说中的危险。大卫·科波菲尔在十岁时曾经被严厉的继父送出去干活，而查尔斯·狄更斯也曾被自己的父亲送出去过，并且正如狄更斯在给福斯特的部分自传中所叙述的，他不得不承受与同龄男孩（他认为他们的社会地位低于自己）厮混在一起的"堕落"。狄更斯竭尽所能试图引起读者对主人公的同情心，在大卫逃往多佛向贝特西·特洛伍德阿姨（这是一个有趣的人物）处寻找庇护的途中，他也确实毫无顾忌地进行了着重描写。无数的读者都认为这段逃亡之旅非常凄惨。

而我就比较苛刻了：我感到奇怪的是，这个小孩竟然如此愚蠢，遇到的每一个人都可以抢劫、欺骗他。他毕竟在工厂里工作过几个月，而且从早到晚地在伦敦闲逛过；可以想到，即便工厂里那些男孩的社会地位不及他，他们也教会了他一些事情；他还和密考伯一家一起居住过，将他们的零星物品典当过，他还去马歇尔西监狱看望过他们；如果他真的如描述的那样，是一个聪明的小孩，即便在幼年时期，他也一定能够掌握一些社会知识并且具备警惕性，足以保护自己。但是小说里面的大卫·科波菲尔的无能不仅仅体现在童年时期。他不知道如何处理困难。他和朵拉在一起时表现出的软弱、他在面对家庭生活的普通问题时所缺乏的常识，简直令人难以忍受；他竟然如此迟钝，看不出艾格尼丝喜欢自己。我无法说服自己，如书中所说，他最终成了一位成功的小说家。假如他能写小说的话，我猜想那些小说更像是亨利·伍德太太而非查尔斯·狄更斯所写的。创造者竟然没有赋予这个人物他自身具备的能量与激情，这很奇怪。

大卫身材修长，长相英俊；他颇有魅力，否则也不会令他遇到的几乎每一个人都喜欢上他；他诚实，善良，勤勉认真；但他肯定有点愚蠢。他是书中最不有趣的人物。最能体现这个人物暗淡无光、软弱无能、无力应对尴尬局面的情节是小艾米丽与罗莎·达特尔在苏豪区的阁楼所发生的可怕场景。大卫亲眼看见了一切，却由于某个非常苍白无力的理由没有试图阻止。这个场景是一个很好的例子，表明了采用第一人称撰写小说的方法会导致叙述者显得非常虚假，无法胜任故事主人公的角色，所以读者完全应该对他感到愤怒。假如用第三人称从全知视角来写，这个场景仍然会显得有些夸张，令人反感，但是会具备可信性（尽管有点难度）。

当然，阅读《大卫·科波菲尔》的乐趣不在于非要相信生活就是狄更斯所描述的那样。我不是在贬低他。小说就像是天国，里面有各式各样的宅院，而作者可以邀请你参观任何一座他选择的宅院。任何一座宅院都有它存在的理由，你必须让自己适应你被引进的那座宅院周围的环境。你必须用不同的方式来阅读《金碗》和《蒙帕纳斯的蒲蒲》。《大卫·科波菲尔》是一部关于生活的奇幻小说，是作者运用丰富的想象力和温暖的情感创作出来的，情节时而欢乐，时而悲伤。你必须像阅读《皆大欢喜》那样来阅读此书，它也必然会带来同样令人愉悦的消遣。

简·奥斯汀和《傲慢与偏见》

（一）

有关简·奥斯汀的一生，我无须赘言。奥斯汀家族历史悠久，和英国的许多大家族一样，他们依靠羊毛贸易起家，这一度是英国的支柱产业。在积累了一定财富以后，奥斯汀家族又像其他豪商巨贾一样购置土地，从而成了乡绅阶层。

不过简·奥斯汀家所属的这一支似乎只继承了该家族很少的一部分财产，远不及家族里的其他分支。当时，他们已经家道中落。简的父亲乔治·奥斯汀，是汤布里奇的外科医生威廉·奥斯汀的儿子，而在18世纪初期，医生这个职业比律师好不到哪儿去。通过《劝导》一书，我们知道，在简·奥斯汀那个年代，律师并没有太高的社会地位。书中写道：准男爵的女儿艾略特小姐，竟然和律师的女儿克莱太太关系密切，这让拉塞尔夫人大为震惊，因为她们身份悬殊，本不该有任何交集。而这位拉塞尔夫人也不过就是某位爵士的遗孀。威廉·奥斯汀医生英年早逝，他的兄弟弗朗西斯·奥斯汀将他的遗孤送到了汤布里奇学校，后来又把他送往牛津的圣约翰学院求学。

这些资料都是我从 R. W. 查普曼博士的克拉克讲座中查到的，他已将讲座内容编纂成书，名为《关于简·奥斯汀的生平及若干问题》。接下来我所写的内容都得益于该书。

乔治·奥斯汀成了自己大学的一名神职人员，任职后不久，居住在戈德莫斯汉姆的亲戚托马斯·奈特又请他前往史蒂文顿工作。两年后，乔治·奥斯汀的叔叔又花钱在迪恩给他捐了一个牧师职位。对于这位慷慨的绅士，我们所知甚少，我们只能推测，他就像《傲慢与偏见》中的加德纳先生一样，是一位生意人。

乔治·奥斯汀牧师和卡桑德拉·利结为了夫妇，后者的父亲托马斯·利是万灵会成员，在亨利附近的哈普斯登担任牧师。卡桑德拉出身高贵，显然，她家和某些地主贵族存在亲戚关系，这一点和赫斯特蒙苏的海尔斯家类似。作为一位外科医生的儿子，乔治·奥斯汀的社会地位算是有了一些提高。婚后，这对夫妇一共生了八个孩子：两个女儿——卡珊德拉和简，以及六个儿子。为了提高收入，这位史蒂文顿教区的牧师开始招收学员，而自己的几个儿子也是由他在家里教学。后来，其中两个儿子也去了牛津的圣约翰学院，因为他们的母系家族跟学院的创始人有亲戚关系。其中一个儿子，名叫乔治，对于他，我们一无所知；查普曼博士曾经提到过，他是个聋哑人。此外，他们家还有两个儿子加入了海军，颇有些成就：其中最幸运的就是爱德华了，他被托马斯·奈特收养，继承了后者在肯特郡以及汉普郡的所有财产。

简是奥斯汀太太的小女儿，生于 1775 年。她二十六岁时，父亲将牧师工作传给了已取得神职的长子，随后搬去了巴斯生活。他于

1805年去世，几个月后，他的遗孀和两个女儿搬到南安普顿定居。在那段时间里，有一次简陪同母亲外出拜访亲友，她在给姐姐卡珊德拉的信中写道："我们只见到兰斯独自在家，屋里有一架大钢琴，不知道她有没有孩子……他们很富裕，生活非常讲究，而且她似乎有些势利。她感觉到了我们和她在经济上有很大的差距，她很快就会认为我们这样的人根本不值得交往。"奥斯汀太太当时的生活确实有些窘迫，不过由于几个儿子的资助，她总算还能勉强度日。

在游历各国之后，爱德华和一位叫伊丽莎白的姑娘结婚了，后者是古德内斯通准男爵布鲁克·布里奇斯的女儿；托马斯·奈特去世后的第三年，也就是1797年，他的遗孀将戈德莫斯汉姆和乔顿的房产交给了爱德华打理，独自带着养老金去了坎特伯雷生活。许多年后，爱德华让母亲在这两处房产中选择一处居住，她选择了乔顿；除了偶尔走亲访友（有时会持续几个星期），简一直居住在那里，直到她身患重病，才搬到温彻斯特，因为那里有比乡下更好的医生。1817年，她在温彻斯特去世，安葬在当地的大教堂。

（二）

据说简·奥斯汀本人很有魅力："她身材高挑，步履轻盈而稳健，整个人都显得非常有活力。她的肤色略显黝黑，面颊丰润，嘴巴和鼻子小巧而匀称，她还有一双明亮的浅褐色眼睛，以及一头棕色的鬈发。"我只看见过一幅她的肖像画，是个脸颊胖乎乎的年轻妇人，圆圆的大眼睛，丰腴的胸部，看起来很普通。不过，或许是那位画家有失公允。

简和姐姐非常亲密。从小到大，她们都形影不离，直到简去世，她们都住在同一个房间。卡珊德拉去寄宿学校读书时，简也跟着去了，不过她年纪太小，根本听不懂女子神学院教的那些繁文缛节，她真的一刻都离不开姐姐。她们的母亲说过："就算卡珊德拉要被砍头，简也会和她生死与共的。""卡珊德拉长得比简更俊俏，为人处世也更加冷静，她不那么爱表现，也不那么活泼，她的优点在于，始终能够控制自己的情绪，而简完全不会控制情绪。"简所遗留下来的信件中，大部分都是其中一人外出时，她写给卡珊德拉的。有许多简的狂热崇拜者认为这些信件毫无价值，他们觉得这些信件只表现了简冷漠无情的一面，以及她的那些无聊的爱好。这种观点让我颇为惊讶，因为这些信件都是自然情感的流露。简·奥斯汀绝不会想到，除了卡珊德拉，还会有别人读到这些信件，她知道她所说的那些事情都是姐姐感兴趣的。她告诉她周围人的穿着打扮，自己花多少钱买了一块花棉布，又认识了哪些人，遇见了哪些老朋友，听到了哪些闲话。

近年来，有好几位杰出作家的书信结集出版了。当我读到这些书信时，偶尔会怀疑，这些作家是不是早就想到有一天要将这些信件出版。而当我得知他们还特意保存了信件副本时，怀疑就变成了肯定。安德烈·纪德想要出版自己与克劳岱尔之间的通信，而克劳岱尔或许不太愿意将之公之于世，就宣称纪德的来信都被销毁了，不料纪德却说不要紧，他还保留着副本。安德烈·纪德亲口告诉我们，当他发现妻子烧掉了他写给她的情书后，他哭了一个星期，因为他把那些情书视为他文学创作的巅峰，他本可以借此获得后人们的关注。狄更斯每次外出，都会给朋友写很长的信，绘声绘色地描述他的所见所闻。首位为其作传的作家约翰·福斯特的评论很客观，他说那些信件完全可以一字不改地拿去出版。当时的人真是有耐心。不过，如果你只想要知道你的朋友是否遇见了什么有趣的人，参加了什么有意思的聚会，是否帮你弄到了你要的书籍、领带或是手帕时，他的来信中却只顾描绘那些山水古迹，你一定会大失所望。

在给卡珊德拉的一封信中，简写道："我还没有掌握写信的艺术，别人总是告诉我们，只要把口头上说的话写在纸上就可以了。一直以来，我跟你说话，就像我写这封信一样直截了当。"她说得很对，这就是写信的艺术。她已经轻而易举地掌握了，她的书信中充满了智慧、讽刺和各类恶毒的话，而既然她声称自己的言谈就像书信一样，那我们完全可以认定她的言谈也极为风趣。她的每一封信几乎都有令人发笑甚至捧腹的内容，下面我来列举一些能够代表她语言风格的段落，让读者一睹为快：

"单身女人都容易走向贫困，这是人们支持婚姻的有力理由。"

"不敢想象，霍尔德太太就要死了！这个可怜的女人，她做了自己唯一能做的事情，人们再也不能诋毁她了。"

"由于受惊过度，舍伯恩的黑尔太太早产了好几个星期，昨天她生下了一个死婴。我猜是由于她无意中看了自己的丈夫一眼。"

"我们出席了 W.K. 太太的葬礼。我实在想不出有谁会喜欢她，索性也不关心生者了。不过，现在我对她的丈夫倒是颇为同情，我觉得他最好能和夏普小姐结婚。"

"张伯伦太太的头发打理得很好，这一点让我很佩服，不过除此之外，我对她没有任何好感。兰利小姐就是一个普通的小个子姑娘，长着大大的鼻子和嘴巴，她的衣着很时髦，但是胸部过于暴露。斯坦霍普将军看起来像个绅士，不过他的腿太短了，而他所穿的燕尾服又太长了。"

"伊丽莎见过巴顿的克莱文勋爵，可能是这次在肯特伯里遇上的，估计这星期他会在那儿待上一天。她发现他的举止确实很讨人喜欢。现在他在阿什道恩公园养了个情妇，似乎这是他唯一让人诟病的事情。"

"W. 先生二十五六岁，长得不算丑，但也不怎么招人喜欢。他绝对不是新来的。他举止稳重，很有绅士风度，但是不爱说话。他们说他的名字叫亨利，老天真是太不公平了。我见过许多叫约翰或托马斯这种普通名字的人，他们可比他和蔼多了。"

"理查德·哈维夫人就要结婚了，这可是个大秘密，只有一部分邻居知道这件事，你千万别说漏嘴了。"

"黑尔医生看起来满怀哀思，不是他母亲去世了，就是他太太去世了，甚至可能是他本人遭遇了不幸。"

奥斯汀小姐非常热衷于跳舞，她向卡珊德拉描述了她参加过的各种舞会：

"总共就跳了十二支舞，我跳了九次，有几次没有跳成，因为找不到舞伴。"

"有一位绅士，是柴郡的军官，他是个非常英俊的年轻人。别人告诉我，他很想认识我；不过他的愿望还没有迫切到促使他付诸任何行动，我们也就无缘相识了。"

"舞会上漂亮女孩不多，有几个还说得过去，但也不是特别俊俏。伊尔芒格小姐看上去气色不太好，布伦特太太是唯一受到追捧的人。她还是9月份时那样，宽脸蛋儿、镶钻的发带、白鞋、肉乎乎的脖子，身旁是她那位面色泛红的丈夫。"

"星期四那天，查尔斯·波利特举办了一次舞会，让他的左邻右舍大为震惊，你也知道，他们都很关注他的经济状况，巴不得他快点破产。他的妻子不仅愚蠢、脾气差，还喜欢铺张，而这一切正如邻居们所愿。"

奥斯汀家还有一个叫曼特博士的亲戚，沾上了一些花边新闻，导致妻子回了娘家，于是，简在信中写道："不过由于曼特博士是一位牧师，他们之间不管发生了什么不道德的事情，都是颇为高雅的结合。"

奥斯汀小姐言辞刻薄，但又非常幽默。她很喜欢笑，也喜欢逗人笑。要让一个幽默大师把他（或她）想出来的有趣的事情忍住不说，实在太勉为其难了。而且，幽默中不掺杂一点恶毒的话，也很难。毕竟，人性慈悲的一面乏善可陈。简能够敏锐地察觉周围人的荒谬之处，包括他们的自命不凡、矫揉造作以及表里不一。值得称道的是，简并没对此感到厌恶，反而觉得有趣。她待人亲切，绝不会言语中伤别人，不过她觉得在卡珊德拉面前拿这些人开开玩笑也无伤大雅。在她的这些言辞当中，即便是最刻薄的话，我看也没有什么恶意；她的幽默感是基于她的细心观察以及天赋。

不过，在必要的时候，奥斯汀小姐还是可以变得非常严肃的。尽管爱德华·奥斯汀继承了托马斯·奈特在肯特郡以及汉普郡的房产，但他大部分时间还是住在临近坎特伯雷的戈德莫斯汉姆庄园，卡珊德拉和简会轮流到该处住一段时间，有时会长达三个月之久。爱德华的长女范妮是简最疼爱的侄女。后来，她嫁给了爱德华·纳奇布尔爵士，他们的儿子晋升为贵族，被册封为布雷伯恩勋爵。简·奥斯汀的信件便是经由他首次出版的。当中有两封信是简写给范妮的，当时这个年轻姑娘正在考虑如何答复一个小伙子的求婚。这两封信的内容既理性又不乏温情，实在令人钦佩。

几年以后，彼得·昆内尔先生在《康希尔》杂志上刊登了一封多年前范妮写给妹妹莱斯太太的信，令简·奥斯汀的众多崇拜者大为震惊。彼时，范妮已成为纳奇布尔夫人，她在信中提及了这位颇具盛名的姑妈。信件的内容实在让人出乎意料，但确是那个年代的真实写照，因此，在征得布雷伯恩勋爵的同意后，我转载于此。由于爱德华·奥斯汀在1812年更名为奈特，所以这里我有必要声明，纳奇布尔夫人在信中提到的奈特太太就是托马斯·奈特的遗孀。从这封信的开头，我们不难看出，莱斯太太听闻了一些谴责姑妈有失教养的传言，对此她很是介怀，于是写信询问这些传言是否属实。纳奇布尔夫人的回复如下：

　　没错，亲爱的，从各方面的情况来看，简姑妈的行为确实不够优雅，与她的身份不符。如果她能再活五十年，或许在各方面会更适合我们优雅的品位。她们姐妹并不富裕，周围的人也都不是什么高贵出身，总之，比普通人好不到哪儿去。当然，她们在智力方面确有过人之处，然而说到品位，她们和身边的那些人没什么差别——不过，我认为，后来同奈特太太（她很喜欢她们，对她们很好）的交往让她们获益不少，简姑妈聪明过人，彻底摆脱了所有"平庸"（我不知道这个词用得是否确切）的迹象。至少在与一般人的交往中，她的行为举止变得更为优雅了。两位姑妈（卡珊德拉和简）的生长环境导致她们对外面的世界以及生活方式（我指的是时尚方面）一无所知，若不是父亲婚后把她们接到肯特来居住，同时奈特太太又让姐妹俩轮流陪伴她左右，或许她们的言行举止远达不到上流社会的标准。如果我的这番陈述让你介怀，希望你能原谅，但既已提笔，只能直言相告。现在我要去更衣了……

…………

我永远都是最爱你的姐姐。

范妮·C.纳奇布尔

这封信让简的崇拜者们愤怒不已，他们声称纳奇布尔夫人在写这封信时年事已高，神志不清。不过，信中内容并不能证实这一说法。况且，如若莱斯太太知道姐姐的身体状况不佳，她也不会写信询问此事的。在这些崇拜者的眼中，简如此宠爱范妮，她却说出这样一番话来，实在是忘恩负义。不过对于这个问题，他们表现得太过天真了。孩子并不会像父母长辈们疼爱自己那样付诸相同的感情，而如果父母长辈希望如此，那真是太不理智了。我这番话虽然让人遗憾，却是不争的事实。

我们都知道，简终身未婚，她给了范妮母爱般的关怀，如果当时她结婚了，这些情感都应该倾注于她自己的孩子。她喜欢孩子，也深受孩子们的爱戴；孩子们喜欢她开玩笑的方式，以及她所讲述的情节曲折的长篇故事。她和范妮是最好的朋友。范妮对她说的那些话，或许她对自己的父母都不愿意说，当时她的父亲成了乡绅，终日忙于各种事务，她的母亲则忙于为家族延绵子嗣。不过孩子总归拥有更加敏锐的洞察力，并做出了最真实的判断。在继承了戈德莫斯汉姆和乔顿的房产之后，爱德华·奥斯汀开始在上流社会崭露头角，他的婚姻使他和全郡最有势力的几个家族齐头并进。我们无从获知简和卡珊德拉如何看待爱德华的妻子。查普曼博士非常宽容地认定，正是由于她的付出，爱德华才想到"他应当为母亲和妹妹多做些事，并将自己的两处房产供其任选一处居住"。然而，当时他继承这些房产已经十二年了。我更倾向于接受以下事实：在他太太看来，他们每隔一段时间就邀请爱德华的家人前来做客，已经算是仁至义尽，她决不能容忍她们长期居住在自己家里。直到她死后，爱德华才得以自由支配自己的家产。

如果以上陈述属实，那绝对逃不过简的慧眼，她在《理智与情感》中所描写的约翰·达什伍德对待继母及其女儿的态度或许正是影射此事。简和卡珊德拉这对穷亲戚，如果长期和富有的兄嫂、坎特伯雷的奈特太太、古德内斯通的布里奇斯夫人（伊丽莎白·奈特的母亲）居住在一起，主家定然不会对自己的仁慈不以为意。几乎没有人能够做到与人为善而不自以为高人一等。当简和年迈的奈特太太住在一起时，这位老妇人总是会在简要离开时向她提出一条"忠告"，而简也会欣然接受。在一封写给卡珊德拉的信中，简告诉姐姐，她们的哥哥爱德华送给她和范妮每人一份价值五英镑的礼物。对女儿或是家庭教师来说，这都可以算是一份贴心的小礼物，可对自己的妹妹来说，这份礼物却像是一种施舍。

我相信奈特太太、布里奇斯夫人、爱德华以及他的妻子对简都很好，他们也都很喜欢她，试问有谁会不喜欢她呢，不过如果他们在心里认为这对姐妹不入流也无可厚非。她们是地地道道的乡下人。18世纪时，即便是在伦敦只待过几年的人，和从未走出过乡间的人也是有天壤之别的。这种差异给喜剧作家提供了大量的写作素材。在《傲慢与偏见》一书中，宾利姐妹瞧不起班内特姐妹，就是因为她们没有教养；相反，伊丽莎白·班内特则完全忍受不了她们的装腔作势。而班内特姐妹的社会地位还要高于奥斯汀姐妹，因为班内特先生虽然谈不上富有，但终究是个地主，可乔治·奥斯汀只是一个贫穷的乡村牧师。

从家庭出身考虑，简身上缺乏肯特的阔太太们所看重的优雅并不足为奇。如果这一切属实，肯定逃不过范妮机敏的眼睛，当然，她的母亲也会对简评头论足。简为人心直口快，而且我敢断言，她一贯直言不讳的幽默方式是那些一本正经的女士所无法接受的。简能够一眼看穿那些不守妇道的女人，如果她将自己写给卡珊德拉信中的内容说给那些古板的女士听，她们的尴尬程度可想而知。她出生于1775年，距离《弃儿汤姆·琼斯的历史》出版不过二十五年，当时，英国的礼俗教化并没有太大的改变，或许简真的如五十年后纳奇布尔夫人所描述的那样："言行举止远达不到上流社会的标准。"根据纳奇布尔夫人所说的内容来看，当简去坎特伯雷陪伴奈特太太的时候，这位老妇人一定给了她某些暗示，才使她变得更加优雅。或许这也是她在小说中一再强调良好教养的原因。

如今的小说家在描写这样的上层阶级时，都认为良好的教养是他们理所当然具备的。在我看来，纳奇布尔夫人无可诟病。她真的是"既已提笔，只能直言相告"。可那又怎样？当我了解到简说话带着汉普郡口音、行为举止不够优雅、身穿自家缝制的土气衣服时，我对她的印象一点也没有变差。事实上，我们确实可以通过卡洛琳·奥斯汀的《回忆录》获悉：尽管这姐妹俩都对穿着打扮很感兴趣，但她们身上的衣服实在有失体面。不过，究竟是衣服邋遢还是只是不合身，我们不得而知。家人在写到简·奥斯汀时，都会竭力提高她的社会地位，这有些言过其实，也实在没有必要。奥斯汀一家都是善良、诚实、值得尊敬的人，处于中上阶层边缘，或许他们对于自己的社会地位也没什么把握。按照纳奇布尔夫人的说法，她们姐妹俩和平时接触到的人打交道毫不拘束，因为这些人的出身都谈不上高贵。当她们遇上社会地位较高的人时，比如像宾利姐妹那种上流社会的女士，她们就会变得刻薄，以此来保护自己。

我们对于乔治·奥斯汀牧师的生平一无所知。他的太太似乎是个善良而愚蠢的女人，她常年疾病缠身，幸好有女儿们耐心照料，但她也时常会受到女儿们的奚落。她大约活了九十岁。家里的男孩们在步入社会之前，或许都迷恋那些乡间活动，一旦他们借到马匹，便会策马捕猎。

奥斯丁·利是首位为简撰写传记的作家。他的书中有一段描述，我们只要稍加想象，便能了解简在汉普郡的那段漫长而宁静的岁月中，过着怎样的生活。他写道："人们普遍认为，这家人不让仆人处理太多事务，大多时候男、女主人都要从旁监督，或者亲力亲为。我想，女主人这样做，是可以理解的……她们要亲自完成烹饪这种细致活，调配自制葡萄酒，从药草中萃取精华……几位女士也非常看重纺线的活，家用的亚麻布都是用这些线织的。吃罢早餐和茶点，有几位女士还会亲自清洗那些精美的瓷器。"从那些书信中我们可以推测，在某些时候，奥斯汀家根本就没有仆人；而其他时候，随便找个什么都不懂的女孩就应付过去了。卡珊德拉之所以做饭，不是因为女士们"不让仆人处理太多事务"，而是因为他们根本就没有仆人。奥斯汀家虽然不算穷，但也绝不算富裕。他们的大部分衣服都是由奥斯汀太太和两个女儿亲手做的，姐妹俩还给兄弟们缝制衬衣。他们在家酿造蜂蜜酒，奥斯汀太太还负责腌制火腿。这种简单的生活充满乐趣，要是哪位富有的邻居举办舞会，便是最让人兴奋的事。很久以前，在英国，千千万万个家庭过着这种平静、单调而又不失体面的生活。然而，其中一个家庭竟然无端培养出了一位天赋异禀的小说家，实在让人惊讶！

（三）

简是一个充满热情的姑娘。年轻时，她喜欢跳舞、和男士调情、观看戏剧。她喜欢英俊小伙。她对礼服、帽子、围巾这类物品也很感兴趣。她还能做一手漂亮的针线活，"无论是粗布素衣还是锦衣华服，她都应付得来"，这手艺完全有助于她给旧礼服变换式样，把废裙子改做成帽子。她的哥哥亨利在他的《回忆录》中提到："简·奥斯汀着手做的每一件事都能取得成功。我们谁也不能像她那样把游戏中的小木块扔出完美的弧线，或者稳稳当当地脱手。她玩起杯球来也棒极了。在乔顿那一次玩得比较简单，她用一只杯子连续接球一百来次，直到她的手累了才作罢。有时候由于读书、写作久了，眼睛过于疲劳，她就靠这种简单的游戏放松自己。"

这可真是一幅美妙的画面。

没有人会把简·奥斯汀描述成一个大才女，她自己也绝不希望成为这样的人，不过她也绝不是一个没有教养的女人。事实上，她和那个时代所有与她地位相同的女性一样，都接受过良好的教育。研究简·奥斯汀小说的权威查普曼博士曾经列过一张她的阅读清单，让人印象深刻。她当然读过不少小说，其中有范妮·伯尼、埃奇沃斯小姐、瑞克里弗夫人（《乌多芙堡之谜》一书的作者）的作品；她还读了一些法语、德语小说的译本（其中有歌德的《少年维特之烦恼》）；只要是巴斯和南安普顿的流动图书馆里能借到的小说，她都不会错过。然而，她并非只热衷于小说，对于莎士比亚的作品她也非常熟悉，至于当代作家，她读过司各特和拜伦的作品，不过，她最喜爱的诗人是柯珀。他的诗歌凌厉、优雅、睿智，自然会吸引奥斯汀。除了各类文学作品，她还读了约翰逊及包斯威尔的作品，以及大量的历史文献。她喜欢大声朗读，据说她的声音十分悦耳。

她还阅读布道书，尤其喜欢阅读 17 世纪一位叫夏洛克的牧师所写的。她的这个喜好乍一听有些奇怪，但想想又没什么。少年时代，我曾在一个教区牧师的家中住过，在书房里，好几层书架都摆满了装帧精美的布道书籍。既然这些书籍出版了，那就代表它们有销量，有销量就代表有人在阅读。简·奥斯汀是个虔诚的信徒，却不狂热。当然，每个星期天她都去教堂参加教会活动。无论是在史蒂文顿还是在戈德莫斯汉姆，每天早晚都必然要进行家庭祷告。但正如查普曼博士所说："无可否认，那个时代的宗教文化并不狂热。"就像每天洗澡、早晚刷牙一样，我们这么做只是因为感觉自在而已。因此，我可以这么认为，奥斯汀小姐就像同时代的其他人一样，在完成了涂油礼、履行了宗教职责后，就会把与宗教有关的事情放在一边，正如人们把目前穿不到的衣服放置暂时不用一样，在接下来的一天或者一星期内，她就会全身心投入到俗事当中。"即便是传道者也不过如此。"乡绅的小儿子如果做了牧师，获得有俸金住房的职位，就能生活得很好。他不需要再做另一份职业，但想要住上更宽敞的住宅，获得更高的收入，就有这个必要了。作为一名牧师，必须履行分内的职责才行。简·奥斯汀坚定地认为牧师应当"在教区居民当中生活，给予他们持续的关心，以证明自己是他们的支持者和朋友"。这正是她哥哥亨利所做的：他机智快乐，是她兄弟中最优秀的一个。他当过商人，有几年生意颇为兴旺，但最终破产。接着他便当了牧师，成为教区牧师的模范。

简·奥斯汀认同她那个时代流行的观点，从她的书籍和信件中不难看出，她对这种当时普遍存在的情况非常满意。她丝毫不怀疑社会差异具有重要意义，认为贫富差距是自然现象。年轻的男性应当依靠有权有势的朋友的影响力为国王效劳，获得职位晋升。嫁人是女性的职责（当然要为了爱情嫁人），但前提是要满足一定的条件。这就是世间万物的秩序。没有任何迹象表明奥斯汀小姐对这些有任何异议。在写给卡珊德拉的一封信中，她说："卡洛和他的妻子在朴次茅斯过的生活实在太寒酸了，没有一个用人。在这样的条件下结婚，她需要多大的美德啊。"因为母亲结婚过于草率，范妮·普莱斯的家庭生活既肮脏又粗俗。这件事告诉我们，年轻的女士应当保持谨慎。

（四）

简·奥斯汀的小说是纯娱乐性的，如果你恰好认为娱乐读者是小说家的主要职责，那你必须将她的小说单独归为一类。比其小说更为伟大的小说有很多，比如《战争与和平》和《卡拉马佐夫兄弟》，但是要想从这些小说中获益，你必须保持头脑清醒和警觉。而无论你多么疲惫不堪，你都会沉醉在简·奥斯汀的小说里。

在简·奥斯汀写作的那个时代，这项工作被视为女性不该做的事。修道士路易斯曾发表过这样的言论："对于所有的女性作家，我感到厌恶、同情和蔑视。她们手持的不应该是笔，而应该是针线，这才是她们能够娴熟使用的唯一工具。"当时，小说是一种不受尊重的文学形式，诗人沃尔特·司各特竟然也写小说，而奥斯汀小姐并未因此而感到不安。她"非常小心谨慎，以免自己在做的事情受到用人、访客甚至家族以外的任何人的怀疑。她把文字写在小纸片上面，因为这样方便储存，或者用一张吸墨纸遮住。在前门和书房之间有一扇回转门，门一打开就会嘎吱作响，但因为只要任何人进来，这扇门都会引起她的注意，所以她拒绝请人来修理"。她的大哥詹姆斯从未告诉过当时正在上学的儿子，他满心欢喜阅读的那些书就是他的姑妈所写的。她的另一个哥哥亨利在自己的《回忆录》中写道："假如她还活着，她也不会因为声名渐长而在自己的任何作品上署名。"因此，她出版的第一部作品《理智与情感》的扉页上仅仅印着"由一位女士所著"。

但她写的第一部作品并不是《理智与情感》，而是另一部小说——《第一次印象》。她的父亲曾写信给一家出版商，请求自费出版这部小说，或者出版一部"包含三卷的手稿小说，长度跟伯纳小姐的《伊沃林娜》差不多"。但对方回信拒绝了这一请求。《第一次印象》是她1796年冬季开始创作的，并于1797年完成。人们普遍认为，这部小说和十六年后出版的《傲慢与偏见》在本质上是同一本书。后来她又迅速相继完成了《理智与情感》和《诺桑觉寺》，这两部作品同样未能出版，尽管五年后理查德·克罗斯贝先生用十英镑购买了《诺桑觉寺》，后来将之更名为《苏珊》。但他并没有出版此书，最后又原价卖了出去：因为奥斯汀小姐的小说都是匿名出版，所以他不知道自己为这么一小笔钱就放弃的书是畅销小说《傲慢与偏见》的作者所写的。

从1798年完成《诺桑觉寺》后，直至1809年，她都几乎没有创作任何作品，只写了《华青家史》的一小部分。这对一位创作能力旺盛的作家来说是一段相当长的空白期。有人认为，这段时间她为情所困。据说在德文郡的海滨度假胜地陪伴自己的母亲和姐姐时，"她遇到了一位绅士，他举手投足之间都散发出无穷的魅力，卡珊德拉认为他配得上自己的妹妹，也很有可能获得妹妹的芳心。他们分别时，他表示期待可以再次与她们见面。卡珊德拉深知他此话的含义。然而，他们再也没有见过面。不久之后，她们便听说他突然离世了"。这段交往非常短暂，《回忆录》的作者补充道，他无法判断，因为"她无法确定这段感情是否影响了她的幸福"。对此，我持否定态度。我认为，奥斯汀小姐没有深陷在爱河里。如果有的话，那她肯定就会赋予笔下女主人公更加强烈的情感。可事实上，她们所表现出的爱并没有激情。她们的爱情掺杂着谨慎，受到世俗的约束。真正的爱情是与这些可预见的品质不沾边的。以《劝导》为例，简声称安妮·艾略特和温特沃斯深爱彼此，但我认为她欺骗了自己，也欺骗了读者。温特沃斯的爱是司汤达所说的"无私的爱"，安妮的爱则是他所说的"有心计的爱"。他们订婚后，安妮竟然相信那个爱管闲事的势利眼拉塞尔夫人的话，认为嫁给一个穷小子、可能战死的海军军官过于草率。如果她真的深爱着温特沃斯，她一定会冒这个风险。而这个风险其实并不大，因为她婚后就能获得她母亲的部分财产，这笔钱在当时相当于三千多英镑，在现在相当于一万二千多英镑，所以无论如何她都不会身无分文。就像本威克船长和哈格里夫斯小姐一样，她原本应该信守婚约，直到温特沃斯获准娶她。但因为听了拉塞尔夫人的劝导，安妮·艾略特认为再等些时候可能会遇到更合适的人选，她便取消了婚约。后来当她意识到没有合适的求婚者出现，她才发现自己有多爱温特沃斯。也许我们可以断定，简·奥斯汀认为她的行为是自然合理的。

对于简长期没有写作，最可信的解释就是她因为找不到一家出版商而感到气馁。她曾经向亲朋好友们朗读过自己的小说，所有人都为她的小说而着迷，但她是一个谦虚理智之人，她很可能觉得她的小说只对喜欢她的人具有吸引力，也许他们还机敏地察觉到了她笔下人物的原型。《回忆录》的作者极力否认过她笔下的人物都有原型，而查普曼博士似乎也同意他的观点。他们认为简·奥斯汀具有这样的创造能力，这实在令人诧异。即便是最伟大的小说家，比如司汤达、巴尔扎克、托尔斯泰、屠格涅夫、狄更斯和萨克雷，他们所塑造的人物都有原型。确实如此，简·奥斯汀自己也说过："我为我塑造的绅士感到骄傲，以至于不想承认他们曾经仅仅是 A 先生或 B 上校。"请注意"仅仅"这个关键词。如同其他小说家一样，当她运用想象力将某个人塑造成某个人物时，她就是在创造。但这并不意味着，这个人物不是取自原型 A 先生或 B 上校。

不管怎么样，1809 年——简与她的母亲和姐姐在安静的乔顿定居这年，她开始修改旧书稿，1811 年《理智与情感》终于出版了。此时公众对于女性写书已不再是不可容忍的态度。斯贝琼教授在英国皇家文学学会所做的一场关于简·奥斯汀的讲座上，引用了伊莉莎·费伊《来自印度的原信》中的前言。1792 年这位女士曾被敦促将这些信件出版，但是鉴于公众对于"女性作者身份"的反对，她拒绝了。1816 年，她写道："自那以后，舆论已经渐渐发生了极大转变。今天的我们，不仅仅和以往一样拥有很多为女性争取荣耀的文学人物，而且拥有很多谦逊的女性，她们在旅途中毫不畏惧危险，敢于乘坐小船驶入浩瀚的海洋，为广大读者传递快乐和知识。"

1813 年，《傲慢与偏见》出版，简·奥斯汀以一百一十英镑出售了版权。

除了以上提及的三部小说，她还有另外三部，分别是《曼斯菲尔德庄园》《爱玛》和《劝导》。凭借这几本书她就确立了稳固的名声。原先在每本书出版之前她都需要等待很长时间，但没多久她的天赋就获得了认可。自那以后，就连最杰出的人物都对她大加赞赏。在此我只引述沃尔特·司各特先生的赞誉，这番赞誉一如既往地慷慨大方："这位年轻的女士在描写复杂事件、情感和普通人物方面具备天赋，并且她是我看过的最卓越的。我也可以依葫芦画瓢地来写，就像任何人一样都可以做到。但是她具有细腻的语感，可以通过描写和情绪渲染让普普通通的人与物变得妙趣横生，这是我无法企及的。"

奇怪的是，沃尔特先生竟然没有提这位年轻女士最可贵的天赋——透彻的观察力和具有启发意义的情感。而她的幽默感赋予了观察力以意义，赋予了情感以生机。她创作的空间颇为狭窄，书中所写的基本上都是同一类故事，并且人物没有太大的变化。所有的人物基本上都是同一类型，只是写作视角略微不同。她对自己有深刻的认识，没有人比她更了解自己的局限性。她的生活经验限制在乡间社会这个小圈子，而她也心满意足。她只写自己了解的事物。查普曼博士最先指出，她从不试图再现男性之间的单独对话，因为她不可能听过。

人们已经注意到，虽然她所在的年代见证了世界历史上最激动人心的几个重大事件——法国大革命、恐怖统治、拿破仑帝国的兴亡，但她并未在其小说中提及这些事件。由于这个原因，她还被指责过于冷漠。我们应当记住，在她那个年代，女性关心政治是不合乎身份的，因为那是男性应该关心的事情；在那个年代，女性甚至很少看报。不过，我们没有理由假定，因为她没有写过这些事件，她就没有受到它们的影响。她很爱家人，她的两个哥哥都在海军服役，常常身处危险之中，从她的信件中可以看出，她很担心他们。但她没有将这些写到作品中，这难道不能体现她的理智吗？她为人谦逊，所以不会想到自己的小说会在其死后被人阅读。但假如这是她当初的目标，她可能也会做出同样明智的选择，也就是避免提及那些从文学角度来看只会引起一时关注的事情。近年来所著的关于二战的小说，已然成为过眼云烟。它们就像每天的报纸一样，生命力非常短暂。

大多数小说家都会有高峰和低谷状态，而奥斯汀小姐是我知道的唯一一个例外，她证明了只有平庸之人才会维持平均水平。她永远保持着最佳状态。即便是备受诟病的《理智与情感》和《诺桑觉寺》，给予读者更多的也是惊喜。她的其他任何一部作品，都有忠实甚至狂热的读者。麦考莱认为《曼斯菲尔德庄园》是她最伟大的成就；其他的知名读者则偏爱《爱玛》；迪斯累利把《傲慢与偏见》阅读了十七遍；如今，很多人将《劝导》视为其最完美的作品。我相信，大多数读者已经把《傲慢与偏见》视作其代表作，我觉得我们最好相信这个判断。一部作品之所以被视为经典，不是因为它备受评论家赞誉、被教授解读或者在学校里被研究，而是因为一代又一代的读者从中获得愉悦和精神享受。

我个人认为，总体上而言，《傲慢与偏见》算是所有小说中最出色的一部。它的开篇头一句话就能吸引你的注意："凡是有钱的单身汉，都想娶一位太太，这是一条举世公认的真理。"这句话奠定了全书的基调，而它所引发的幽默感贯穿全书，直到读者读完最后一页，还是会感觉意犹未尽。

在奥斯汀小姐的小说当中，《爱玛》是唯一让我感觉写得有些啰唆的。我对于弗兰克·丘吉尔和简·费尔法克斯之间的情事没有多大兴趣；虽然贝茨小姐是个有趣的人物，但是对于她的描写是不是太多了？书中的女主人公是个势利眼，她对待社会地位低于她的人的方式实在令人厌恶。不过我们不能因此而责怪奥斯汀小姐：我们必须牢记，如今我们阅读的小说，不同于她那个时代的读者所阅读的小说。由于风俗习惯的变化，人们的观点也发生了改变。在某些方面，相较于前人，如今的我们思想要狭隘些；而在另一些方面，我们的思想更加开明。甚至一百年前盛行的某种态度，如今也会影响着我们。我们会根据自己先入为主的观念和行为标准来对阅读的书籍进行评价，这是有失公允却无可避免的。

《曼斯菲尔德庄园》中，女主人公范妮和男主人公艾德蒙一本正经得让人受不了，我把所有的同情心都给了肆无忌惮、活泼可爱、富有魅力的亨利和玛丽·克劳福德。我不理解，托马斯·伯特伦先生从国外回来后，发现家人在观看业余戏剧演出以消遣时，为何会如此愤怒。简自己本身很喜欢看业余戏剧演出，我不明白为何她要安排这样的情节。

《劝导》则具有一种罕见的魅力。虽然我们希望安妮不那么实事求是，希望她再无私和冲动一些——事实上也就是希望她不那么古板——除了在莱姆里杰斯的科布所发生的事件以外，但是我仍然要将它列入最完美的六部作品。在编造不寻常事件方面，简·奥斯汀没有什么特殊才能。我认为她编造的以下事件就显出她的笨拙：路易莎·穆斯格雷夫爬几级陡峭的台阶，冲着她的仰慕者温特沃斯船长"跳了下来"，但他未能接住她，她一头栽倒在地上，昏了过去。假如他真的要伸手接住她的话（正如我们所知，他一直有扶她从台阶"往下跳"的习惯），即便台阶当时有现在两倍高，她距离地面也不会超过六英尺[1]，她往下跳时也不可能头朝地。不管怎样，她都会落到健壮的水手的身上，虽然可能受惊，但几乎不会伤到自己。总之，她的昏厥以及随之发生的慌乱实在令人难以置信。依靠捕获奖金而致富的温特沃斯船长，竟然会由于看到这一景象而吓得不知所措，紧接着相关人物的行为犹如白痴一般。尽管奥斯汀小姐能够坚强面对亲朋好友的疾病和死亡，我也很难相信她竟然不觉得这些场景愚蠢至极。

一位博学机智的评论家卡洛德教授曾经说过，简·奥斯汀不具备写故事的才能。对此他解释道，他所说的"故事"是指一系列的事件，无论是浪漫的还是不寻常的。不过简·奥斯汀的才华不在于此，这也不是她立志要做的事情。她是一个理智的人，极具幽默感，不会追求空想，她的兴趣不在于不寻常之事，而在于寻常之事。凭借自己敏锐的观察力、反讽、幽默和机智，她让寻常之事变得不寻常。大部分人对故事的理解是一段有开端、中间和结尾的连贯的叙述。

《傲慢与偏见》的开端恰到好处，两位年轻男子对伊丽莎白和她姐姐简的爱慕为整部小说提供了情节，结尾也恰到好处地以他们的婚姻作为结束，这是传统的幸福结局。这类结局引发了久经世故之人的蔑视。当然了，很多婚姻，也许是大多数婚姻，都是不幸福的而且没有结果，这样的婚姻只是人生中的一段经历。因此，很多作者以婚姻作为小说的开端，接着探讨婚姻的结果，这是他们的权利。不过，普通人将婚姻视为一部小说的理想结局，也是情有可原的。人类具有一种本能的感觉，认为男人和女人通过婚配是为了履行生物学使命；出

---

[1] 英美制长度单位，1 英尺合 0.3048 米。

于自然而然产生的好感，他们会经历一系列过程，从爱情的萌发、出现、阻碍和误会，到坦白，到最终的圆满，也就是延绵子嗣。对大自然而言，每对夫妇都是一根链条上的一个链环，而这个链环的唯一意义在于可以和另一个链环联结。这正是小说家设计圆满结局的理由。在阅读《傲慢与偏见》时，当读者知道新郎有着可观的收入，他将和新娘一起住在被公园环绕、装修奢华的豪宅里面，读者感到十分欣慰。

《傲慢与偏见》这部小说结构很完整。事件的衔接非常自然，而且故事也没有显得不可信。而有一点似乎有点奇怪：伊丽莎白和简颇有教养、举止优雅，但她们的母亲和三个妹妹竟然像纳奇布尔女士所说的那样"远达不到上流社会的标准"；但这一点对整个故事而言至关重要。我本人好奇的是，奥斯汀小姐为何没有通过这种方式来避免这个问题：将伊丽莎白和简写成是贝内特先生的第一任夫人所生，而将小说中的贝内特夫人写成他的第二任夫人、那三个妹妹的母亲？在所有她塑造的女主人公当中，伊丽莎白是奥斯汀最爱的。"我必须承认，"她曾写道，"我认为她是书中最可爱的人物。"

假如像一些人所认为的那样，她自己是伊丽莎白这个人物的原型——并且她肯定赋予了这个人物欢快、斗志、勇气、机智、敏捷、理智和判断力这些特质，那么我们猜想当她在塑造温和、善良、美丽的简·贝内特时，她心里想着的是她的姐姐卡珊德拉，也就不显得鲁莽了。达西一般在读者心中的形象是：令人讨厌的无礼之人。他第一次的无礼体现在，在一次公共舞会上，他不愿意同他不认识、不想认识的人跳舞。这并非什么令人发指的过错。真是不走运，当他在和宾利谈到伊丽莎白时，他对她的贬低之词被她无意中听到。不过他并不知道她在听，对此他可以给出的理由是，他的朋友正怂恿他做一些他不愿意做的事情。当然，达西向伊丽莎白求婚时所表现出的傲慢也令人不可原谅。不过骄傲——生来就具备的这种骨子里的骄傲——正是他的主要特点，如果失去了这个特点，那就没有什么故事可以讲述了。此外，他的求婚方式也得以让简·奥斯汀呈现书中最具戏剧性的场景。

我们可以想象得到，如果具备了后来获得的经验，她也许就能做到这一点：在呈现达西的情感——可以理解的自然的情感——的时候，既能体现出对伊丽莎白的冒犯，又不需要让他说出无礼的话以至于令读者震惊。对于凯瑟琳夫人和柯林斯先生的刻画，也许有点夸张，但我认为这种处理在喜剧允许的范围之内。从喜剧角度看待的人生要比真实的人生更加妙趣横生，但也更加冷静，采用一点点夸张手法，也就是诙谐处理，通常没有什么不好。谨慎地添加一点诙谐元素，就像往草莓上撒一点糖，可能会让喜剧更加美味。至于凯瑟琳夫人，我们必须记得，在奥斯汀小姐那个时代，等级划分让社会地位高的人有一种强烈的优越感，他们不仅仅期望社会地位低的人给予他们至高无上的尊重，而且确确实实受到了这样的待遇。在我的青年时期，我就认识了一些贵妇，她们的优越感不亚于凯瑟琳夫人，尽管表现得不那么显眼。至于柯林斯先生，即使是在今天，有谁敢说没有见过这么阿谀奉承、骄傲自大的人呢？有些人用表面上的温和加以掩饰，但只会令他们显得更加令人厌恶。

简·奥斯汀不是一个出色的文体家，她的文字朴实，不矫揉造作。从她的文字来看，我认为她受到了约翰逊博士的影响。她习惯用拉丁词源的词汇，而不是日常的英语词汇。由于这个原因，她的措辞略显正式，不过并不会引起阅读的不适感。事实上，这常常为机智的话语锦上添花，也令恶意的话语更显庄重。她设计的对话很可能就和当时真正的对话一样自然，但在我们看来，可能显得有些不够自然。简·贝内特在谈及她爱人的妹妹时说道："她们当然不赞同他和我好，对于这点我不觉得奇怪，因为他原本可以选择一个在各方面条件都更好的人。"这句话当然可能就是她说的，但是我依然觉得可能性不大。任何一个现代小说家显然都不会如此措辞。将所说的话原原本本地写在纸上是非常乏味的，所以当然有必要对这些话进行一些加工处理。也只是在近年来，为了追求真实性，小说家才尽量让对话更加口语化。我猜想，过去的传统是受过教育的人必须没有语法错误、准确无误地表达他们的想法（通常他们并不能做到这样），读者也自然接受了这点。

且不论奥斯汀小姐略显正式的对话描写，我们必须承认，她总能让故事中的人物的对话符合他们的性格。我只注意到，在一处对话方面的描写她有欠妥之处。"安妮微笑着说：'我心目中的好伴侣，艾略特先生，是一个聪明博学、口齿伶俐之人，这就是我心目中的好伴侣。''你说错了，'他温和地说，'这不是最佳伴侣。'"

艾略特先生有性格缺陷，但假如他能够对安妮的话做出如此值得赞赏的回答，他必定具备一些人物塑造者不想让我们了解的品质。就我来说，我被这句话所吸引，以至于我更乐于看到安妮嫁给他，而非古板的温特沃斯船长。的确，艾略特先生为了金钱娶过一位"身份低微"的女人，并且后来对她漠不关心；他对斯密斯夫人的态度也显得他心胸狭隘。但毕竟我们听到的是另一面的故事，如果我们可以有机会从他的角度听一听他的故事，也许我们会谅解他的行为。

奥斯汀小姐有一个优点，我差点忘记提及。她的作品可读性非常强，比一些更加伟大、更加知名的小说家的作品更具可读性。正如沃尔特·司各特先生所言，她写的都是普通的事情，"日常生活中的琐事、情感和人物"。她的书不会涉及重大的事件，但当你读到每页的最后时，你都会迫切地想翻到下一页，看看接下来会发生什么。没有什么重大事件，却令你迫切地想阅读下一页。具备这个能力的小说家，就具备了一个小说家应当掌握的最宝贵的天赋。

亨利·菲尔丁与《弃儿汤姆·琼斯的历史》

（一）

要介绍亨利·菲尔丁可不是件容易的事，因为公众对他并不熟知。1762 年，也就是菲尔丁去世八年后，阿瑟·墨非曾经为他写过一篇简短的传记，作为《菲尔丁作品集》的序言。墨非似乎与菲尔丁相识，但若真是如此，也必定是在其晚年。由于可供参考的资料甚少，也许仅仅是为了完成一篇长达八十页的文稿，墨非不惜笔墨地讲述了许多无关紧要的话题。他所陈述的事实本就很少，而后来的研究表明，这为数不多的事实也不尽准确。最近一位对菲尔丁进行过详细描述的人是彭布罗克学院的院长——霍尔姆斯·达顿博士，他那两卷厚实的作品可被视为用辛勤工作树立起的一座丰碑。他生动形象地描述了当时的政治环境以及 1745 年小王位觊觎者[1]以失败告终的冒险经历，这为其笔下描述的主人公坎坷的职业生涯增添了一些色彩和厚重

---

[1] 即查理·爱德华·斯图亚特，英国斯图亚特王室最后一个王位争夺者。

感。我认为，这位颇具名望的彭布罗克学院院长对亨利·菲尔丁的论述已经非常详尽，没有任何需要补充的内容了。

菲尔丁生来就是一位绅士。他的父亲是索尔兹伯里教士约翰·菲尔丁的第三个儿子，约翰·菲尔丁则是德斯蒙德伯爵的第五个儿子。德斯蒙德家族是登比家族的一个较为年轻的分支。登比家族以哈布斯堡家族的后裔自居。吉本（《罗马帝国衰亡史》的作者）在其自传中曾写道："查理五世的后人可能会拒绝承认他们英格兰的同胞；但是《弃儿汤姆·琼斯的历史》这部作品所描述的人类社会的浪漫情节，相对于埃斯科里亚尔的宫殿和奥地利王室的鹰徽，将会更加永垂不朽。"这段话当时曾引起强烈的共鸣，不过遗憾的是，这些贵族宣称的皇室血脉已经被证实毫无根据，他们仅仅是使用了菲尔丁这个姓氏而已。有这么一个广为人知的故事，有一次，当时的伯爵向亨利·菲尔丁询问真相，他的回答是这样的："据我推测，原因是我家族的这个分支比阁下您家族的分支更早学会了拼写。"

菲尔丁的父亲当过兵，在战争中为马尔巴勒效劳，"英勇抗敌，声名远扬"。他娶了王座法庭法官亨利·古尔德爵士的女儿萨拉为妻。就在这位法官临近格拉斯顿伯里的乡间宅邸夏浦汉姆园，我们的作者于1707年出生。两三年后，当时已经有了两个女儿的菲尔丁夫妇搬到了多塞特郡的东斯托尔，那里是老法官很早就为其女儿准备的一处住所。在那里，菲尔丁夫妇又生了两个女儿和一个儿子。菲尔丁太太于1718年去世，次年菲尔丁去了伊顿公学，在那里他结交了几位可贵的朋友。阿瑟·墨非称他为"精通希腊著作和早期拉丁语古典文学的奇人"，假如当时没有离开那里，他必定会真正爱上古典学术。到了晚年，菲尔丁饱受疾病和贫穷的折磨，而他在西塞罗的《哲学的慰藉》中找到了慰藉。作古之前，他乘船前往里斯本，随身带着一卷柏拉图的著作。

离开伊顿公学后，菲尔丁没有接着去读大学，而是在索尔兹伯里和他的祖母古尔德夫人一起生活了一段时间，那时候古尔德法官已经去世。根据达顿博士的描述，菲尔丁在那里阅读了一些法律书籍以及其他各式各样的书籍。当时这位年轻人长相英俊，身高超过六英尺，体形健壮，眼睛深陷，高鼻梁，薄薄的上嘴唇略微上翘，下巴线条分明又突出。深棕色的头发卷曲着，牙齿又白又整齐。到了十八岁的时候，他就已经显露出非凡的气质。当时他和一位忠诚的用人一起住在莱姆里杰斯，这位用人愿意为自己的小主人"粉身碎骨"。在那里他爱上了一位叫萨拉·安德鲁斯的小姐，这位小姐本就天生丽质，再加上家世显赫，使得她更具魅力。他意图拐走这位小姐，甚至打算强行把她夺走。他的计划败露后，年轻的小姐被迅速送走，嫁给了一位更加适合的追求者。据说在接下来的两三年内，他一直在伦敦依靠祖母的补贴过着挥霍的生活，就像其他长相英俊、出身名门的年轻人一样。

1728 年，在表姐玛丽·沃尔雷蒙塔古夫人的影响之下，以及魅力十足却品行不正的女演员安妮·奥德菲尔德的帮助之下，菲尔丁的一部戏剧在德鲁里巷上演，扮演者是科莱·西伯，剧名叫《化装舞会之恋》，该剧一共上演了四场。不久之后，他依靠父亲每年提供的两百英镑补助进入了荷兰莱顿大学。然而，他的父亲再婚之后，不再能够或者不再愿意继续支付所承诺的补助，因此大约一年后，菲尔丁被迫回到了英格兰。此时菲尔丁的处境极其艰难，而这都是他自己一直以来随心所欲造成的后果。他别无选择，只能当一名马车夫或是穷作家。

奥斯汀·多布森在《英国文人系列》中描述其生平时说道："他的爱好以及机遇使他登上了舞台。"他情绪高涨，幽默风趣，对当代社会具有敏锐的观察力，而这些正是一名剧作家所应具备的素质。除此以外，他还具备某种独创能力和构建意识。奥斯汀·多布森所说的"爱好"很可能是指，菲尔丁具有爱出风头的天性，而这是剧作家的一个共同特质，以及他将写戏剧作为快速赚钱的一种方法；至于"机遇"，很可能是在委婉地说：他有着英俊的长相、充沛的活力，并且获得了一位知名女演员的芳心。一名年轻的剧作家要想让自己的戏剧能够上演，最可靠的方法一直以来都是获得女主角的芳心。

自 1729 年至 1737 年，菲尔丁一共创作和改编了二十六部戏剧，其中至少有三部戏剧在全城引起了热烈反响。有一部戏剧曾令斯威夫特捧腹大笑，根据那位院长的回忆，此种情形之前只出现过两次。在纯喜剧方面，菲尔丁并未做得很好。据我所知，他是在一种他所自创的戏剧类型上取得了巨大成功，这种戏剧类型融合了歌舞、时事短剧、对公众人物的滑稽模仿和暗指。事实上，他的这种戏剧类型无异于当今流行的时事讽刺剧。据阿瑟·墨非所说，菲尔丁的滑稽戏"基本上都是用两三个早晨的时间完成的，他的写作能力实在太强了"。达顿博士认为墨非夸大其词，而我并不这么认为，因为其中有一些作品非常简短。我曾经听说过有一些轻喜剧用一个周末就完成了，并且创作得一点也不差。菲尔丁创作的最后两部戏剧，主题是攻击当时的政治腐败现象，戏剧的反响甚至引起内阁出台了《许可证法》。剧院经理必须获得宫务大臣的许可证才能公演一出戏剧。该法律至今令英国的作家十分苦恼。自那以后，菲尔丁为剧院创作的作品就寥寥无几了，而为数不多的那几部作品，可能也是他生活拮据的那段时期所创作的。

我不敢佯装通读过他的戏剧作品，但是我的确翻阅过几页，读过几个场景，我认为里面的那些对话是那么自然活泼。最有趣的是，他在《大拇指汤姆》中列举剧中人物时写了一句在当时非常流行的描述："有一个女人十全十美，除了有一点嗜酒成癖。"菲尔丁的戏剧作品通常被视为毫无价值，假如他不是《弃儿汤姆·琼斯的历史》的作者，毫无疑问，没有人会去看那些作品。他的那些作品缺乏文学特点，比如说康格里夫的戏剧作品就具备文学特点；可是两百年后，坐在他们的书房里阅读他的作品的评论家们，偏偏期待看到那些文学特点。然而，戏剧写出来的目的是用来演出而非被人阅读的。当然，如果戏剧作品具备文学特点，是件好事。但是文学特点并不能使其成为好的戏剧，反而会（并且通常会）令其可演性降低。菲尔丁的作品现在已经失去了当初所具备的优点，因为戏剧和现实性密切关联，所以转瞬即逝，几乎就像报纸一样转瞬即逝。

正如我先前所说，菲尔丁戏剧的成功源自它们的时效性。不过，尽管它们取得的成功很短暂，那些作品必定具备一些优点，否则即便是这个年轻人有多么热爱创作戏剧，或者是某个最受欢迎的女演员施加压力，也不会令剧院经理愿意反反复复上演那些戏剧的。在这件事情上，观众才是最终的裁判。如果经理不能满足观众的品味，那他早就破产了。菲尔丁的戏剧至少具备一个优点，那就是公众喜欢去观看他的作品。《大拇指汤姆》上演了"四十多个夜晚"，《巴斯昆》更是上演了六十个夜晚，不逊于当年的《乞丐的歌剧》。

菲尔丁对自己作品的价值并没有抱有幻想，正如他亲口所说，在他本该开始创作的时候，却停止了。他是为了赚钱而写作，对观众他并不在意。"如果他已经签好合同要上演一出戏剧，或者一场滑稽戏，"墨非说，"那么他会很晚才从酒馆回家，而到了次日早晨，就会将写好的一幕戏交给演员，戏的内容则写在包裹烟草的纸上面，他自己对这种做法很得意。这件事在他活着的朋友当中是众所周知的。"有一场喜剧叫《婚礼日》，在排练过程中，其中一名叫加里克的演员对某一幕表示反对，请菲尔丁将它删除。"不行，浑蛋，"菲尔丁说，"如果这一幕真不好的话，就看看观众能不能发现吧。"上演的时候，现场是一片聒噪，充斥着不满的声音。加里克回到演员休息室，而我们的作者正沉醉于自己的才华之中，喝着一瓶香槟。此时他已经喝了很多，歪着脑袋看向这位演员，嘴角还挂着烟丝。"怎么了，加里克，"他说道，"观众在嘘什么？"

"为什么？我请你删掉的那一幕，我早就知道不好。我真被他们吓到了，估计得花上一整晚才能让我镇静下来。"

"哦，浑蛋，"这位作者答道，"他们真的发现了，对吗？"

这个故事是阿瑟·墨非所叙述的。我有必要申明，我质疑这个故事的真实性。我认识一些演员兼剧院经理，就像加里克一样，我也和这些人有过来往。我认为，假如他们知道某一幕会毁了整个戏剧却依旧同意上演，这是不太可能发生的。不过，如果这个传闻不具备一定的可信度，也不会被编造出来。至少它可以说明菲尔丁的朋友和伙伴对他的看法。

我之所以对他作为剧作家的那段时期（毕竟那段时期只是他职业

生涯中的一个插曲）叙述得过于详细，是因为我认为那段时期对于他后来成为小说家至关重要。有很多杰出的小说家曾经尝试过写戏剧，不过我想不到有谁获得过显著成功。事实上，这两种写作类型区别很大，创作小说的技巧对创作戏剧而言毫无帮助。对于小说家，他可以有充足的时间确定主题，可以详细地描绘他所创造的人物，并且可以通过叙述人物的动机帮助读者了解人物的行为；假如他写作技巧精湛，他可以赋予不可能的事情以真实性；假如他具备叙述天赋，他还可以娓娓道来，直至达到故事高潮，并且通过漫长的铺垫令高潮更加引人注目（一个典型的例子就是克拉丽萨的信，信中她揭露了自己被强奸的遭遇）；他不需要展示行为，只需要叙述出来；他可以通过人物的对话来解释他们的行为，并且无论写多少页都可以。

不同于小说，戏剧依附于行为，当然，我所说的行为并非指的是掉落悬崖、被公共汽车碾过这类的行为。这里的行为，比如说给某人递一杯水，像这样的行为也可以被赋予最强烈的戏剧性。观众的注意力是非常有限的，因此必须通过一连串的事件来吸引他们的注意；必须一直提供新鲜的东西；必须一开始就呈现主题，并且情节的发展必须遵循一定的脉络，不得偏离到不相关的事件上去；对话必须言简意赅，切合主题，要让观众无须停下来思考就能理解；人物必须保持一致，要让观众凭借眼睛和思考就能很快理解，并且无论人物有多么复杂，其复杂性也必须具备可信度。一出戏剧不能是松散的构成物，无论主题多么琐碎，其根基必须牢固、结构必须稳固。

当这位剧作家开始写小说的时候，此时他已经具备了我所说的创作戏剧所应当具备的素质，已经能够创作出令观众乐意从头看到尾的戏剧，因此他已经占据了优势。他学会了言简意赅；了解了快速事件的价值；学会了不拖泥带水，而是紧扣主题，讲述故事；他还学会了通过人物自身的言语和行为来展现人物，而不是借助于描写。因此，当他在小说允许的一个更广泛的范围内进行创作时，小说本身这种形式所特有的优势令他占据了优势，并且他创作戏剧的经验使他能够写出生动的小说。这些素质都是优秀的素质，即便是一些非常杰出的小说家，他们可能拥有其他优点，但也没有具备这些素质。我认为，菲尔丁创作戏剧的那段时期并非在浪费时间。相反，我认为那段经历对于他成为小说家是弥足珍贵的。

1734年，菲尔丁娶了夏洛特·克拉多克，她的母亲是一位寡妇，居住在索尔兹伯里，一共有两个女儿。关于克拉多克，除了长相美丽迷人，再无其他记录。克拉多克夫人是个精明、有主见的女人，毫无疑问，她不赞成菲尔丁对其女儿的追求。这是可以理解的，因为菲尔丁的生计不稳定，他与戏剧的联系也很难令这位谨慎的母亲对他抱有信心。后来，这对恋人私奔了，尽管克拉多克夫人对他们进行了追赶。"她没能及时追赶上他们，阻止这场婚姻。"菲尔丁将夏洛特塑造成《弃儿汤姆·琼斯的历史》中的索菲亚，以及后来的《艾美利亚》中的艾美利亚，从这两本书中读者可以了解到她在其爱人和丈夫的眼中的形象。

一年后，克拉多克夫人去世，留给夏洛特一千五百英镑，这笔钱来得相当及时，原因是菲尔丁在那年年初时创作的一出戏剧惨遭失败，令其囊中羞涩。一直以来，菲尔丁已经习惯时不时地去他母亲的小房子里居住，现在又带着他年轻的妻子一起去居住。在接下来的九个月里，他慷慨地招待他的朋友们，沉醉于乡村的消遣活动。当他带着夏洛特继承的遗产的剩余部分（可想而知）回到伦敦，他将小剧院带到了干草市场，在那里创作出了其最好（据说）、最成功的戏剧作品《巴斯昆》（副标是《我们时代的讽刺》）。

当《许可证法》正式成为法律，他的剧院生涯终止了。此时他的妻子和两个孩子以及极少的那一点钱支撑着他。

他不得不寻找一种维持生计的方法。那时他三十二岁。他进入了中殿律师学院学习，尽管根据阿瑟·墨非所说，"他的早期品味会时不时地复现，挑起他的兴致，令他尽情享受城市生活的乐趣"，但是他学习很努力，并且适时取得律师资格。他已经做好认真从事这项职业的准备，但是他似乎没有经手几个案件，很可能是因为律师界无法相信一个曾经以创作轻喜剧和政治讽刺剧而出名的人。此外，在他作为律师的三年内，频繁遭受痛风的折磨，令其无法定期出席法庭。

为了赚钱，他不得不为报社做苦工，并且挤出时间创作他出版的第一部小说《约瑟夫·安德鲁斯》。两年后，他的妻子去世，妻子的离世令他悲痛得精神恍惚。路易莎·斯图尔特女士曾写道："他对她的爱是如此深情，她也以深情回报他的爱；但是这并没有带来快乐的生活，因为他们几乎一直过得穷困潦倒，很少过得安稳舒适。全世界都知道他挥霍无度，如果他有了几十英镑，那他一定会将它们挥霍而光，完全不会考虑到明天。有时候他们住的是像样舒适的住所，有时候他们则居住在连必需品都没有的破阁楼，甚至还在债务人拘留所和藏身地待过。乐观的天性令他度过了那些困难，与之相比要脆弱一些的妻子却被焦虑所折磨身心。她日渐消瘦，高烧不退，最终死在了他的怀里。"这段叙述具备一定的真实性，并且部分内容已经在菲尔丁的《艾美利亚》中得到了证实。我们都知道，小说家习惯将他们的一些生活经历作为写作素材。当菲尔丁创作比利·布斯这个人物时，影射了他自己，他还将他的妻子刻画成艾美利亚，并且运用了他们婚姻生活中的种种事件。在妻子去世四年后，他娶了她的女佣玛丽·丹尼尔，那时她已有三个月的身孕。这场婚姻令他的朋友以及他的妹妹感到震惊，自夏洛特去世后一直和他居住在一起的妹妹离开了。他的表姐玛丽·沃尔雷蒙塔古夫人对此事也鄙夷不屑，因为他竟然"因为和一个烧饭的女佣在一起而欣喜"。玛丽·丹尼尔没有什么个人魅力，不过她是个好人，谈起她的时候菲尔丁总是饱含感情和尊敬。她是个很规矩的女人，把菲尔丁照顾得很好，是一个好妻子、好母亲，她还为他生了两个儿子和一个女儿。

当他作为剧作家竭力维持生活的时候，菲尔丁曾经试图讨好权倾一时的罗伯特·沃波尔爵士。虽然他将自己的戏剧作品《摩登丈夫》送给他并且说了很多恭维之词，但是这位大臣并没有领情，无意为他做任何事情。因此，他决定投靠与沃波尔相对的政党，于是开始讨好该政党领袖之一查斯特菲尔德爵士。正如达顿博士所说："他给的暗示再明显不过了，只要该反对党愿意雇用他，他就愿意运用自己的智慧和幽默为他们效劳。"最终，该反对党表示同意，于是菲尔丁成为一份名叫《冠军》的报纸的编辑，该报纸成立的目的就是攻击和讽刺罗伯特爵士以及其内阁。1742年沃波尔倒台，经过短暂的平静之后，亨利·佩勒姆上任。菲尔丁效劳的政党掌握了权力，有好几年他都为支持和拥护该政党的这家报纸做编辑和撰稿工作。他当然希望他的工作可以得到回报。在他在伊顿所结交的朋友当中，有一个人叫乔治·利特尔顿，也是和他保持友谊的一个朋友。利特尔顿生在一个显赫的政治家庭，如今依然显赫，他对文学提供了慷慨支持。利特尔顿在亨利·佩勒姆的政府担任一名财政大臣，在他的权势影响之下，菲尔丁于1784年担任威斯敏斯特的治安法官。不久，他的管辖范围就扩大到了米德尔赛克斯，可能为了更好地行使职务，他举家搬到了弓街的官邸。由于他作为律师期间接受的训练、对生活的积累以及天然的禀赋，他很适合这个职位。菲尔丁说，在他就职前，这份工作带来的非法钱财每年有五百英镑，而他每年挣的干净钱财不超过三百英镑。通过贝德福德伯爵，他得到了一笔退休金，是从公务资金当中获得的，大概每年有一百或两百英镑。

1749年，他写的《弃儿汤姆·琼斯的历史》出版了，当他代表政府为一份报纸做编辑的期间，肯定一直在写这本书。此书为他一共带来了七百英镑的收入，鉴于在那个时期金钱的价值至少是现在的五六倍，这笔钱相当于四千英镑。即便是今天，这也是一笔很高的小说稿酬了。

此时，菲尔丁的健康情况很不好。他频繁地饱受痛风的折磨，不得不经常去巴斯或者靠近伦敦的一个乡间小屋休养身体。但是他依然没有停止写作，他写了几本和他职务有关的宣传册。其中有一本叫作《对盗匪近期增多原因之调查》，据说这本小册子导致著名的《金酒法令》通过。他还写了《艾美利亚》。他的勤奋着实令人钦佩。《艾美利亚》于1751年出版，同年他还编辑了另一份报纸《考文特花园日报》。他的健康情况越来越差，显然他已经无法执行在弓街的职务。1754年，在惩治了令伦敦处于惶恐之中的"一群恶棍和凶手"后，他辞去了职务，由他同父异母的兄弟约翰·菲尔丁接任职位。他要生存下去的一线希望似乎就是，去一个比英格兰气候更加温和的地方。因此，在那年的 6 月，他乘坐由理查德·威尔担任船长的"葡萄牙女王"号离开了祖国，前往里斯本。8 月，他到达那里，两个月后去世，享年四十七岁。

（二）

当我根据现有不足的资料思考菲尔丁的一生时，我只有一个强烈的感觉：他是一个真实的人。

当你阅读他的小说时，你会发现很少有小说家像他那样将自己全身心地投入到作品当中，你会对他产生只有对多年好友才会有的一种情感。他具备一种当代精神，具备一种即便在当今也远非罕见的英国人的魅力。你可能会在伦敦，在纽马克特，在狩猎季节的莱斯特郡，在 8 月的考兹，在冬至的戛纳或者蒙特卡洛遇见他。

他是一位温文尔雅的绅士，仪表堂堂，为人和善。他不是特别有修养，但是他对有修养的人很宽容。他喜欢女孩子，随时可能由于通奸罪被人告上法庭。他不属于劳碌之人，不过似乎他也没理由要成为劳碌之人。虽然他无所事事，但是他并非不求上进。他的收入丰厚，可以自由支配他的金钱。如果战争爆发，他一定会英勇参军。他对人没有任何恶意，所有人都喜欢他。随着时间流逝，青春的时代过去，他也不再那么富裕，生活也不如从前轻松。他不得不放弃打猎，不过他打高尔夫仍然很出色，俱乐部的棋牌室总能看见他的身影。他娶了一个旧情人，一个有钱的寡妇，此时的他安心过着中年生活，是一个非常好的丈夫。像他这样的人已经不多见，再过几年，像他这样的人就会绝迹。我认为，菲尔丁就是这样的人。然而，他偏偏具备成为作家的天资，如果他愿意的话，他工作的时候会非常努力。他喜欢喝酒，也喜欢女人。

人们谈到美德的时候，通常会想到性这个话题，但是贞洁实际只是美德的一小部分，也许还不是主要的部分。菲尔丁拥有强烈的欲望，并且毫不犹豫地屈服于自己的欲望。他会柔情地爱别人。爱情，而非感情（这两者是不同的事物），根源于性。不过，也存在没有爱情的性欲。如果有人对此否认，那他一定是虚伪或者无知的人。性欲是动物的本能，正如口渴或者饥饿一样，无须对此有任何羞耻之感，更加没有理由不去满足它。如果说菲尔丁享受性带来的快感，甚至有点性行为不检点，那他也不比大多数男人更差。就像我们大多数人一样，他会为自己的罪恶感到懊悔（如果可以称得上是罪恶的话），但是当机会来临，他依旧会犯下那些罪恶。他脾气暴躁，但慷慨善良，并且在堕落的岁月里仍然诚实。他是一个充满爱意的丈夫和父亲，勇敢真实，也是真诚的朋友，他的朋友也以真诚待他。虽然他对别人的过错宽容，但是他憎恨粗暴无礼和两面派。他没有因为成功而骄傲自满；只有一对鹧鸪和一瓶红葡萄酒，他也能度过低谷。他坦然接受生活中的一切，并且尽情地享受生活。事实上，他很像他描写的汤姆·琼斯，跟比利·布斯也没有什么不同。他是一个非常正直的人。

然而，我必须告知读者，我所描绘的菲尔丁与彭布罗克学院的院长在其巨著（我经常参考这本书，并且引用了大量有用信息）中所描绘的菲尔丁完全不符。"一直到最近几年，"他写道，"大众对菲尔丁的一致评价是，他学富五车，具备'一颗善良的心'以及诸多讨人喜欢的品质，但是他沉迷于酒色，没有责任心，为自己做过的蠢事内疚，虽然没有做过什么罪大恶极的事，但是也并非完全清白无辜。"他竭力让读者相信菲尔丁遭受了严重诽谤。

然而，达顿博士竭力否认的这个评价，在菲尔丁的一生是普遍盛行的观点，并且这种观点是熟知他的人所发表的。他曾遭受政治和文学界的敌人的强烈抨击，这是事实；对他的指控也很有可能是夸大的。但是如果指控构成了诽谤性质，那么这些指控也必定貌似可信。比如说，已故的斯坦福·克里普斯爵士拥有很多仇敌，他们急于往他身上泼脏水；他们说他是一个叛徒，是一个卖国贼；但是他们从未说过他是好色之徒或者酒鬼，因为他以品德高尚、生活节制而闻名，否则他们的说法只会令他们显得荒唐可笑。同样，关于名人的传言可能不是真实的，但是如果不是听上去貌似可信，也不会有人相信。

阿瑟·墨菲曾讲述过这么一个故事：有一次菲尔丁为了支付税款，向出版社预支了一笔钱，不过在拿着钱回家的路上，他碰到了一个比他处境更加艰难的朋友，于是就把钱给了这位朋友。当税收员上门拜访时，他留下了这样一句话："友谊需要金钱的帮助，请税收员下次拜访。"达顿博士认为这个传言可能并非事实，但是即便这是编造出来的，也是因为认为它可信。菲尔丁被人们认为挥霍无度，很可能事实真是如此，因为他无忧无虑，热情洋溢，待人友善，喜欢宴请朋友，对金钱漫不经心。因此，他常常欠债，可能有时也会受到"讨债者和执法者"的困扰。毫无疑问，当他急需用钱的时候，他就会向朋友寻求帮助，他的朋友们也都慷慨解囊，包括思想崇高的艾德蒙·伯克。

作为剧作家，菲尔丁身处戏剧界多年。在任何国家，无论过去或是现在，剧院都没有被视为教导年轻人严格自制的好地方。在菲尔丁的影响下创作了第一部戏剧的安妮·奥德菲尔德，葬于威斯敏斯特教堂；但是因为她曾被两位男士包养，生了两个私生子，所以为她竖立纪念碑的提议遭到了否决。显然，她帮助了当时长相英俊的菲尔丁是不足为奇的；因为菲尔丁身无分文，所以她运用从她的保护人那里获得的钱来帮助他也是不足为奇的。他之所以答应接受她的帮助，可能也是因为贫穷而非个人意愿。如果说他在年轻的时候喜欢通奸，他和当时（以及现在这个年代）拥有机会和优势的大多数年轻男士也没有分别。此外，毫无疑问，他"有许许多多个夜晚在酒馆开怀畅饮"。

无论哲学家们的主张是什么，他们有一个一致的看法：对待年轻人和年纪大的人的道德标准是不同的，并且这种道德标准的差异取决于身份地位。如果一个神学博士和人通奸，人们就会认为他应该受到谴责；但是如果换作一个年轻男士，人们就会认为这是正常的。如果一个大学校长喝醉了，会被认为是不可原谅的；但是如果一个大学生偶尔喝醉的话，则被认为是可以理解的，也不会遭到反对。

菲尔丁的敌人们指责他为政党效劳，的确如此。他甘愿用自己的天赋为罗伯特·沃波尔爵士的政党效劳，当他发现他的天赋没有受到重视时，他同样甘愿为反对党效劳。而这并不需要他牺牲什么原则，因为在当时，政府和反对党之间的唯一真正的区别是，政府享有职务薪金，反对党则没有。腐败是一个普遍现象，就像菲尔丁为了生计一样，大贵族们如果发现对其有利的那一面，也会改变立场。值得称赞的是，当沃波尔爵士发现菲尔丁对他们构成威胁时，曾经提议让他放弃效忠反对党，并且给他一个职位，但是菲尔丁拒绝了。他是明智的，因为不久之后沃波尔就倒台了。菲尔丁有很多处于上层社会以及在艺术方面杰出的朋友，但是根据他的作品，似乎可以肯定的是，他喜欢和处于下层社会、名誉不好的人相处，为此他受到了强烈的谴责。可我认为，如果不是因为他和这些人打交道并且乐在其中的话，他是无法生动地描写出下层社会的生活的。

在他那个时代，人们对于菲尔丁的普遍看法是，他是一个挥霍无度、放纵自己的人。对此也有大量的证据。如果他如彭布罗克学院的院长所说是一个体面、纯洁、有节制的人，可以肯定的是，很有可能他就无法写出《弃儿汤姆·琼斯的历史》。我认为，达顿博士是在试图美化菲尔丁，当然此举值得称赞，而造成达顿博士产生误解的原因是，他没有想到相互矛盾、甚至相互排斥的特征可以共存于一个人的身上，并且以某种方式和谐共存。这对一个受到保护、过着学术生活的人而言，是极其自然的现象。由于菲尔丁具备慷慨、善良、正直、友善、深情、诚实的优点，这位院长就认为他不可能同时是一个挥霍无度的人，不可能向他富有的朋友乞求食物和金钱，不可能光顾酒馆并且由于饮酒而对健康造成伤害，更不可能一有机会就放纵情欲。达顿博士认为，只要他的第一任妻子在世，菲尔丁就会绝对忠诚于她。不过，他如何知道呢？当然，菲尔丁很爱他的妻子，并且深情地爱着她，但是如果条件有利的话，他是不会成为一位深情的丈夫的。情况很可能是，经过这样的事之后，他会像他自己刻画的布斯船长一样，感到追悔莫及；但是如果机会再次出现，他依旧会犯下相同的错误。

玛丽·沃尔雷蒙塔古夫人在一封信中写道："我为菲尔丁的去世

而感到遗憾，并非只是因为我再也不能读到他的作品了，而且因为我相信，他比任何人失去的都要多，没有人像他那样享受生活，尽管很多人也有充足的理由那么做。他最大的快乐就是在邪恶和痛苦的最底层放荡不羁。我应该认为，做夜间婚礼的参谋是一份崇高而非令人厌恶的工作。他天性乐观，即便他曾经煞费苦心差点将这个天性毁灭。这种天性令他在野味点心或者一瓶香槟酒面前就能将一切抛诸脑后。我相信，他比世上的任何一位王子都拥有更多快乐的时光。"

（三）

有一些人不能阅读《弃儿汤姆·琼斯的历史》。我所指的不是只读报纸和带有插图的周刊的那些人，也不是只读侦探故事的那些人，而是乐于被归类为知识分子的那些人。他们满心欢喜地反复阅读《傲慢与偏见》，由于反复阅读《米德尔马契》而自满自足，怀着敬畏之心反复阅读《金碗》，却从未想过去阅读《弃儿汤姆·琼斯的历史》。不过，有时候他们也试图去这么做，只是无法继续进行下去。这本书令他们感到厌烦。如果硬要说他们应该喜欢这本书，是不合理的，没有什么"应该"。我们读一本小说是为了消遣，并且因此愿意反复阅读。如果阅读一本小说没有达到这个目的，那它对阅读者就不具备价值。没有人有权因为你认为一本书没有趣味而指责你，正如没有人有权因为你不喜欢吃牡蛎而指责你一样。

然而，我不禁问我自己，这本书究竟因为什么令读者拒之千里。要知道吉本曾经称它为展现人类社会的精美图画，沃尔特·司各特曾称赞这部作品本身就是真理和人类本性，狄更斯也称赞过此书并说自己从中受益。萨克雷曾写道："《弃儿汤姆·琼斯的历史》这部小说确实精美至极。这部作品的架构真是绝妙，深具智慧的复线情节、观察的力量、恰当的起承转合、喜剧史诗般的多重人物，令读者充满钦佩和好奇。"是不是两百年前的人类的生活方式和习俗令他们无法产生兴趣？是不是因为写作风格？但他的写作风格轻松而且自然。

有人曾说（我忘记是谁说过的了，可能是菲尔丁的朋友查斯特菲尔德勋爵），好的写作风格就像是有教养的人展开的谈话。菲尔丁的写作风格正是如此。他和读者交谈，将汤姆·琼斯的故事娓娓道来，就好像他坐在放着一瓶红酒的餐桌旁向他的朋友们讲述一样。他说话不会拐弯抹角。美丽善良的索菲亚显然已经习惯于听到"娼妓""杂种""妓女"这样的词语，而由于某种原因，菲尔丁统一用"婊子"代替了这些词。事实上，她的父亲斯夸尔·韦斯顿有时候就将这些词语用在她的身上。

运用谈话的方式来写一部小说，也就是作者对读者推心置腹，向读者告知他对所创造的人物和场景的感受，是具有风险的。这会令作者过于接近读者，从而妨碍读者与故事中的人物进行直接的交流。有时候，读者会被作者的道德说教惹怒，而一旦作者偏离主题，读者就会觉得乏味。读者不希望作者讲述过多的道德或社会问题，只期望他专心讲述故事。菲尔丁的偏离主题通常都处理得非常明智或者非常有趣；他的题外话很简短，并且他愿意为此道歉。这些都体现出他善良的品质。后来萨克雷刻意效仿他，一本正经、假装虔诚，不得不令人怀疑，他一点都不真诚。

《弃儿汤姆·琼斯的历史》整本书分为几部，菲尔丁为每一部都写了序言。有一些评论家对这些序言赞叹不已，他们认为这些序言为这本小说增光添彩。对此，我只能推想，他们感兴趣的并不是小说。散文家通常先确定一个主题，然后讨论这个主题，如果这个主题新颖，那么这个散文家可能会介绍一些我们以前所不了解的东西。但是新颖的主题很难发掘，而且一般来说，散文家期望通过他们自己的态度以及他们看待事物的特有方式来吸引读者的兴趣。也就是说，散文家所期望的是，读者对他们本身感兴趣。然而，这并非阅读小说的目的。读者在阅读小说的时候，并不会在意作者，作者的作用只是讲述故事和介绍一系列人物。读者感兴趣的是，作者所介绍的人物接下来会发生什么事情，如果读者没有产生兴趣，就不会阅读这部小说了。

关于小说，我要反复说的是，小说不应被视为教导或者启迪的媒介，而应被视为一种消遣的来源。菲尔丁写的这些序言似乎是在完成《弃儿汤姆·琼斯的历史》这部小说之后写的，目的是介绍他后面的书。不过这些序言与要介绍的那些书又没有太大的联系，菲尔丁自己也承认，这些序言给他带来了很多麻烦。很奇怪，不知道为什么他要写这些。他不会不明白，这些序言会令很多读者觉得他的小说低俗、不道德，甚至淫秽。可能他原本以为这些序言会令这部小说显得更加崇高。这些序言写得合乎情理，有一些部分甚至非常高明。如果你对这部小说已经非常熟悉，你不妨带着愉悦的心情读一读这些序言；但是如果你是第一次阅读这部小说，建议你忽略它们。《弃儿汤姆·琼斯的历史》的情节饱受赞誉。

根据达顿博士所言，柯勒律治曾感叹道："菲尔丁真是名副其实的创作大师啊！"司各特和萨克雷也是做出了同样的称赞。达顿博士对后者的话做了这样的引用："不论道德与否，单单把这部传奇小说视作艺术品的话，任何人都会惊叹于它是人类独创性的绝妙的产物。

没有任何一个事件是微不足道的，全部都推进了故事的发展，与前面的事件有关联，并且构成了一个整体。这部文学作品是神意（如果可以用这个词来表达的话），而这是在其他任何的小说作品中看不到的。我们可以把《堂·吉诃德》删减一半，或是对沃尔特·司各特的任何一部传奇进行增添、调换或者更改，都不会有所影响。像罗德里克·蓝登这样的主人公都会历经一些奇遇，最终谜底揭晓，和他们所爱的人走到了一起。但是《弃儿汤姆·琼斯的历史》的故事，开头联系着结尾。作者在写之前一定在他的脑子里构建了整个架构，想到这个就觉得真了不起。"

以上的说法有点夸张。《弃儿汤姆·琼斯的历史》借鉴了西班牙的流浪汉题材小说以及《吉尔·布拉斯》的小说模式，题材的性质决定了它的简单结构：主人公由于某种原因离开家，在旅途中历经种种奇遇，和各式各样的人打交道，尝遍酸甜苦辣，最终获得成功，娶到一位漂亮的妻子。除了遵循这类模式以外，菲尔丁在叙述过程中加入了一些毫无关联的故事。我认为这不是一个明智的策略，作者这么做不仅仅是因为我在第一章提到的那个理由，也就是他们不得不为书商提供一些内容，所以就用一两个故事来填补，而且也因为他们担心一系列的奇遇会令读者无聊，于是就穿插一些故事来振奋读者；另外，部分原因可能是，如果他们有意要写一个短故事，就没有其他的方法可以展示给大众了。评论家们对此大为指责，但是这种写法是很难改掉的，正如我们所知，狄更斯在《匹克威克外传》中也采用了这一写法。《弃儿汤姆·琼斯的历史》的读者可以跳过"山中人"的故事部分和菲茨赫伯特夫人的叙述，也不会影响对小说的理解。

萨克雷所说的"没有任何一个事件是微不足道的，全部都推进了故事的发展"也不完全准确。汤姆·琼斯与吉卜赛人的相遇并没有导致什么发生；亨特夫人的介绍以及向汤姆的求婚也是不必要的。百镑钞票的事件同样毫无用处，并且非常不可信。萨克雷感叹菲尔丁在开始写作之前可能在脑子里构建了小说架构，我不相信，他不会比萨克雷在开始写《名利场》之前构想的要完整。我认为很有可能是，菲尔丁只是在脑子里构思了小说的主线，具体的事件则是在写作过程中创造出来的。大部分事件设计得非常恰当。菲尔丁就像先于他的流浪汉小说作家一样对于事件的可能性不太在意，所以最不可能发生的事件都被设计出来了，最不可能的巧合也将人物结合到了一起；然而，他能让读者沉醉于这样的事件，从而无暇顾及并且不愿意表示抗议。他大胆地用原色刻画那些人物，即便这些人物缺乏细致度，也会因为人物的鲜活得到弥补。他刻画的人物个性分明，如果说这些人物刻画得有些夸张，那也是当时流行的写法，并且也许这样的夸张没有超出喜剧允许的范围。

我认为，奥尔沃西先生可能被刻画得有点过于善良而显得并不真实了，这是菲尔丁的失误，正如每一位小说家在描绘一个善良的人物时所犯的错误一样。经验表明，这个人物不在某方面有些愚蠢是不可能的。一个如此善良的人却屡屡受骗，这是令人无法容忍的。据说奥尔沃西先生的原型是普赖尔公园的拉尔夫·艾伦。如若果真如此，并且描写准确，那么只能表明一个取材于现实生活的人物在小说中是不能令人信服的。

另一方面，布里菲把这个人物刻画得太坏了，也显得不真实。菲尔丁痛恨欺骗和虚伪，由于他对布里菲的憎恶，就把这个人物描写得太过了。不过，像布里菲这样吝啬、偷偷摸摸、自私的冷血动物并不罕见。害怕自己被发现，这是令他没有成为一个十足的恶棍的唯一原因。但是我在想，如果不是他这么容易被看穿的话，我们会更相信这个人物。这个人物令人厌恶，却不如尤赖亚·希普那么鲜活。我不禁在想，是不是菲尔丁故意淡化了这个人物，因为他有一种直觉，如果自己把这个人物刻画得更加鲜活和突出，会令这个人物显得更加有力和邪恶，从而抢了主人公的风头。

《弃儿汤姆·琼斯的历史》一经问世就大获成功，不过评论家们的反应基本上都逼近苛刻。有一些反对意见相当滑稽：比如说，卢克森伯勒夫人抱怨书中的人物与"我们在现实生活中遇到的人"太像了。然而，这部小说受到的主要指责是：伤风败俗。汉娜·摩尔在其回忆录中叙述道，她从未见过约翰逊博士对她发过火，除了唯一的一次，就是她提到《弃儿汤姆·琼斯的历史》中某个诙谐的段落的那次。"我很惊讶，你竟然引用如此邪恶的书，"他说，"知道你竟然读过这本书，我很遗憾。没有哪位端庄的女士会承认自己读过这本书。我几乎想不到比这部小说更加堕落的作品了。"

现在我要说，一位端庄的女士应该在婚前读一读这本书。从这本书中，她可以了解到生活的真实情况，了解到关于男人的很多方面，这对于她遇到类似的艰难困境之后一定会非常有帮助。但是约翰逊博士存有偏见，这是人人皆知的。他不肯赋予菲尔丁任何文学价值，还一度称他是傻瓜。当博斯韦尔提出异议时，他说："我说他是傻瓜，意思是他是一个空洞的流氓。"博斯韦尔回答道："先生，您难道不觉得他自然地描绘出了人类社会的人生百态吗？""不觉得，他写的是下层人的生活。理查森曾经说过，假如他不知道菲尔丁是谁的话，还以为他是一个马夫。"

现在，我们已经习惯于小说中对于下层社会生活的描写，《弃儿汤姆·琼斯的历史》中所描写的内容，没有什么是当今的小说家没有令我们熟知的。约翰逊博士可能还记得，索菲亚·韦斯顿被菲尔丁刻画成了一个可爱的年轻女士，令读者为之着迷。这个人物简单单纯却不傻，善良却不故作正经；她有个性，果断而勇敢；她有一颗善良的心，并且相貌美丽。玛丽·沃尔雷蒙塔古夫人认为《弃儿汤姆·琼斯的历史》是菲尔丁的杰作，但是也遗憾他没有意识到自己把主人公刻画成了一个恶棍。我猜想，她指的是琼斯先生的生涯中最应该受到谴责的那个事件。贝拉斯通夫人喜欢上了琼斯，认为他愿意满足自己的欲望，因为他觉得对一位有意与自己发生性关系的女士表现"殷勤"是良好教养的一种表现。他身无分文，甚至没有钱坐马车去她的住处。但是贝拉斯通夫人很富有，她不像一般的女性挥霍别人的钱，却对自己的钱精打细算，她很慷慨，慷慨地解决了他的生活所需。

当然，一个男人接受女人的钱不是一件好事，也不是一件划算的事，因为通常在这类情况下，贵妇们索求的要超出她们的金钱的价值。从道德上来讲，这并不比一个女人接受男人的钱更加令人厌恶，但是大众通常都不这么觉得，这纯粹是愚蠢的观点。在我们这个时代，已经创造出一个名词——"小白脸"来形容依靠个人长相作为赚钱来源的男性。因此，虽然汤姆的不世故应该受到谴责，却不能被视为有特别之处。我深信，在乔治二世统治期间小白脸并不比在乔治五世统治期间盛行多少。就在贝拉斯通夫人给了琼斯五十英镑让他与她共度一晚的那天，他的女房东向他讲述了她亲戚的不幸，他很感动，于是他把钱包递给她，并对她说尽管拿走那些钱去解决他们的困难——这是他的个性，并且值得赞扬。汤姆·琼斯的确深爱着迷人的索菲亚，但是又沉醉于肉欲的享受，他跟任何轻易可得的漂亮女人发生关系，并且不会因此而感到不安。然而，在这些章节中，他依然爱着索菲亚。

菲尔丁非常明智，没有将笔下的主人公刻画得比普通人更加具有自制力。他知道，如果我们在夜晚和在早上一样谨慎的话，我们早就变得更加品行端正了。当索菲亚听到这些事情后，她也没有特别恼怒。她表现出的与其性别不相符的主见，毫无疑问是其最突出的性格特点。奥斯汀·多布森言之有理，尽管他的表达不够优美；他说菲尔丁"没有刻意创造完美的模范人物，而是刻画了普通的人性，宁愿粗鄙而非优雅，宁愿自然而非捏造。他的意图是实现绝对的真实，没有找借口，也没有掩盖缺点和不足"。这正是现实主义作家始终追求的目标，而纵观历史，他们往往因此而受到或多或少的攻击。

据我所知，主要有两个原因。第一，很多人，尤其是年长者、富人和特权阶层，持有这样的态度："我们当然知道这个世界上有很多罪犯和不道德的人，也有很多穷人和不快乐的人，但是我们不想阅读关于他们的书。为什么我们要令自己不舒服呢？我们似乎对此也无能为力，毕竟，贫富差距在这个世界上一直存在。"还有另一类人有另一种理由，他们承认世界上存在罪行、邪恶、残忍和镇压，但是他们提出了这样的问题：这些是小说应该描绘的内容吗？年轻人应该去阅读年长者了解却强烈谴责的东西吗？不会因为阅读这些即便不能视为污秽却具有暗示性的故事而堕落吗？毫无疑问，小说更适合展现世间的美好、善良、自我牺牲、慷慨和英雄主义。然而，这位现实主义作家对此的回答是，他对于讲述自己看到的、接触到的事实更加感兴趣。他不相信人类只存在纯粹美好的一面，他认为善与恶在人类的身上并存。他对受到传统道德标准谴责的人类本性特点持宽容的态度，认为这些都是自然的人性，因此应当受到宽容的对待。他希望自己如实地描绘人物善的一面，正如他如实地描绘人物的恶一样。假如读者对人物的邪恶比对人物的善良更感兴趣，那也不是他的过错。这是人类这种动物所具有的奇特的特点，对此他不负有任何责任。然而，如果他对自己诚实的话，他会承认邪恶可以被描绘得非常生动，相比之下，对善良的描绘似乎则会显得有点暗淡。

如果你问他如何应对令年轻人堕落的指责，他的回答可能是，让年轻人了解一下他们即将要应付的世界是什么样的，未尝不是一件好事。如果他们的期望过高，结果可能会令他们失望。如果现实主义作家能够教导他们，不要把过多的期望放在别人的身上，从一开始就要意识到每个人主要关心的是他自己。如果他能够教导他们，从某种意义上来说，他们会为自己得到的一切付出代价，不论是地位、财富、荣誉、爱情还是声誉。如果他能够教导他们，智慧基本上可以被理解为对任何事物的付出不要超过它的价值，那么他就比教育工作者和布道者的贡献更大，原因是他能够令年轻人妥善地处理生存这件难事。然而，他会补充道，他不是一个教育工作者，也不是一个布道者，他希望自己是一个艺术家。

《堂·吉诃德》和《蒙田随笔》

　　在前文中，我只介绍了英国作家的作品，它们是以英语为母语的读者们共同的精神财富。现在我要向你们介绍一些用其他语言创作的作品，不过为了方便读者阅读，我只谈一些可以通过译本来欣赏的作品。这样一来，我的工作轻松了不少，因为诗歌可以暂时搁在一边了。对于诗歌作品，最好还是阅读原文，否则还不如不读。我并不是诗人，所以对于诗歌的鉴赏也不是很有把握。不过在我看来，韵律感是欣赏诗歌中不可或缺的因素，而这正是无论多么高明的翻译都无法呈现的。语言早已是我们生命的一部分，它对我们的影响就像母亲的乳汁、童年的记忆以及初恋一般意义深远，我们只能欣赏那些用我们的母语写成的诗歌。

　　所以在此，我只谈小说和散文。我想说的第一本书是《堂·吉诃德》。早在 17 世纪初，谢尔顿就翻译了这部作品，不过你可能会觉得它不太好读。我希望读者能够从阅读中获得快乐，所以我要推荐的是1885 年由奥姆斯比翻译的版本。不过，有一件事我要提醒各位：塞万提斯是个穷人，为了赚钱他写了大量的作品，其中有不少短篇小说，而这些短篇小说也被收录到这本书中。我读这些短篇小说，就像约翰逊博士读《失乐园》一样，是出于一种责任，而不是为了快乐。我奉劝你略过这些短篇小说。正是因为收录了这些短篇作品，奥姆斯比的译本字体变得更小了。总之，你要阅读的只有堂·吉诃德和他忠实的仆人桑丘·潘沙的故事。堂·吉诃德为人温和、忠诚而又勇敢。尽管他的种种不幸实在令人捧腹（如今人们对他的嘲笑比过去少了很多，因为我们比那个时代的人更容易被触动，而在他身上发生的那些闹剧太过残忍，我们都不忍心以之为乐），除非你生性麻木不仁，否则一定会对这位愁容骑士敬爱有加的。堂·吉诃德宽厚的秉性足以征服所有的读者。除了塞万提斯，还没有谁能够凭借想象创造出这样的一位人物。

目前，我还不打算谈法国文学，因为其内容太过丰富，当中值得一提的佳作实在是数不胜数，我怕一旦开始介绍法国文学，就再也没有篇幅去介绍其他语系的文学作品了，而这些作品同样是不容错过的。不过，我想先谈谈法国文学中的一部作品，它也代表着一个人物，但这个人物和堂·吉诃德截然不同。他以非常巧妙的方式吸引了读者，你一旦了解他，便会将他视为挚友，他就是蒙田。他用一篇篇散文勾勒出真实的自我，全面地展示了他的品位、古怪和脆弱，以至于你会发现，你对他的了解之深甚至超过了你对身边任何一个朋友的了解。

在逐渐了解他的过程中，你对自身的认识也在逐渐加深。因为，当蒙田怀着耐心和幽默审视自己本性的同时，他也在探索普遍的人性。关于蒙田的怀疑主义，一直以来都众说纷纭。任何事物都有两面，当我们无法笃定地选择其中一面时，最明智的方法莫不是保持开放的态度。如果这就是怀疑主义，那么我同意将蒙田归入怀疑主义者之列。不过他的怀疑主义让他学会了宽容，这种美德在我们这个时代是极为可贵的；而他对人类的兴趣，以及他享受人生的态度，让他的心胸无比广阔。如果我们能够达到他的境界，不但可以让自己获得幸福，还能帮助他人也获得幸福。

弗洛里奥翻译的《蒙田随笔》可谓气势恢宏，不过，对那些并不注重华丽文辞的读者来说，后来由科顿翻译、威廉·卡鲁·黑兹利特编辑的版本可读性更强。蒙田的任何一篇散文都会给读者带来极大的享受，但是第三卷称得上是最佳之选。这一卷中的散文篇幅颇长，而他所特有的、极具魅力的论证也因此发挥得淋漓尽致。这部分散文的内容都比较严肃，然而并不缺乏趣味性；作者精于文笔，又深谙读者的兴趣所在，完美地展示了自己放浪不羁的精神。千万不要因为名字而对这些散文失去兴趣，因为蒙田散文的篇名和其内容的关联性并不大。例如《论维吉尔的诗歌》一文，其中大多是对法国语言的论述，这是他最具魅力的作品之一，文中有不少言辞极其直白，相信即便读者并非古板之人，读了也会面红耳赤。

法国文学漫谈

现在我再回过头来谈谈法国文学。除了诗歌，法国文学在各类体裁上都可谓是佳作频出。总体而言，法国人对待诗歌的态度都很冷淡。然而，他们却将散文的各类写作技巧发挥到了极致，在这方面取得了辉煌的成就。法国人在散文创作方面的一切手法都值得我们学习和借鉴，可以这么说，长期以来他们深深地影响着英国的作家。当然，法国本身就具有得天独厚的优势：它位于欧洲中心，人口密集，富裕而文明，这些都有利于促进伟大文学的发展。法国人生来就喜欢追求条理性、中庸性以及合理性，这些品质都更适用于散文家而非诗人，也更容易造就伟大的天才。法语是一门既严谨又极具逻辑性的语言，作者可以借助它优雅而清晰地表达自己的思想。而英语至今未能将几个世纪以来吸纳的各种语言很好地融合，仍然混乱如麻。法国文学如一笔数之不尽的宝藏，而我所能支配的篇幅极为有限，我只能从中挑选几部作品来简单介绍一下。

拉法耶特夫人的《克莱芙王妃》

我想要推荐的第一部作品篇幅很短，是拉法耶特夫人所写的《克莱芙王妃》。该书出版于 1678 年。文史学家将之称为最早的心理小说。当然，这本书非常有趣，更重要的是，它讲述了一个非常特别而又具有现代风格的故事。故事背景是亨利二世时期的宫廷，主人公是一位非常高贵而善良的女人。她十分尊敬自己的丈夫，却并不爱他。在一次宫廷舞会上，她遇到了内穆尔公爵，并对他一见钟情。可是，她不愿辱没自己的名声。于是她将内心的情感向丈夫坦白，希望他能够帮助自己，抵御诱惑。她的丈夫是一位品行端正的绅士，他信任自己的妻子，他知道妻子不会背叛自己。

然而，人性终究是脆弱的，他的内心还是饱受着嫉妒的折磨。他变得多疑、敏感、暴躁。我没见过有哪部小说能够如此自然地叙述人性在痛苦中逐渐堕落的过程。这是一个感人至深的故事，书中人物希望自己所做的一切都遵从自身的责任感，却败给了来自外界的不可控因素。

这个故事告诉我们：不要要求别人做他能力不及的事情。时至今日，人们已经普遍认为爱情可以不受任何清规戒律束缚，责任感必须屈从于内心的真实感受，而这本书可谓是意义深远。

普莱沃的《曼侬·雷斯戈》

接下来，我要推荐你读一部截然不同的小说。这便是普莱沃所写的《曼侬·雷斯戈》。这本书里的人物并不像《克莱芙王妃》中的人物那样拥有高尚的灵魂，能够坦然地面对悲惨的境遇。出现在这部作品里的尽是些脆弱不堪、容易犯错的凡夫俗子。但他们牵动着读者的心，因为在他们身上，我们也看到了自身的软弱。

这是一部反映人性的小说。我很羡慕那些初次阅读这本书的人。尽管主人公曼侬犯下了许多过错，可她依然鲜活、自然、光彩照人。德·格里奥坚定地爱着这个不忠的女人，真是让人感动！德·格里奥固然是一个脆弱的人，而曼侬也固然是一个累赘。她善变、贪财、冷酷，但同时她又可爱、大方、温柔。这称得上是一个不朽的人物。对那些男性读者而言，我想曼侬的美丽形象恐怕在他们心中留存很久才会渐渐淡去。

伏尔泰的《老实人》

现在我们再来谈一部短篇小说，伏尔泰的《老实人》。这寥寥的几页纸所包含的睿智、戏谑、顽皮、理性以及趣味，是其他任何同等篇幅的作品都无法相比的。众所周知，这本书嘲讽了当时盛行的哲学乐观主义。其时恰逢里斯本发生地震，受灾面很广，伤亡惨重，这对那些总是自以为生活在最美好世界的社会名流是一个不小的打击。

伏尔泰的思维活跃程度是无人可比的。在这部小说中，他以玩世不恭的态度调侃了人们一直以来认为应该严肃对待的事物，如宗教、政治、爱情、野心和忠诚，他希望借此启示人们：要宽容大度，努力开垦自己的园地。也就是说，要兢兢业业、坚持不懈地做自己该做的事。

卢梭的《忏悔录》

接下来，我要推荐一部非常重要的著作——让-雅克·卢梭的

《忏悔录》。

我能想象，大部分人在读这本书的时候都充满了兴趣，尽管他们也会忍不住对它心生厌恶。不过，如果你认为探索人性是这个世界上最有趣的事，那这本书一定不会让你感到失望，因为它的作者已经赤裸裸地将自己的灵魂袒露在世人面前。他不像其他作家，即便描写自身的缺点，也只是展现其动人的一面。卢梭毫无顾忌地控诉自己的忘恩负义、不知廉耻、狡诈善变、卑鄙下流。你不会对这样的人有丝毫同情，因为他实在太可恶了；但他就是喜欢这么真实地展露自己，他的情感是如此温柔，他的叙述能力是如此让人惊叹，不管你对他有多么反感，你还是被他深深吸引了。

这是一段软弱、暴躁、空虚、痛苦的灵魂自白，我想，任何一个坦诚对待自己的人在读了这本书之后都会扪心自问："我和他之间究竟有何差别？他的忏悔让我大为震惊，可是如果我毫无保留地剖析自己，我真的比他善良吗？"

因此，我要警告读者，这本书对所有人的自我优越感都会造成打击，而在艰难的现实世界，这种自我优越感正是我们的一层保护伞。

巴尔扎克的《高老头》

19世纪的法国涌现出了大量优秀的小说作品，而这个时期最伟大的三位小说家非巴尔扎克、司汤达和福楼拜莫属。

从方方面面的因素来考虑，我认为巴尔扎克是有史以来最伟大的小说家。他和狄更斯一样，喜欢描写不平凡的人物和事件，对于那些寻常事物不屑一顾。而他对恶人的刻画极其到位，更甚于他笔下的那些正派人物。他的创造力比狄更斯更令人惊叹，他作品的涉及面也更广。他试图描写当时的社会历史，而从某种程度上来说，他是成功的。

阅读巴尔扎克的作品时，你不会觉得自己面对的是某一个特定的人群，你所面对的是整个社会，这些作品中包含着远比个人命运更加重要的社会问题。他笔下的人物有的经营小店、有的做大买卖，他们各有得失；尽管爱情在他的小说中占了很大比重（所有的小说家都是如此），但在他所创造的那个世界里，金钱仍然是推进一切的主要动力。他的写作手法粗糙，爱走极端，又没什么品位，但是他满腔的激情和精力促使他创造出了一系列放纵不羁的人物，这些人物都无比壮烈地活着。

人们常常指责他笔下的故事太过戏剧化，然而，那些卓越不凡的人物怎么能平庸地活在一个循规蹈矩的世界里呢？这就如同暴风雨需要高山和大海的映衬，才能彰显其壮丽。

要从巴尔扎克诸多的精彩小说中选出一本来作为推荐书目实在困难，不过我个人认为《高老头》最震撼人心，因此我就推荐这一本吧。

司汤达的《红与黑》

接下来，我希望你们能读一读司汤达的两部小说。第一部是《红与黑》，如果你们能像我一样喜欢它，就请继续读《帕尔马修道院》。

首先我要告诉你们，司汤达是我最喜欢的小说家。我喜欢他朴实而精练的写作方式以及细致、精准的心理分析。他能敏锐地洞察人们的内心世界。他最欣赏人们做事的干劲儿。他塑造过众多人物，不过最让他耗费精力的是那些不惧艰难险阻、奋勇向前的人。这类人意志坚定，决心要做的事，即使犯罪也要尽力完成。

在我看来，《红与黑》前三分之二的内容简直无与伦比，不过后面的内容却有失水准。原因有些让人大跌眼镜，司汤达的这部小说以事实为基础，可他笔下的主人公于连·索雷尔却脱离了现实（这是我们写小说时常犯的错误）。因此当司汤达再将于连硬扯回他所创造的情境中时，就引起了读者的不满，因为谁也不相信这么肆无忌惮、野心爆棚的家伙竟然会蠢到行事不计任何后果。

福楼拜的《包法利夫人》

现在我要说说福楼拜的《包法利夫人》，它是现代小说史上的一座里程碑。

最近，当我再次阅读这本书时，我发现福楼拜太过于追求绝对的客观，导致全书在语言表达上有些冷淡、枯燥，因此，我对这本书的赞赏也受到了一些影响。

不过，我仍然认为这是一部伟大而有震撼力的作品。全书对于人物的刻画可谓细致而逼真，读完后，你会对那些饱受生活磨难的市井小民产生深刻的同情（尽管你也会蔑视他们）。作者笔下的每一个人物都真实地浮现在你眼前，他们绝望地苟活着，他们早已不是单独的个体，而成了一个个典型。

如果一定要从这部小说中总结出某种寓意，那么《包法利夫人》包含着这样一个无足轻重的道理：白日做梦是毫无益处的，这只会给我们带来灾难。这不禁会让我们想到小说《老实人》的中心思想：坦然地接受已经发生的事情，善意地履行自己的职责。

其他几本法国小说

留给我的篇幅已经不多了，有几部不那么重要的小说，我原本还想介绍一下，但现在只能一带而过了。本杰明·康斯坦特写过一部短篇小说——《阿道夫》。大多数作家喜欢描写爱情的开端，本书的作者却另辟蹊径地描写了爱情衰减的过程，这部作品可谓是人性的真实写照。《三个火枪手》是一部伟大的浪漫主义小说。它或许算不上地道的文学作品，人物描写粗劣，情节也不够周密，但可读性非常强。不得不说，使作品具有可读性是小说家必须具备的才能。

阿纳托尔·法朗士虽然天赋一般，但写作手法细致入微，这一点在他的小说集《珍珠母》中表现得淋漓尽致。尽管他一度被过分追捧，但如今被完全忽视也是不公平的。

普鲁斯特的《追忆似水年华》

最后，我要告诉各位读者，在我们这个时代，也诞生了一位足以和任何大师相媲美的小说家，他就是马塞尔·普鲁斯特。我认为，在我介绍的诸多作品中，只有他的这部小说在译成英文后魅力丝毫未减。他只写过《追忆似水年华》这一部小说，却长达十五卷。这部作品一经推出便震惊世界，获得了广泛的赞誉。我曾经发表过这样的评论：我宁愿读普鲁斯特的作品直到心生厌倦，也不会为了取乐去读其他作家的书。

大部分人只有在第二次阅读他的作品时才能理性地对待。他的语言有些啰唆，书中的自我分析也会令人生厌，他反复提到无聊的嫉妒心，导致最热衷于他作品的读者也无法接受；不过，他作品的闪光点完全掩盖了这些瑕疵。

他是一位伟大的作家，独创性强、触觉敏锐，同时兼具创造力和心理洞察力。我想，将来人们一定会将他列为卓越的幽默作家。因此，我建议读者从头阅读这部内容丰富的长篇小说，读到枯燥的内容，大可以跳过，然后继续读下去。不过，千万不要错过有关维杜林夫人或查鲁斯男爵的部分，他们是该时代最具幽默感的人物。

巴尔扎克与《高老头》

（一）

这部分我要详细讲一下巴尔扎克。

伟大的小说家们用他们的作品充实着世界的精神宝库，而在我看来，巴尔扎克是其中最伟大的一位小说家。他是唯一一位我会毫不犹豫将"天才"一词应用于其身的小说家。当今，"天才"这个词被应用得过于随意。如果我们能够更加冷静地做出判断，对于被冠以"天才"之名的那些人，实际上用"有才能"来形容就可以了。"天才"和"有才能"是完全不同的两个概念。很多人拥有才能，才能并不罕见，而天才是罕见的。才能是熟练度和技巧的产物，是可以培养的；而天才是天生的，奇怪的是，这个词常常和严重的缺陷产生关联。

到底什么是天才呢？根据《牛津词典》，天才是"一种与生俱来的高超智力，比如任何艺术门类的杰出人物（不论是推测或实践）所展现出来的特质；一种本能的、超凡的想象、创新、发明或探索能力"。本能的、超凡的想象能力正是巴尔扎克所具备的。他不是一个现实主义者（在某种程度上司汤达算是，写《包法利夫人》时的福楼拜也是），他是一个浪漫主义者。他所看见的生活并不是它原本的样子，而是色彩缤纷、被同时代的人过分渲染的。

有一些作家通过一两部作品就能声名远扬；有时候仅仅是由于他们大量作品中的某个片段被证明具有永恒的价值——比如普莱沃的《曼侬·雷斯戈》；有时候则是由于他们的灵感源自某一特殊的经历或者古怪的性情，这样的素材极为罕见。他们才思泉涌的创作只有一次，假如让他们继续创作，他们只能写出一些陈词滥调或是微不足道的东西。

巴尔扎克则是一位高产的作家。当然，他的作品水平不一。鉴于他创作的作品数量之多，实在不可能一直发挥出最高水平。文学评论家通常都用质疑的眼光看待作家的多产，我认为这是不对的。马修·阿诺德就将多产视作天才的一个特点。提及华兹华斯的时候，他说，正是这位作家的大量作品，令他对这位诗人产生了钦佩、崇拜之情，甚至在他那些平庸的作品被清除后依然如此。他又说道："如果对每位诗人的单篇作品或者三四篇作品进行比较的话，我不敢说华兹华斯一定会超越格蕾、彭斯、柯勒律治或者济慈……我认为，他的优势在于他能够写出更多的优秀作品。"巴尔扎克的小说没有《战争与和平》史诗般雄浑壮阔的气势，没有《卡拉马佐夫兄弟》阴沉而震撼人心的力量，也没有《傲慢与偏见》的魅力和与众不同。巴尔扎克的伟大不在于某篇作品，而在于他超高的产量。

巴尔扎克涉猎的领域贯穿了他的整个人生，范围遍及整个国家。他对人的认知（无论他是以何种方式获得的）非常罕见，尽管在某些方面不够准确；他对医生、律师、职员、记者、店主、乡村牧师等社会中产阶级的描写，相较于对上流社会、城市工人、土地耕作者的描写，更加令人信服。正如所有的小说家一样，他对恶人的描写超越了对好人的描写；他具备超凡的创作能力。他就像是大自然的一股力量，一条泛滥、席卷一切的湍急河流，或是横扫宁静村庄和喧闹都市街道的一阵飓风。

作为通过写作来描绘社会的小说家，他的独特天赋不仅仅在于构想人与人之间的关系（除了纯粹写冒险故事的作家以外，所有的小说家都是如此），更在于构想人与他们所存在的这个世界之间的关系。大多数的小说家都是选择一组人物，有时候只有两三个，把他们视为生存在玻璃橱里面的人物。这种做法常常会产生一种强烈的效果，但与此同时，也会造成人为性的效果。人们不仅仅过他们自己的生活，还参与了别人的生活；在他们自己的生活中，他们扮演着主角；在别人的生活中，他们扮演的角色有时候是重要的，但常常是微不足道的。你去理发店剪头发，这对你而言是一件微不足道的事情，但是你不经意间的话语可能会令理发师的人生发生转折。巴尔扎克通过呈现这隐含的一切，生动形象地描绘出人生百态、混乱无序和相互矛盾，以及产生显著结果的起因的遥远性。我认为，他是首位详细探讨经济在每个人的生活中具有至关重要性的小说家。他认为，仅仅说金钱是万恶之源是不够的；他认为，对金钱的渴望和欲望是人类行为的主要动力。

我们必须铭记在心：巴尔扎克是一个浪漫主义者。正如我们所知，浪漫主义源自对古典主义的反抗；但如今将它与现实主义进行比较更加方便。现实主义者是宿命论者，他们在叙事时力求合乎逻辑和逼真，他们采用的是自然主义的观察法。浪漫主义者认为每天的生活乏味平凡，试图逃离现实世界，进入他们想象的世界，他们追求的是意外和冒险，渴望惊喜，即便付出放弃真实的代价也毫不在意。浪漫主义者创造的人物感情强烈并且思想偏激。他们追求无拘无束；他们鄙视自我控制，认为这是中产阶级无聊的价值观。他们毫无保留地赞同帕斯卡的名言："感情自有其理，理性难以知晓。"他们之所以赞同他，是因为他愿意牺牲一切、毫不犹豫地去追求财富和权力。这样的人生态度与巴尔扎克充满活力的性格完全相符。

可以毫不夸张地说，假如浪漫主义不存在，巴尔扎克也会创造出浪漫主义。他的观察力敏锐且精确，这也是他丰富想象力的基础。每个人都有主导兴趣，这个观点与他的本性相符。小说家们总是被这个观点所吸引，因为这使得他们可以赋予自己笔下的人物一种戏剧力量。这些人物鲜活而生动，读者毫不费力地就能知道他们是守财奴还是好色之徒，悍妇还是圣人，并且了解这些就足够了。

但是今天，小说家们大多希望读者去探究人物的心理，所以读者不再相信人是表里如一的。我们了解，他们是由相互矛盾、不可调和的元素所组成的；正是他们身上的这些不一致的因素，引起了我们的兴趣，并且由于我们知道自己的身上也存在这些因素，所以我们会对他们产生同情。巴尔扎克作品中最伟大的人物是仿照那些前辈作家笔下的个性各异的人物来塑造的。那些作家的主导兴趣令他们全神贯注，而无暇顾及其他事情。那些人物是他们嗜好的化身；但是他们获得了如此奇妙的力量，变得如此立体和独特，即便你可能不是完全相信，但也永远无法忘记他们。

（二）

如果你遇见三十出头的巴尔扎克（那时候他已经获得成功），你会看到这样一个形象：身材矮胖且相当结实，拥有壮硕的肩膀和厚实的胸膛，公牛般的脖子非常白皙，与其脸颊的红润形成了鲜明对比，所以他不会给你留下瘦小的印象；微笑着的厚嘴唇红得非常醒目。他的牙齿不好，已经变了颜色，鼻子则是方方正正的，鼻孔开阔。当大卫·昂热为他塑造半身像时，他说："注意我的鼻子！我的鼻子是一个世界！"他的眉毛高挺，头发乌黑且浓密，就像狮毛一样被梳在脑后。他的眼睛呈褐色，夹杂着一些金色，充满了生气和吸引力，非常迷人；这双眼睛掩盖了他个性古怪、粗俗的事实。他的神情看上去活泼、坦诚、善良、和蔼。

拉马丁曾经这样评价他："他的善良不是那种毫不在乎或者漫不经心的，而是充满深情、令人着迷、富有智慧的，会令你充满感激，很难不喜欢上他。"他活力四射，仅仅在他的身边就能感觉到非常愉悦。如果你瞥一眼他的手，你一定会惊讶于它们的美丽。他的手娇小且白皙，肉肉的，指甲红润。他因自己的手而非常自豪；的确，这双手简直像是主教的手。在白天，你可能看到他身穿破旧的外套、沾满泥点的裤子，鞋子没有擦干净，帽子也是旧旧的。但是到了晚上，在宴会上，他又会衣着光鲜亮丽，身穿带有金色纽扣的蓝外套、黑裤子、白色背心、黑色的网眼丝袜和黑漆皮鞋，戴着精美的亚麻黄手套。他的衣服永远都不合身，拉马丁还说过，他看上去就像是在一年内迅速长高的男学生，以至于几乎要撑破了衣服。

与巴尔扎克同时代的人一致认为，当时的他直率、稚气、善良、友好。乔治·桑曾写道，他为人诚挚至极，而又傲慢无比，自信、豪迈、心存善念而又近乎疯狂，他嗜酒如命，同时极端沉迷于写作；在情感方面，他表现得非常理智，追求现实而又不失浪漫，信赖他人而又懂得戒备，他的一切行为让人觉得他既复杂又简单。他并不是一个健谈者，理解能力也不强，更没有巧妙应答的天赋；他的谈话既不含沙射影也不具有讽刺意味；但是作为独白者，他的魅力令人无法抵抗。他因为自己所说的话而开怀大笑，而且周围的人都会跟着他大笑不止。他们因为听到他说的话而大笑，因为看到他的样子而大笑；安德烈·比利曾说，"开怀大笑"这个词似乎就是为他而创造的。

关于巴尔扎克的各种传记，安德烈·比利写得最好。正是从他写的那本令人称道的传记中，我获取到现在可以传递给读者的信息。他们家族起初姓巴尔萨，其祖先是农场工人和织工；其父原先是一位律师手下的职员，在大革命后开始发迹，后来他将姓氏改为巴尔扎克。在五十一岁时，他娶了一位布商的女儿为妻，这位布商通过政府合约发了财。巴尔扎克家共有四个孩子，其中年龄最大的孩子奥诺雷于1799 年出生在图尔市，当时他的父亲在当地医院担任管理人员。他之所以获得这份工作，可能是因为巴尔扎克太太的父亲，就是从前的那位布商，不知以何种方式成了巴黎医院的总管理人。在学校里，奥诺雷似乎无所事事，是个爱惹是生非的孩子。

1814 年年末，他的父亲负责为巴黎军队一个师的士兵供应饮食，并且举家搬迁到了那里。家里决定让奥诺雷成为一名律师，于是在通过必要的考试后，奥诺雷进入了某位梅特·古杨奈特先生的律师事务所工作。他的工作表现可以通过一张由首席办事员在早晨发给他的短笺清晰地判断出来："巴尔扎克先生，请你今天不要来事务所了，因为这里有很多工作。"1819 年，他的父亲退休后依靠养老金生活，决定住到乡下，于是定居在维勒帕里西斯，这个村庄坐落于通往莫城的路上。家里决定让奥诺雷留在巴黎，因为他们家有一位律师朋友，家人计划在他经过几年的实践可以处理案件时，就从这位律师手中接管业务。

然而，奥诺雷并没有听从家人的安排。他想成为一名作家，并且坚持要这么做。他们曾经发生过激烈的家庭争吵；他的母亲是一位严厉、务实的女人，他从未喜欢过她，尽管母亲一直反对，但最终他的父亲选择了妥协，愿意给他一次机会。最后他们达成了一致，他要用两年的时间来证明自己能做什么。后来他以一年六十法郎的代价租了一间阁楼，在里面放置了一张桌子、两张椅子、一张床、一个衣柜，以及一个可以充当烛台的空瓶子。他获得了自由，那年他二十岁。

他做的第一件事是写一部悲剧。当妹妹准备要结婚的时候，他回到家，随身带着剧本。他给聚集在一起的家人和两个朋友朗读了自己写的剧本，大家一致认为他的剧本一文不值。后来剧本被送到一位教授的手上，教授的反馈是，这位作者可以做任何喜欢做的事情，除了写作。巴尔扎克怀着气愤和沮丧回到了巴黎。他想，既然自己不能成为一位悲剧诗人，那就做一位小说家。受沃尔特·司各特、安妮·拉德克里夫和马图林的启发，他写了两三部小说。然而，他的父母坚决认为这次尝试是失败的，他们要求他乘坐第一班公共马车返回维勒帕里西斯。不久之后，巴尔扎克在拉丁区结识的一个落魄义人朋友来看他，提议他们一起合写一部小说。于是一系列粗制滥造的作品产生了，他有时候独自写，有时候和这位朋友合写，用了不同的笔名。

没有人知道，在 1821 年至 1825 年的这段时间内他写了多少部作品。一些权威人士声称，他的作品数量多达五十部。除了乔治·圣茨伯里，我不知道还有谁会阅读这些作品，而圣茨伯里也承认，阅读这些作品需要花费大量的时间。这些作品大多是历史题材的，因为当时沃尔特·司各特的名声最大，所以巴尔扎克希望利用这股热潮。这些作品写得很差，但也有它们的用处，它们让巴尔扎克懂得了必须迅速吸引读者的注意，同时要选择那些人们看重的主题——比如爱情、财富、荣誉和生命。也许它们还教会了他一点，这也是他自己的性情向他暗示的：要让读者愿意读你的作品，作者必须重视激情。激情可能是卑微、琐碎或者不自然的，但如果足够强烈，也会带有一丝高贵。

这一时期，巴尔扎克住在家里。他认识了邻居德贝尔尼太太——一名德国音乐家的女儿，她一直在为玛丽·安托瓦奈特和她的一位女仆服务。那时她四十五岁。她的丈夫生了病，爱发牢骚；而她已经为他生了六个孩子，此外还为一个情人生了一个孩子。她成了巴尔扎克的朋友，后来又成为他的情妇，并且一直深爱着他，直至她十四年后去世。这段关系非常奇妙：他把她当作情人一样爱她，但与此同时，他又将自己未曾有过的对母亲的爱转移到她的身上。她不仅仅是他的情妇，而且是他的知己，一直为他提供建议、鼓励和无私的深情。这段关系在村里引起了流言蜚语，巴尔扎克太太自然非常不赞同儿子与一个年纪足以做他母亲的女人纠缠。此外他的书为他带来的收入实在少得可怜，她很担心儿子的未来。一位熟人建议他去做生意，他似乎觉得这个想法不错。德贝尔尼太太拿出四万五千法郎给他，又找了几

一座房子。他在选取人物名字时非常谨慎，因为他认为，人物的名字应当与叫这个名字的人物的个性和外表相符。而被大家所公认的是，他写的书很差。乔治·圣茨伯里认为，这是由于他十年来为了勉强糊口而匆忙写了大量的小说。但是这个理由不足以说服我。

巴尔扎克是个庸俗的人——但他的庸俗不正是一个天才所不可或缺的吗？他的文章写得也很庸俗、冗长、装腔作势，并且很多情节都不恰当。当时颇有影响力的评论家埃米尔·法盖曾经在其书中用了整整一个章节来评论巴尔扎克的书的缺点，从品位、文体、句法到语言。确实，有一些错误显而易见，即便不精通法文的人也能够看得出。巴尔扎克完全没有看出其母语的优雅，不知道散文也可以像韵文一样优雅和漂亮。尽管如此，当他可以侃侃而谈的时候，也能在小说中写出大量言简意赅的箴言，并且无论从内容还是从形式上来看，它们都足以与弗朗索瓦·德·拉罗什富科的作品相媲美。

巴尔扎克不是那种从一开始就对自己想要表达的内容十分清楚的作家。他首先会写一个粗略的草稿，接着再大幅度地进行修改和重写，以至于最终交到印刷商手中的手稿几乎无法辨认。当收到校样后，他似乎将校样视作预期作品的大纲。他不仅会增加词语，还会增加句子和段落，甚至还会增加章节。当他修改后的稿子经过排版又交到他手中时，他还会再次修改，做出更多的改动。只有这样，他才会同意出版，并且前提条件是，他有权对未来出版的版本做进一步的修改。这一切的代价是巨大的，他常常为此和出版商发生争吵。

巴尔扎克与编辑之间发生的故事实在是说来话长，却又无聊至极，用无耻来形容他也不为过。他会先预支一本书的稿酬，并且承诺一定会在规定的时间交稿。但如果有快速赚钱的方法，他就会停下手头的写作，匆忙写完一本小说或者一篇故事，然后交给另一位编辑或者出版商。因此，他屡屡由于违反合同而遭到起诉，不得不支付大量的诉讼费和赔偿金，这令他原本很沉重的债务更加沉重。当他获得了新书合同后（有时候根本就没有写），他立即就搬进宽敞的公寓，并且花费很多钱来装修，他还购买了一辆敞篷马车和两匹马。他还雇了一个马夫、一位厨师和一位男仆，他还给自己购买衣服，为马夫购买制服，还会购买大量餐具，这些餐具上装饰着与他的家族无关的盾形纹章图案。纹章属于名叫巴尔扎克·昂特拉克的一个古老家族，巴尔扎克在自己的姓氏上加了"德"这个小品词，目的是让人觉得他出身高贵。

为了这些虚荣，他四处借钱，不断地向自己的姐姐、朋友甚至出版商借钱，债务累积得越来越高，他却依然没有停止挥霍——首饰、瓷器、橱柜、镶嵌装饰物、绘画、雕塑。他还用摩洛哥皮革将书籍装饰得十分精美，在他诸多的手杖当中，其中一根还镶嵌着绿宝石。有一次为了举办晚宴，他竟将整个餐厅重新装饰了一番。每隔一段时间，就会有债主上门，于是他只得将一些财产典当；时不时地会有典当行的老板闯入他的家里，将这些财产扣押，然后进行公开拍卖。

他实在是无药可救了。有生之年，他一直挥霍无度。他借钱的时候完全不顾廉耻，但因为他才华横溢，他的朋友很少不愿意慷慨解囊。通常来说，女性都不大乐意借钱给他，但显然巴尔扎克认为她们比较随和。他在跟她们借钱时完全没有分寸，也没有任何迹象表明，他在向她们借钱时有所顾虑。

读者们还记得吧，他的母亲曾拿出一部分财产才使他免于破产，她还给两个女儿置办了嫁妆，最终她拥有的唯一财产就是在巴黎的那栋房子了。当她终于发现自己急需用钱时，她只得写信给自己的儿子。安德烈·比利在他的《巴尔扎克传》中曾引用过这封信，我将它翻译过来就是：

我收到你的最后一封信是在 1834 年 11 月，信中你同意从 1835 年 4 月 1 日开始，每个季度给我两百法郎，好让我支付租金和用人的工资。你知道的，我不能过穷苦的日子；你已经声名远扬，过着奢侈的生活，这令我们之间生活水平的差别再明显不过了。我想，你对我做出的承诺是报答我的恩情。现在已经是 1837 年 4 月了，这说明你已经欠我两年的债了。你本应给我一千六百法郎，而你只在去年 12 月给了我五百法郎，这笔钱就像是毫无温度的慈善施舍一样。奥诺雷，这两年来，我的生活就像是一场永远不会醒来的噩梦。你当时没有能力帮助我，这点我不怀疑，但是我用房子抵押借来的钱已经贬值了，现在我也筹不到钱了，而且我拥有的所有值钱的东西都已经典当了。所以最终我不得不对你说："给我面包，我的儿子。"过去的这几个星期，我吃的东西都是我的好女婿给我的，但是，奥诺雷，不能再这样继续下去了。你有钱去支付各种昂贵的长途旅行，这既浪费金钱又影响你的名誉——因为你违反了合同，所以在你回来之后，在这两方面都会受到影响——每当我想到这些，我都很伤心！我的儿子，既然你能负担得起……情妇、镶嵌着宝石的手杖、戒指、银饰、家具，你的母亲让你履行你的承诺，是合乎情理的吧。我要等到最后一刻才开口，现在就是最后一刻了……

巴尔扎克是这样回信的："我觉得，你最好来一趟巴黎，和我谈一个小时。"

他的传记作者曾说，既然天才拥有自己的权利，那我们就不能按照普通标准来评判巴尔扎克的行为。这个问题见仁见智。我认为他自私自利、恬不知耻、不够坦诚。至于他在经济方面的不稳定，我认为最主要的原因是，他乐观的天性令他坚信自己可以依靠写作赚取大笔收入（曾经一度他的确赚到不少），而且可以通过投机买卖赚取巨额的数目，这些投机买卖一次又一次地激发了他丰富的想象力。然而，每当他真正从事投机买卖，他的债务都会变得更加沉重。假如他是一个冷静、实事求是、节俭的人，他就不是巴尔扎克了。他喜欢炫耀，崇尚奢侈，挥霍无度。为了偿还债务，他拼命工作，但不幸的是，还没有还清旧债，他又欠了新债了。有一个值得注意的事实：只有在债务的压力之下，他才能够静下心来写作。他可以写到精疲力竭、面色发白，而且正是在这样的情形下，他写出了他最好的几部小说。但如果出于某种奇迹，他没有处于某种困境，或者那些典当行老板也没有上门打扰，编辑和出版商们也没有起诉他，他的创作力反倒会减弱，令他无法动笔写作。在生命的尽头，他声称是自己的母亲毁了他。这句话实在令人震惊，因为事实是他毁了他的母亲。

（三）

　　巴尔扎克在文学领域的成功，让他结识了许多朋友，任何成功都会带来这样的便利。他充沛的精力、风趣的幽默感和独特的魅力，令他在几乎所有的高档沙龙中备受欢迎。有一位贵妇曾深受其名望的吸引，那就是德·卡斯特里侯爵夫人——她是德·马意埃公爵的女儿，德·菲茨詹姆斯公爵的侄女，也是詹姆斯二世的直系后裔。她用假名写了一封信给巴尔扎克，他回了信，接着她在回信中透露了自己的身份。巴尔扎克兴奋地登门拜访，不久之后他就每天都去看她。她皮肤白皙，金发碧眼，花容月貌。他爱上了她；不过，尽管她允许他亲吻自己高贵的手，但是她拒绝了他的进一步求爱。于是他开始每天往身上喷香水，戴上崭新的黄手套，但依然毫无进展。他开始变得急躁，开始怀疑她是否在捉弄他。事实很显然：她需要的只是一个供她仰慕的人，而不是情人。毫无疑问，有一位已经声名远扬、聪明的年轻人拜倒在自己的石榴裙下，逗她开心，是一件不错的事情。但她无意做他的情妇。在叔叔菲茨詹姆斯的陪同下，她和巴尔扎克前往意大利，途中在日内瓦停留期间他们出了状况。没有人知道究竟发生了什么事。巴尔扎克和这位侯爵夫人一起外出游玩，但他回来时泪流满面。

　　可以猜想，他可能向她进行了最后一次求爱，而她用某种令他感到非常屈辱的方式拒绝了他。他觉得自己被人利用了，带着痛苦和愤怒回到了巴黎。不过作为一名小说家，他把每一次的经历，即便是那些最丢脸的经历，都变成了他的写作素材：德·卡斯特里后来就是其作品中上流社会无情的轻佻女子的原型。

当巴尔扎克徒劳地追求这位贵妇时，他曾收到一封崇拜者的来信，信是从敖德萨寄来的，署名是"一位外国女性"。没过多久，他又收到了一封相同署名的信。他在唯一一份可以面向俄国发行的法国报纸上刊登了一则广告："德·巴尔扎克先生已收到来信，今日才得以通过本报致以感谢，然不知往何处回信，对此他深表遗憾。"写信人名叫伊芙琳·汉斯卡，她是出身贵族、拥有巨额财富的波兰人，三十二岁，并且已婚，但她的丈夫已经五十多岁。她为他生了五个孩子，但只有一个女孩存活了下来。看到巴尔扎克的广告后，她做了一些安排，巴尔扎克只要将信交给敖德萨的一位书商，她就能收到他的信了。他们的书信往来自此开始。

巴尔扎克常常提起的他生命中的伟大激情由此开始了。

通过书信往来，他们的关系变得越来越亲密。巴尔扎克用当时算得上是夸张的方式袒露了自己的内心想法，以唤起这位女士的同情和怜悯。她居住在乌克兰一栋豪华乡间别墅里，四周有五万英亩田地，她生性浪漫，早已厌倦了这里的单调生活。她不仅仰慕这位作家，而且对他本人也产生了兴趣。在他们通信几年后，汉斯卡女士和她身体欠佳的年迈的丈夫、他们的女儿，以及一位女家庭教师、一群仆人来到了瑞士的纽夏特尔；应她的邀请，巴尔扎克也去了那里。

关于他们的见面，有这么一段生动却不够真实的记述。巴尔扎克在公园里散步，这时他看见一位女士正坐在一张长凳上看书，她的手帕掉落在地上，当他绅士地捡起手帕时，他看到她所读的正是他写的一本书。他打破了沉默。她正是与他会面之人。她是个漂亮的美人，散发着富态的魅力。她的眼睛很漂亮，尽管只匆匆瞥了一眼，他就看出了她有着美丽的秀发、迷人的嘴唇。当她第一眼看到这个又矮又胖、面红耳赤的男人时，她吃了一惊，给她写了这么多激情洋溢的信的男人，外表看上去竟像个屠夫！不过，他那双闪闪发光的眼睛、充沛的精力、他的活力，以及罕见的好心肠，很快令她忘记了刚才的惊讶。

他在纽夏特尔待了五天，他们成了情人。他不得不返回巴黎，离别时他们约定下一次的见面定在初冬时节的日内瓦。他前往过圣诞节，在那里度过了六个星期，在和汉斯卡女士度过亲密时光的期间，他写出了《人间喜剧之朗热公爵夫人》，书中他对曾经令他受辱的德·卡斯特里侯爵夫人施加了报复。在他离开日内瓦前，汉斯卡女士承诺，一旦她病重的丈夫去世，她变成寡妇，她就会嫁给他。

然而，巴尔扎克回到巴黎之后，很快就认识了吉多博尼·维斯孔蒂，并且为之着迷。她是一个金发碧眼的英国女人，尽管她来自英国，却生性骄奢淫逸，对她那平易近人的意大利丈夫不忠，并且因此而臭名远扬。不久之后，她就成了巴尔扎克的情妇。他们的风流韵事引起了公众的关注，当时住在维也纳的汉斯卡女士很快就听闻了此事。她写了一封信给巴尔扎克，信中对他严加指责，并且声称要回乌克兰。这个消息对巴尔扎克而言如同晴天霹雳，要知道他一直指望着等她病重的丈夫死后娶她，接着获得她那笔巨额财富。他坚信此事不宜再拖。于是他借了两千法郎，为了跟她讲和匆忙赶到维也纳。他以德·巴尔扎克侯爵的假身份出行，行李上刻着假纹章图案，带了一位贴身男仆，这增加了他的旅行费用；而作为一个有身份的人，和旅馆老板讨价还价有失体面，他给的小费也必须符合他的地位。到达目的地时，他已经身无分文。幸好，伊芙琳宽宏大量；但她依然对他进行了严加指责，他只好凭借花言巧语打消了她的猜疑。三个星期后，她返回乌克兰，此后八年他们都没有见面。

巴尔扎克回到巴黎后，和吉多博尼伯爵夫人重归于好。跟她在一起令他变得更加挥霍无度。当他因债务被捕，她就及时替他支付欠款，使他免于牢狱之苦。自此以后，当他陷入债务困境，她也会时不时地提供帮助。1836 年，德·伯尔尼夫人——他的第一个情妇去世，令他悲伤不已。他曾说，她是他唯一真正爱过的女人。其他人则说，她是唯一爱过他的女人。同一年，金发碧眼的伯爵夫人告诉他，她怀上了他的孩子。孩子出生后，她的丈夫，一个宽容的男人，如此说道："嗯，我知道夫人一直想要一个黑孩子，她终于如愿以偿了。"

在巴尔扎克其他诸多的风流韵事中，我只想再提及一件，因为如同跟德·卡斯特里侯爵夫人以及伊芙琳·汉斯卡一样，那件韵事也是起源于一封崇拜者的来信：他曾和一位名叫伊莲·德·瓦莱特的寡妇发生了关系。想来也奇怪，在他的五件主要韵事中，有三件都是如此开始的。也许这也正是这几段感情都没有圆满的原因。当一个女人被一个男人的名誉所吸引时，她会过分关注自己在这段关系中能够获得的好处，从而忘记真正的爱情所应具备的无私。瓦莱特是个好出风头的人，由于受过挫折，她会抓紧一切机会满足自己的天性。巴尔扎克和伊莲·德·瓦莱特的关系维持了四五年。奇怪的是，巴尔扎克和她分手的原因竟然是，他发现她并不如自己想象的那样，有着良好的人脉关系。巴尔扎克曾经向她借过一大笔钱，所以在他去世后，她曾试图从其遗孀那里索要回来，不过她似乎徒劳无获。

与此同时，他继续和伊芙琳·汉斯卡保持着书信往来。根据他的早期信件来看，他们的关系非常明显。其中有两封信，伊芙琳不小心夹到一本书中，结果被她丈夫看见了。获知此事后，巴尔扎克写信给汉斯卡先生，说他们只是开了这么一个玩笑：因为伊芙琳嘲笑他不会写情书，所以他才写了那两封信展示他写得多好。这个解释有点勉强，但汉斯卡先生显然接受了这个解释。自那以后，巴尔扎克在写信时都非常谨慎，他只能间接地（他希望她可以领悟到言外之意）向伊芙琳保证，他和以往一样深爱着她，并且期盼着有一天他们可以走到一起，共度余生。

在这八年当中，除了偶尔的调情以外，巴尔扎克有过两段认真的感情（此事可信度很高），分别是和吉多博尼伯爵夫人以及伊莲·德·瓦莱特，而他对伊芙琳·汉斯卡的感情并不如他表现出来的那么热烈。巴尔扎克是一位小说家，所以他在写信给她时自然很容易地可以将自己想象成坠入爱河的情郎，正如他在举例描述路西恩·德·吕庞泼莱的文学天赋时，便将自己想象成一位才华横溢、能够写出令人钦佩的文章的年轻记者一样。当他在给伊芙琳写信时，他滔滔不绝地说出的那些话就是他当时的感受，对于这点我丝毫没有怀疑。她曾承诺，一旦她的丈夫去世就会嫁给他，所以他日后的保障将取决于她是否信守承诺。如果他在信中的言语有些夸张，我们也不该指责他。在这漫长的八年中，汉斯卡先生的身体状况一直很好。但突然有一天就去世了。巴尔扎克期盼已久的时刻终于到来，他的梦想终于要实现了，他终于要变得富有了，他终于要摆脱小资产阶级的债务了。

然而，伊芙琳在给他的第一封信中告知他自己丈夫去世后，接着又写了一封信，告诉他自己不会嫁给他。她无法原谅他的不忠、他的挥霍，还有他的债务。这令他陷入了绝望。她曾在维也纳对他说，她不指望他会在肉体上对自己忠诚，只要能够占有他的心就够了。没错，她一直占有着他的心。对于她的出尔反尔，巴尔扎克感到非常愤怒。最后他认定，自己必须见到她才能重新赢得她的心。在经过大量的书信往来之后，他动身前往圣彼得堡，很显然，她并不愿意见他，当时她正在料理丈夫的身后事。但他的如意算盘打对了。此时的两人都已经中年发福，他四十三岁，她四十二岁。但凭借自身的魅力、活力和天赋，他令她无法拒绝。于是他们又成了情人，她再次答应嫁给他。又过了七年，她才履行了当初的承诺。她为何犹豫了这么长的时间，令传记作者们困惑不已，不过如果真要找到原因，也不是不可能。她是一个贵妇，以自己的高贵血统而自豪，正如《战争与和平》中的安德鲁伯爵一样。很可能她意识到，做一位知名作家的情妇与做一位暴发户的妻子，存在很大的差别。她的家人曾竭尽全力劝告她不要选择与自己身份有别的婚姻对象。她还有一个到了适婚年龄的女儿，她有责任为女儿选择一段门当户对的良缘。巴尔扎克的挥霍无度臭名远扬，她很有可能害怕他会恣意挥霍自己的钱。他一直觊觎着她的钱；他不只是要从她的钱包里掏钱，而是要夺了她的钱包。她富有且挥霍无度，但是为自己享乐而挥霍和为他人享乐而挥霍是有很大区别的。

令人奇怪的并非伊芙琳·汉斯卡过了这么久才嫁给巴尔扎克，而是她终究还是嫁给了他。他们会时不时地见见面，在某一次见面后她怀孕了。巴尔扎克欣喜不已，他以为他终于赢回了她的心，于是立即向她求婚。然而，她不愿意立即表态，她写信告诉他，等她分娩后，她打算回乌克兰过一段清贫日子，然后再嫁给他。他们的孩子一出生便夭折了，这件事大约发生在 1845 年或 1846 年。1850 年，她嫁给了巴尔扎克。他在乌克兰度过了冬天，婚礼也在那里举行。为何她最终还是答应嫁给他了呢？她并不想嫁给他，从未想过。她是一个虔诚的教徒，她曾经一度认真考虑过要住进修道院：也许她的神父曾经劝导她，要改变不合常规的处境。那年冬天，巴尔扎克由于长期辛劳工作，以及过度饮用浓咖啡，其强壮的身体终于受损，健康状况变得很糟糕。他的心肺出现了问题，显然他的时日不多了。也许伊芙琳是出于对一个垂死之人的怜悯，尽管此人对自己不忠，但毕竟爱过自己这么长的时间。她的哥哥亚当·泽乌斯基曾写信恳求她不要嫁给巴尔扎克。她的回复曾被皮埃尔·迪斯卡维斯在《巴尔扎克先生的一百天》中引述："不，不，不……是我亏欠这个男人，他由于我，为了我，承受了如此之多。我曾经是他的灵感和快乐源泉。他现在生病了，时日不多了！……他多次遭受过背叛；我应该对他保持忠诚。无论如何，不管怎样，我都应该忠诚于他树立的关于我的理想。如果如医生所说，他很快就要死了，那么至少让他抓着我的手死去，记住我的模样，但愿他最后的目光停留在我的身上，留在他曾经深爱过、也真心真意爱过他的女人的身上。"这封信写得如此感人至深，我不明白为何我们还要质疑这其中的真诚。

她不再是一个富有的女人。她把大部分财产给了女儿，只留给自己一笔养老金。即便巴尔扎克为此失望，他也没有显露出来。这对夫妇去了巴黎，在那里他用伊芙琳的钱购买了一栋奢华的大房子。

经过漫长的等待后，巴尔扎克的梦想终于得到了实现，但可惜他们的婚姻生活并不美满。他们已经在乌克兰共同生活了数月，尽管性格上存在差别，原本以为他们彼此之间必定已经非常熟悉，应该可以进入亲密无间的婚姻生活。原因可能是，对于情人的怪癖和诡计，伊芙琳可以放任不管，放到丈夫身上却令她恼怒。多年以来，巴尔扎克一直处于恳求者的地位：也许是因为已经获得了婚姻，他变得专横霸道。而伊芙琳又是一个傲慢、要求严苛、脾气急躁之人。为了嫁给他，她做出了巨大牺牲，因此发现他似乎并没有心存感恩令她心生怨恨。她以前总是说，假如他不把债务还清，她是不会嫁给他的，他也向她保证债务都还清了。然而，刚到巴黎，她就发现房子被抵押了，并且他还欠了大量债务。她习惯做大房子的女主人，有一群仆人任凭她使唤。她不习惯法国用人，也不喜欢巴尔扎克的家人介入家务管理。她不喜欢他们，认为他们平庸却又自命不凡。夫妇俩的争吵激烈不休，以至于他们所有的朋友都知道了。

巴尔扎克到达巴黎时就已经病了，后来病情越来越重，引发了一系列的并发症，最终于 1850 年 8 月 18 日病逝。

后人对伊芙琳·汉斯卡的评价是负面的，正如凯特·狄更斯和托尔斯泰伯爵夫人一样。她比巴尔扎克多活了三十二年。通过变卖一些财产，她还清了他的债务，并且每年都会将巴尔扎克从未履行的承诺——三千法郎交给他的母亲，直至她去世。她还筹划了巴尔扎克全集的再版。与此事有关的一位名叫尚弗勒里的年轻男士曾在巴尔扎克去世几个月后过来看她。这位深受女性喜爱的男士当时就向她示爱了，她也没有拒绝。这段关系仅维持了三个月。在那之后，她和一位名叫吉恩·吉古的画家好上了，而这段关系一直持续到她八十二岁去世。从这段关系的长度来看，也许可以推断这是一段柏拉图式的感情。后人则更希望她保持贞洁，伤心地度过她漫长的一生。

（四）

乔治·桑说过一句话，我认为非常正确：巴尔扎克所写的每一本书实际都是一部伟大作品的其中一页，假如遗漏了任何一页，那这部作品便不再完美。1833 年，他曾想过将自己的作品做成一部合集，名为《人间喜剧》。当他萌发出这一想法后，他跑去见他的妹妹，大喊道："向我敬礼吧，因为显然我已经快要成为天才了。"他对自己内心的想法做了这样的描述："法国的社会生活就交给历史学家吧，我只要当一名记录员。通过陈述善与恶、收集重要的情感事实、刻画人物、挑选社会世界中的主要事件、汇集相似人物的特点来创作某类人物，也许我就能撰写出被诸多历史学家所遗忘的历史——也就是风俗史。"这是一个雄心勃勃的计划，在他生前并没有实现。在其遗著中有一些作品尽管必不可少，显然不如其他作品有趣。当然，要撰写这样一部巨著，这也是不可避免的。但在巴尔扎克所有的小说中，似乎总有两三个人物由于某种原始的激情而脱颖而出。他的优势恰恰在于刻画这一类人物上。而他在处理稍微复杂一点的人物时，效果就不尽如人意了。几乎在他所有的小说中，都会出现令人震撼的场景。而且有些小说中还有引人入胜的故事。

如果一个从未看过巴尔扎克作品的人让我推荐一部他的代表性小说，并且这部小说要能让这位读者了解巴尔扎克的全部思想，那我会毫不犹豫地推荐他阅读《高老头》，因为这部小说的故事情节从头至尾都趣味无穷。巴尔扎克在他的一些作品中会突然中断叙述，转而去讲述各种毫不相关的事情，或者滔滔不绝地描述一些你根本不感兴趣的人物。然而在《高老头》中，这些问题都不存在。他让人物通过自身的言行来真实客观地展示自己的本性。这部小说的结构也十分严谨，共有两条主线，一条是老头对忘恩负义的女儿奉献无私的爱，另一条是野心勃勃的拉斯蒂涅初次踏入当时纸醉金迷的巴黎，这两条主线巧妙地交织在一起。这部小说阐明了巴尔扎克在《人间喜剧》中竭力揭示的道理：人既非善也非恶，人生来具备本能和资质；社会并不像卢梭认为的那样使人堕落，而是使人完善，使人成长；但是自私自利会让人走向邪恶之路。

据我所知，巴尔扎克是在创作《高老头》时首次产生了这样一个想法：在不同的小说中采用相同的人物。而实施的困难在于，作者必须塑造出有趣的人物，让读者渴望了解人物将来的命运。在这一点上，巴尔扎克取得了极大的成功。

我在读那些小说时，我就非常渴望知道一些人物（比如拉斯蒂涅）的未来命运，这令我的阅读增添了额外的乐趣。巴尔扎克本人也对这样的人物深感兴趣。巴尔扎克曾经有一个名叫于勒·桑多的秘书，此人之所以能够在文学史上留名，主要是因为他是乔治·桑的众多情人之一。后来由于妹妹病危，桑多返回家中；妹妹死后，他将她安葬。回来之后，巴尔扎克向他表示哀悼，并向他的家人致以问候，接着（如故事中所述）便说道："好了，事情结束了，我们现在回到正事上吧，我们来谈谈欧也妮·葛朗台。"巴尔扎克采用的这一手法是有效的（顺便说一下，圣伯夫在一时情急之下曾对此手法严厉谴责），因为这个手法可以节约创造力。不过我认为，有着无限创造力的巴尔扎克并非出于这个原因而采用了这个手法。我认为，他这样做是为了给他的叙述增添真实性，因为在日常生活中，我们频繁接触的差不多都是相同的那些人。但更重要的是，我认为他的主要目的是将他的所有作品结合成一个包罗万象的整体。正如他自己所说，他的目的不是描绘一个群体、一个阶层，甚至也不是一个社会，而是描绘一个时代和一种文明。他有一种错觉：无论什么灾难降临，法国都是宇宙的中心，而这种错觉在他的同胞当中并不罕见。然而也许正是基于这种错觉，他才拥有那份自信去塑造一个多姿多彩的世界，并且有能力赋予这个世界以活力。

巴尔扎克的小说开篇进展缓慢，通常他的写作方法是，在开头详细地描述一番场景，而他本人沉醉于这些描述，以至于常常描述一些读者不需要知道的事情。关于应该说什么，不应该说什么，他始终没有学会这门艺术。接着他会描述人物的模样、性情、出生、习惯、思想和缺点；在这之后才开始展开故事的讲述。他刻画的人物显露出他自己的热情性格，但这些人物不如生活中那般真实。这些人物是用原色描绘的，人物形象生动，有时过于扎眼，他们比普通人更加引人注目；但是他们也是有生命的；我认为，我们之所以相信这些人物，是因为巴尔扎克本身对他们抱有坚定的信念。他的信念坚定到，当他快要死的时候，喊道："把皮安训叫来，皮安训可以救我。"皮安训是出现在他多部小说中的一位聪明诚实的医生，也是《人间喜剧》中少有的不偏不倚的人物之一。

我相信，巴尔扎克是第一位将寄宿公寓作为故事背景的小说家。由于这种方法可以让处于各种困境的人物聚集在一起，后辈作家屡屡采用。但我不知道，这种方法的运用是否也能像在《高老头》中一样取得如此巧妙的效果。在这部小说中，我们可以看到可能是巴尔扎克塑造过的最激动人心的人物——伏脱冷。这一类人物被反复刻画过上千次，但从未被刻画得如此鲜明生动，也不曾具备如此令人信服的真实感。伏脱冷头脑聪明，意志力坚强，精力充沛，这些特点吸引着巴尔扎克。尽管他是一个残忍的罪犯，却令作者为之着迷。读者应当注意到作者巧妙的写作手法，他设法暗示这个人物的阴暗面，却又同时没有揭露那个直至全书结尾才公开的秘密。他天性快乐慷慨，性格温厚，体格强壮，聪明冷静，令你不得不仰慕他、同情他，但他身上又具有一种难以名状的令人恐惧的东西。他吸引着你，就像吸引着拉斯蒂涅——那个雄心勃勃，出身高贵，来到巴黎一心想要闯出一番天地的年轻人一样。和这个罪犯在一起，你会和拉斯蒂涅一样有不安的感觉。巴尔扎克对伏脱冷这个人物的创造真是令人惊叹。

伏脱冷和拉斯蒂涅的关系被刻画得极为成功。伏脱冷一眼就看穿了这个年轻人的心，接着便开始慢慢摧毁他的道德感。没错，当拉斯蒂涅惊恐地发现伏脱冷曾经为了娶一个女继承人而杀了人时，他反抗过。但邪恶的种子已经种下。

《高老头》的故事以老头的死而结束。拉斯蒂涅去参加了他的葬礼，然后独自一人在墓地俯瞰塞纳河两岸的巴黎。他凝视着他渴望进入的上流阶层所居住的那个城区，喊道："让我们斗斗吧！"对于并不想去阅读所有出现过拉斯蒂涅这个人物的小说、却多多少少想知道伏脱冷起到了多大的影响力的读者，你们也许会对这部分内容感兴趣——

高老头的女儿、富裕的银行家纽沁根男爵的太太——纽沁根夫人爱上他后，给他买了一栋公寓并且豪华装修了一番，还给他钱，让他过着绅士一样的生活。而她的丈夫给她的钱经常不够，对此巴尔扎克也没有明确表示她是如何做到这些的：也许他认为，当一个女人爱上一个男人后，她就一定能够想方设法做到。男爵似乎对此事采取了宽容的态度。1826 年，他还在一场金融交易中利用拉斯蒂涅使这位年轻人的朋友破了产。而从这次的事件中，这位年轻人从纽沁根那里获得了四十万法郎的分赃款。他拿出一部分钱给两个妹妹购置了嫁妆，让她们有了个好的婚姻。剩下的那部分钱，他每年拿出两万法郎来用作生活支出。他对自己的朋友皮安训说："这是过安稳生活的钱。"因为可以不再依靠纽沁根夫人生活，并且意识到通奸时间越长，就会显露出婚姻生活的所有缺点，所以他下定决心抛弃了她，又和德斯帕尔侯爵夫人好上了，而这次也不是因为他爱上了她，是因为她是一个有钱有势的贵妇。"也许，有一天我会娶她，"他补充道，"她能让我最终还清所有的债务。"那一年是 1828 年。至于德斯帕尔侯爵夫人是否被他的甜言蜜语所迷惑，没有人知道。但即便她上当了，那段关系也没有维持太长时间。他后来又成了纽沁根夫人的情人。

1831 年，他曾想过要娶一个阿尔萨斯的姑娘，但当他发现她的财产不如他想象的那么多，他就放弃了这个想法。1832 年，依靠亨利·德·马赛的影响力，他获得了部长助理的职位；而马赛曾经也做过纽沁根夫人的情人，在路易斯·菲利普任职法国国王期间担任部长。在担任部长助理一职期间，他的财富大大增加。他和纽沁根夫人的关系显然一直持续到 1835 年，可能是和平分的手。三年后，他娶了她的女儿奥古斯塔，并且由于她是富裕家庭的独生女，拉斯蒂涅从中获得了不少好处。1839 年，他被封为伯爵，接着再次进入部里工作。1845 年，他被封为法国贵族，年收入有三十万法郎（相当于一万二千英镑），在当时这是一笔可观的财富。

显然，巴尔扎克偏爱拉斯蒂涅这个人物，他赋予这个人物高贵的出身、英俊的长相、魅力和机智，还赋予他对异性的强大吸引力。如果说巴尔扎克愿意放弃除名声以外的任何东西，想要成为拉斯蒂涅，这种说法只是空想吗？巴尔扎克崇拜成功。也许拉斯蒂涅是个无赖，但他获得了成功。没错，他的财富建立在毁灭别人的基础上，但是这些人被他欺骗也实在愚蠢。巴尔扎克对愚蠢之人丝毫没有同情之心。

巴尔扎克塑造的另一个冒险家——路西恩·德·吕庞泼莱因为软弱而失败了，而拉斯蒂涅因为具备勇气、决心和力量获得了成功。自从他在拉雪兹公墓向巴黎发起挑战的那一天起，他就没有让任何事情阻碍他的成功之路。他下定决心要征服巴黎，他做到了。我想，对于拉斯蒂涅的道德缺失，巴尔扎克没有任何要指责的意图。毕竟，他算是一个好人；在利益面前他冷酷无情、不讲道德，但是自始至终他都愿意帮助年轻时结识的为贫穷所困扰的老朋友。从一开始，他的目标就是过上奢华的生活，住进一栋漂亮的房子，拥有一群用人、马车、几个情妇和一个富裕的太太，后来他实现了目标。我想，巴尔扎克从不认为这个目标是庸俗的。

美国文学漫谈

尽管我这一生读过大量的美国文学作品（十岁时，我就读了阿蒂默斯·沃德的《海伦的孩子》，这本书给我带来了极大的快乐），却不敢与那些热爱阅读的美国人相比。这并不奇怪，因为我读书一向比较随意。而且每个国家都有一些只受本国人欢迎的作品，其他国家的人读起这些作品来会感到索然无味。举例而言，我个人认为乔纳森·爱德华兹的书就没必要读，而《雷穆斯大叔》一书中的方言，对我来说实在太难理解了。本文中我所表达的意见都只是个人观点，我会对自己的看法做出解释，但从一个英国人的角度来做出的评价肯定不够客观。我很清楚我的某些观点和美国主流评论相左，可能会招致非议。我只会推荐最具美国特色的作品，对于那些受英国文学影响的作品都不考虑。能够让我产生兴趣的美国作品必须具有本土风情。

下文中我将简单地介绍一些作品，不敢说能够让美国人有所获益，但我想这或许能让一些外国人（包括我的英国同胞们）了解几本具有美国特色的书，让他们明白美国的民族精神从何而来，以促进未来我们日益频繁的交流。

我只想介绍那些被公认为经典的作品。对近代作品我不会推荐，一方面是因为我对它们的熟悉程度不够，另一方面是因为近五十年来产生了大量的文学作品，现在要我评价哪部作品是永恒的经典，未免言之过早。有些评论家认为，那些受人追捧的畅销书都毫无价值，这种观点我并不赞成。像《大卫·科波菲尔》《高老头》和《战争与和平》至今仍然非常畅销；同样，畅销书也不一定就是经典。一本书可以由于任何原因吸引到读者，当然也会由于这些原因遭受冷遇。我从不愿阅读那些刚出版两到三年的畅销书，因为我发现了一个令人震惊的事实：许多广受赞誉的书，即便你不读，也不会有任何损失。

这里我有必要重申一下我一直坚持的观点，我极力主张将阅读作为一种享受，某些读者将阅读当作一种任务，实在是不智之举。阅读是快乐的，是生命中最美好的事情之一。现在我要向你们推荐的这些书，如果不能让你们感动，或者不能让你们产生兴趣、感到愉悦，那你们便不需要再读下去。正是这个原因，让对美国文学研究不深的我在着手写这篇文章时，多了几分自信。

我很清楚自己对美国文学的了解并不完备，所以在搜集素材阶段，我阅读了两三本权威的美国文学史。我想将自己的观点和最权威的评价进行比较，看看有何不同之处，然后再考虑是否要对自己的观点进行修正。不过结果却令我诧异，这些专家所关注的都是那些我认为与文学无关的东西。他们总是热衷于谈论某某作家写作时期的社会环境，以及当时的政治环境对其作品的影响，除此之外，他们还探讨了该作家对社会问题的看法，以及他的思想中透露出的哲学理念。当然，他们分析的都对。只是他们似乎都没有意识到多谈谈作家的写作风格是有必要的，他们对于作品的结构是否严谨、情节设置是否巧妙、人物塑造是否新颖也同样不感兴趣。他们根本不去谈论作品的可读性。依我之见，这些有识之士完全没有意识到，阅读是为了获得快乐，而文学是一门艺术。

文学确确实实是一门艺术。它既不是哲学，也不是科学，而且与社会经济以及政治也沾不上关系。它就是一门艺术，一门带给人快乐的艺术。

在我开始谈论我所要推荐的作品之前，还有一点要说明，那就是希望各位读者不要期待这些作品像我之前推荐的作品那样震撼人心。人们时常随意使用"天才"这个词，但我绝不会因为某位作家写了三四部成功的戏剧或是两三部成功的小说，就称其为"天才"。我心目中的天才实在是少之又少，如果我用这个词形容一下我将提到的任何一位作家，我想我势必会良心不安。我认为，将他们称为有才华的作家，便已足够了。他们中有些人才华横溢，有些人则稍显平庸。不过，他们中大多数人在文学之路上都经历了重重阻碍。不知道他们是否已经意识到这一点：要创造出独具特色的民族性文学，必须极力摆脱外国文学所带来的屏障。这不仅是由于他们自身所受教育造成的局限性，也是由于读者存在偏见。他们生活在一个年轻的国家，在形成自身文明的进程中，实际问题似乎显得更为重要，而艺术只能退居到次要位置。我们都知道，有些作家由于无法适应这样的现实，便逃往文学氛围更好的欧洲。而那些富有远见、留下来的作家，只要环境稍稍好转，他们必然能写出更加完美的作品。我之所以如此断言，是因为即便困难重重，这些作家仍然创造出了非常优秀的作品，这足以彰显他们的创造力以及才华。

美国文学迄今只有一百多年的历史。如果我们将 18 世纪从英国文学史中删去，那英国文学根本无法成为承载着英国精神的丰碑（这其中当然不包括乔叟、莎士比亚以及 17 世纪的那些伟大诗人和散文家）。我无法想象，如果文学殿堂中没有蒲柏、没有斯威夫特、没有菲尔丁、没有约翰逊博士、没有包斯威尔，会是怎样。

《富兰克林自传》

我想从一本创作于 18 世纪的作品开始。自传一类作品在文学史中所占比例很小，而在这为数不多的自传中，没有哪一部比《富兰克林自传》更具有经久不衰的趣味性。这本书语言质朴，这一点正如作者本人。

我们都知道，富兰克林师从名家，故而其语言轻松明快，这本书的有趣之处不仅在于它的叙述，更在于富兰克林对于自身生动而真实的刻画，我不明白为什么美国人对富兰克林总是带有诋毁之意，他们说他人格有缺陷，他的那些箴言毫无价值，他的理想也极为卑劣。他固然不是个浪漫主义者，却精明而勤奋。他是一位出色的商人。他希望自己的同胞一切安好，但他的机敏也不容许他被同胞所蒙蔽，他总是非常巧妙地利用他们的失败而达成自己的目的。有时候，这些目的很自私，但大多数还是于他人有益的。他热爱生命中的一切美好事物，但也能平静地接受任何挫折。他勇敢而豁达，是一位很好的伙伴。他迷恋酒色，并对此没有丝毫的掩饰。他的才艺简直数不胜数，

风格。例如这一句:"他的内心绝非冷酷无情,就连拂去蝴蝶翅膀上的绒毛在他看来都很残忍。"颇有几分斯特恩的感觉,我想就连斯特恩本人也会喜欢的。霍桑有非常好的节奏感和措辞技巧,能够创造出最精妙的语句。他能够写出足足长达半页纸的句子,虽然从句不断,但读起来抑扬顿挫、韵律感极强,像水晶一样清亮。他的文辞华丽多变。他笔下的散文犹如纹样繁复的哥特式挂毯一般,既不浮夸,也不单调。他的隐喻都有着深刻的含义,明喻则贴切到位,用词也与他所描写的事物非常契合。

文学潮流日新月异,如今大受追捧的粗犷式散文风格在日后很有可能无人问津。或许将来的读者会追求更正式、更高雅的写作方式,到那时,作家们会非常乐意学习霍桑用一堆词语拼成一个长句子,以及如何让行文庄重而不失明快,如何既不拘泥于形式又让人耳目共赏。

爱默生与梭罗

文史学家们将霍桑归于康科德派,而爱默生与梭罗也是这一派的杰出代表,所以接下来我想谈谈这两位作家。文学品味不同的读者对于《瓦尔登湖》一书的看法也不尽相同。拿我来说,我在阅读这部作品时,既没有觉得厌烦,也没有觉得快乐。全书行文流畅,不拘泥于形式,语言轻松优美。不过,如果我被大雪困在西部大草原上,唯一的伙伴是一个聋子,而所在的小木屋中唯一的一本书是《瓦尔登湖》,那我一定会非常沮丧。通常能写出这一类作品的人往往精力充沛、阅历非凡,同时还具有异于常人的学识,然而梭罗是一个生性懒散、知识浅薄的人，他所读的那些书，虽然都是被人认可的著作，但也没什么特别之处。

他的作品中强调了体验这一主旨，但是他本人缺乏一种情感力量让读者认识到它的重要性。梭罗发现：如果一个人限制自身的欲求，那么他只需要耗费极小的代价就能满足这些欲求。这一点我们早已知道。霍桑曾说过："与不同于自己的人为伍，这样的习惯对人的道德和精神健康都大有裨益。这种人不会关心你的追求，而你必须有能力走出自己的世界，才能真正地去欣赏他。"这句话非常有道理，作家们应当铭记于心。

相比之下，爱默生当然比梭罗伟大得多。多年以前，我在科莫湖畔遇见了一位金发女士，在她的指引下，我第一次接触到爱默生的作品。我们外出游玩时，她总是随身带一卷爱默生的《论文集》。她还用蓝色铅笔（那支笔有着和她眼睛同样的颜色）在那些打动她的语句下面重重地画一道下划线。每一页她都至少标记了两到三处。她告诉我，爱默生给了她极大的慰藉。每当生活中遇到艰辛与磨难，她总能在爱默生的作品中获得释怀。许多年以后，我在夏威夷再次与她相遇，她非常友好地邀请我去她租住的度假屋共进午餐。她一直都很富有，不过许久未见，她的地位更非昔日可比，彼时她的丈夫获得了爵位，她已经是一位爵士夫人了。接待我时，她身着一袭卡洛特长裙（当时卡洛特姐妹是巴黎最有名的裙装制造者），佩戴着一串价值五万英镑以上的珍珠项链，不过她的脚上却未穿鞋袜。"你瞧，"她指着光脚丫对我说，"在这儿我们过的生活很简朴。"我看到她的脚上有拇囊炎的迹象，不由得心生惋惜。就在这时，她的中国管家端着鸡尾酒走了进来，这位管家的穿着打扮如同明朝皇帝一般。我问她是否还读爱默生的书，她随手从桌子上拿起一本书，紧紧抱在日渐萎缩的胸前，随后告诉我，她当然还在读，无论去哪里，她都会随身带一卷爱默生的《论文集》。她举起戴满珠宝的手，朝着窗外碧波荡漾的大海挥了挥，然后说，如果不是爱默生，她永远不会领悟太平洋的精神意义。不久前，年迈的她寿终正寝，她至死都是爱默生的追随者。她将自己的游艇和藏书送给了一个男妓，这位受益者是她晚年的另一个慰藉。可她没有留给他足够的钱来维持游艇的开支，于是他变卖了游艇。不过二手书可卖不出什么钱来，所以他很有可能保留了那些藏书。如果真的如此，我只希望爱默生的作品可以让他忘记痛失爱人的苦楚。

不过老实说，爱默生的书从来没有抚慰过我。我绝不是要贬低这位让其同胞引以为傲的作家，我认可他的魅力以及宽厚的人格。如果你阅读了他的日记，一定会被他的深刻思想所触动。甚至当他还是个孩子时，已能够非常流畅地表达自己的感受。由于爱默生还是一位演说家，所以他把写文章也当作在讲台前发表演说一样，不过演说会因为语调和气度而增色，可一旦转化成文字，便失去了这种力量。老实说，他那些颇具盛名的文章并没有让我获益或是感到愉悦。他的作品几近陈腐。虽然他能够写出非常生动的语句，但往往缺乏实际意义。他就像是一位敏捷的冰上舞者，在陈词滥调铺成的冰面上展示着优雅而繁杂的动作。如果他不是如此善良的人，或许他会成为一位更好的作家。

不过，既然他已经是位非常有名的作家，读者们一定想知道他是如何在文学领域获得了如此高的地位。我建议你们去读一读他写的

《英国人的特性》。这本书更多的是实质性的内容，不像《论文集》的内容那样含糊、散漫、肤浅。这本书比爱默生的其他任何作品都更生动、更贴切、更有趣味性。读这本书时，我真的感受到了快乐。

爱伦·坡

外国读者并不推崇康科德派，他们根本无法理解为什么这一派的作家在美国人心中占有如此重要的地位。不过埃德加·爱伦·坡是个例外。我想他在欧洲受到的尊重远胜于在美国，例如在法国，至今仍有一批作家深受他的影响。或许是因为他的道德品质以及令人不满的私生活导致他未能在本国获得应有的尊重。

然而，作家的品性以及他的私生活与读者毫无关系，我们应当关注他的作品。爱伦·坡写出了美国最动人的诗歌，这些作品就像是威尼斯的名画，其所表现出的美感简直令人窒息，在你接触到它的那一刻，感官便已获得了至高无上的享受，以至于你根本不在乎它是否能给你带来某些启发。这些诗句所能提供的仅仅是它的美，然而这种美是无与伦比的。

此外，爱伦·坡还是一位敏锐的文学评论家。长期以来，他对于短篇小说艺术的分析一直指导着后辈作家们。他笔下的故事也是旁人无法超越的。不用我多说，他的《金甲虫》以及"杜宾先生"系列故事是最早的侦探小说，之后文学界涌现出的大量广受追捧的侦探小说都受到了他的影响。在侦探小说这一领域，虽然之后也出现了许多伟大的作家，他们也取得了不俗的成就，但从本质上看，并没有人能够突破爱伦·坡最初的创作模式。他小说中的那些恐怖情节和推理描写，或多或少受到了霍夫曼和巴尔扎克的影响，不过由于爱伦·坡极具自我意识，这些作品最终都会按照他的思路完美收尾，故此不负盛名。

他的作品充斥着各种浪漫主义元素，手法颇为夸张；人物对话也非常浮夸，就像人物本身一样，缺乏真实感；此外，他的写作范围也比较狭窄。然而你必须忍受这一切：因为他的创作是独一无二的，他的作品并不多，但每一部都能让读者享受到阅读的乐趣。不过，他的作品并没有那种特别的美国风格，无论是诗歌也好，散文也罢，跟英国文学并无太大差异。

如果我们想阅读真正具有美国特色的文学作品，还需要继续探索。

亨利·詹姆斯

不过，在此之前我还要介绍一位背离美国背景写作的作家，他便是亨利·詹姆斯。他不是迄今为止最伟大的美国作家，但无疑是最著名的一位。他才华出众，可惜性格方面存在一些缺陷，以至他的才华并未完全发挥。他幽默、睿智、有洞察力，对于生活中的戏剧性场面有一定的感知。但灵魂深处的草根性导致他对一些人类最基本的情感缺乏理解，例如爱与恨，以及对于死亡和生命中未知事物的恐惧。没有人能够像他那样洞悉事物的表象，但对于表象之下的深刻内容，他无法领悟。

他将《使节》一书视为自己最优秀的小说，但最近我重读这本书时，着实对其内容的空洞感到震惊。全书内容迂回曲折，读起来乏味至极；而对于不同人物的说话方式，作者也未经推敲，导致所有人物的语气都和亨利·詹姆斯本人没有差别。该书中唯一鲜活的人物是维奥内夫人，可是她却从未直接登场。派主人公斯特瑞泽去欧洲的纽瑟姆太太却只是一个愚蠢、刻薄、喜欢多管闲事的老女人。还好亨利·詹姆斯能够让读者一页一页地阅读他的作品，并迫切想知道接下来故事的进展，要不是他拥有这种对小说家来说最重要的天赋，那这本书早就让人无法忍受了。据我所知，再没有人能够像他那样将巴黎春夏时节的美妙气氛描写得如此细腻了。

相比之下，我更喜欢他写的《美国人》。这本书内容清新雅致，当然，其中一些用词也显得过于浮华，例如将人们的"分开"说成"离别"，将"回家"说成"归巢"，将"睡觉"说成"就寝"，但这更具有那个时代的气息，我并不反感。这是一部爱情小说，通篇却没有提及爱情，就这一点来说，实在是够奇怪的。克里斯托弗·纽曼希望和德·辛德拉夫人结婚，是因为他想给自己的孩子找一位母亲，而她也能成为他餐桌上优雅的点缀。当这桩婚约破裂后，他的骄傲遭受了打击，但他的内心没有受到任何影响。书中的这些人物并不真实，男人们都妄自尊大，女人们则都是花瓶一样的摆设。德·辛德拉夫人虽然美丽、优雅、高贵，但这样的人物似乎过于普通，她的形象并不让人觉得有多么鲜活，这仿佛是作者在勤读巴尔扎克小说后仿造出来的一个人物。不过，巴尔扎克总能以自己特有的方式为那些平庸的人物注入旺盛的生命力，但亨利·詹姆斯没有这种本领，所以他笔下的德·辛德拉夫人毫无生气，简直和女性杂志上的时尚图画一样。而主人公纽曼是一个前往西部拓荒的美国人，根据故事的时代背景来判断，他很有可能赶上了加利福尼亚的淘金热。但亨利·詹姆斯显然对这类人不甚了解，因此他也无法将主人公塑造得多么真实。纽曼常年在圣路易斯赌场和旧金山码头这样的地方摸爬滚打，怎么可能说话文绉绉的？

我个人认为，在这个人物的处理上，亨利·詹姆斯显得太过愚蠢，而贝勒加德家族之所以取消婚约，并不是因为纽曼的财富是经商而得，而是因为及时发现了纽曼不过是哈佛大学的一名英语助教。不过，即便有诸多不足之处，《美国人》这部小说还是值得一读的。亨利·詹姆斯很会讲故事，他对于悬念的处理手法非常特别，对于戏剧性场面的处理也有条不紊，从头至尾都能够抓住读者的心。这本书就像侦探小说一样跌宕起伏，甚至有过之而无不及。当你走进这位亲切、文雅而有教养的作者内心时，一定会被他的魅力所吸引。《美国人》算不上是一部伟大的作品，但也是非常值得一读的。在问世六十年后仍魅力不减，这样的小说并不多见。

《白鲸》

现在，我要介绍一部伟大的作品——《白鲸》。我读过麦尔维尔的南海系列中的《奥穆》和《泰比》，当我亲自游历那些岛屿并阅读这两本书时，真是觉得既有趣又享受，不过我从来没想过将它们再读一遍。我没有读《皮埃尔》一书，因为许多有声望的文学评论家都认为它是麦尔维尔的失败之作。但仅凭《白鲸》这一部作品，就足以让任何作家声名鹊起。有一些评论家指责该书的文风过于浮夸，但在我看来，用这样的写作方式来表达该书的主题非常适合。夸张的语言会导致两种后果，要么让作家登上巅峰，要么让他沦落至荒谬之境。不过我必须承认，麦尔维尔有时候确实荒谬得过了头。然而，没有谁能够永远保持巅峰状态，如果你领略了《白鲸》这部作品恢宏的气势、无尽的张力以及层出不穷的华丽辞藻，那么你势必会包容作者偶尔的荒谬。

我认为，《白鲸》中有一部分章节写得过于枯燥，比如说那些只有在图书馆中才能查到的古文物知识，以及有关鲸鱼的生物史；不过很显然，麦尔维尔很注重对这些高深领域的知识的积累，我们必须接受这位伟大作家的某些"奇思妙想"。智者千虑必有一失，荷马也有打盹儿的时候，莎士比亚也写过许多空洞浮华的句子。不过，在新贝德福德的一些场景中，麦尔维尔对于事件的描述、人物的处理，以及对可怕的亚伯的描写，都是神来之笔。这部作品中包含着一种悸动、一种神秘、一种预兆、一种激情、一种对生命的恐惧和震撼，以及命运中无法摆脱的邪恶力量，它们紧紧地掐住了你的咽喉。你的精神几近崩溃，但又似乎得到了升华。如果你是一名作家，能够有如此高的艺术造诣，并对读者的心灵和感官产生如此非凡的影响，理应感到无比骄傲。

不过，尽管麦尔维尔的这部小说在新贝德福德开场，整体情节也设定在一艘美国捕鲸船上，我却没有从中发现任何美国风情，而这正是我一直寻找的宝贵特质。麦尔维尔展现出的是一种欧式文化，他的散文也受到了 17 世纪那些英国大家的影响。尽管他作品中的人物是美国人（至少重要人物都是如此），但这纯属偶然。他们都比生活中的普通人略显夸张，而且他们身上也没有某个特定国家的痕迹，他们属于那个刺激而奇妙的国度。陀思妥耶夫斯基笔下的许多人物，以及《呼啸山庄》中的那些暴徒皆是如此，他们饱受折磨，苟活于世。

马克·吐温

不管怎么说，要想把我所谓的"美国特色"解释清楚绝非易事，何况现在篇幅有限，所以我几乎不可能如愿以偿。我在此处所说的文学的"特色"是指能够将一部作品与其他国家的作品加以区别的某种特质，是一种标志着环境特征的东西。

在这方面，有一位作家表现得非常突出。大家一定已经猜到了，他就是马克·吐温。他的《哈克贝利·费恩历险记》内容丰富，淋漓尽致地展现了美国特色。这部作品的成就之高，远非他的其他作品能比。这绝对是一部杰作。有一段时期，大家都只将马克·吐温看作一位幽默作家，而那些学者对于当代幽默都持否定态度。但这种情况在他死后得到了改变，现在他已成为公认的美国文学大师。对于马克·吐温其人，我无须赘述。我只想说一点，当他以正式的文学态度创作时，只写出了一些无关痛痒的作品（例如《密西西比河上的生活》）。可当他在创作《哈克贝利·费恩历险记》时，只有一个欢快的想法，就是将那位不朽的英雄展现在读者面前，然而这部作品成了方言体文学的典范。

我想，它至今仍对那些最优秀、最具美国特色的作家有着非常重要的影响。马克·吐温展示了一种鲜活的写作方式，他告诉世人，文学创作并不需要效仿17、18世纪的那些英国作家，也可以来源于普通人在日常生活的对话。不过，如果我们把哈克贝利·费恩说的那些话当作生活中的情景还原，那未免太过愚蠢。没有哪个从未受过教育的小孩能说出那样简洁明快的句子，能使用那样贴切的修饰语。或许马克·吐温认为从文学的角度来看，如此口语化的第一人称写作方式有失体统，因此在创作这部作品时，他采用了一些读者乐意接受的写作技巧，让他的这位小英雄所说的话显得更加真实。这部作品使美国文学彻底摆脱了长期以来的束缚。

《哈克贝利·费恩历险记》是一部内容变化万千的惊世之作，充满了热情与活力，属于典型的流浪汉小说，它足以与这一伟大而著名的流派中另外两部巨著——《吉尔·布拉斯》和《弃儿汤姆·琼斯的历史》——相媲美。事实上，如果马克·吐温没有头脑发热，让那个无聊的小笨蛋汤姆·索亚毁掉最后几章，这部作品几乎堪称完美。

《俄勒冈小道》

由于篇幅有限，我只能简单地提一下《俄勒冈小道》。大约一百年前，帕克曼去那里旅行，彼时他不仅要当心北美大草原上的成千上万头水牛，还要提防那些怀有敌意的印第安人。帕克曼勇敢、坚定，还擅长冷幽默。他的这些特质再加上一个气势恢宏的主题，造就了这部从头至尾都极具魅力的杰作。这部作品唯一的不足就是在语言方面略失优雅。

艾米丽·狄金森

我还要谈谈艾米丽·狄金森。不过，恐怕我的言论会得罪许多美国人。因为我认为她实在有负盛名。

她被誉为最伟大的美国诗人。然而诗歌与国籍并无关联，诗人遨游于苍穹之上，不属于任何国度。当我们谈到荷马时，会称他为一位伟大的希腊诗人吗？同样，当我们谈到但丁时，会称他为一位伟大的意大利诗人吗？这是对他们的亵渎。因此，当我们评价诗歌时，也不应当考虑诗人的生活环境。

艾米丽·狄金森有过一段失败的感情经历，此后她隐居多年，而她的诗歌并未因此变得更加精彩；爱伦·坡嗜酒如命，对好友背信弃义，他的诗歌也并未因此而逊色。想要了解艾米丽·狄金森，最好去读她的那些诗歌选集。她的智慧、她的锋芒，以及她的淳朴，都在这些诗选中得到了很好的展现。其实，各版本的艾米丽·狄金森诗选如果在择定篇目时不那么吝啬，其内容大可以变得更加丰富。不过，如果你花时间去读她的所有作品，那么你一定会感到失望。因为她的上乘之作都是在她能够自由歌唱时创作的。她的音韵和谐多变，语言也能够恰如其分地抒发情感，对于故事的叙述也十分自然。不过，她的佳作实在太少了。她就像艾米琳·格兰杰福特一样，对于一些毫无意义的题材总是信手拈来。她的四行诗节中，尽是些常见的韵脚，有的甚至成了民谣的风格。这种诗体原本在形式上就受到了一定的限制，她的创作却更为狭隘，因为她的双耳没有很好的辨识度，而她的语言也不够精练。她的表达方式过于复杂，每当她试图用简洁的语言去创作时，却又无法很好地抒发内心的情感。她常常写一些警句式的短诗。这类诗歌应该像敲钉子一般正中钉头，可她却往往出手太轻或是太偏。她的确有一些写作天赋，但算不上才华横溢。世人给了她过多的赞誉，然而她的作品根本无法撑起她的盛名，这实在让人不解。

诗歌是文学的冠冕，我们有权利拒绝那些虚有其表的点缀。美国会有真正伟大的诗人（事实上，我认为这样的人或许已经出现），他会让所有人明白，艾米丽·狄金森获得的溢美之词实在太多了。

沃尔特·惠特曼

现在，我要介绍的作家只剩下沃尔特·惠特曼了。之所以将他放到最后，是因为在他的《草叶集》中，我们终于看到了不受欧洲影响的、最纯正的美国特质，而这正是我一直在苦苦追寻的。

《草叶集》是一部具有重要意义的作品。在本文的开篇我就提醒过读者，我要推荐的都是能够让人得到享受的书。但现在我必须澄清一个事实：没有哪位伟大诗人的作品像惠特曼这样参差不齐。我认为，很多书之所以受到读者欢迎，是因为评论家将它们说得过于完美了。然而，世上根本没有真正完美的事物。通常来说，优点的形成是以缺点为代价的。读者们最好清楚自己期待什么。否则，当他和那些不吝溢美之词的评论家观点相左时，便会心生惭愧，但事实上他无法领悟的那部分内容或许并无太大价值。

惠特曼在写作生涯初期就取得了辉煌的成就，不过可能是由于他的写作之路走得太过顺畅，抑或是他太沉醉于自己滔滔不绝的言论，他常常就毫无意义的题材大做文章。这是一个我们不得不接受的事实。他的诗歌，有一部分套用了《圣经》中的韵体，有一部分采用了17世纪的无韵体，还有一部分采用了粗俗、单调、极不悦耳的散文体。这也是我们必须承认的事实。这些不足之处虽然让人感到遗憾，却无伤大雅，我们完全可以忽略。《草叶集》是一本适合在任何环境下阅读的书。你可以随意控制阅读的时间，读累了就合上书页，下次再翻开任何一页继续阅读。惠特曼写过一些纯粹而迷人的诗歌，也留下了一些振奋人心的名句，而且他常常会迸发一些令人动容的灵感。惠特曼是最有震撼力的诗人，这一点无须赘言。

他一生精力充沛，能够敏锐地感知生命的复杂多变，以及各类热情、美好、令人欢欣的事物。美国人完全可以自豪地将这些特质归为真正的美国精神。惠特曼让普通人也领略到了诗歌的魅力。他告诉我们，并非只有在月光、废墟或是相思少女的悲叹之中才能产生诗歌，它亦可以产生于街头巷尾、火车上、汽船中，还有匠人辛勤的工作中以及农妇索然的杂活中，每时每刻皆可成诗。简单来说，诗歌遍布生活中的每一个角落。正如华兹华斯所言，诗歌并不需要充满诗意的语言，它也可以是我们日常生活中的大白话。惠特曼正是做到了这一点。他的诗歌题材从不局限于那些传奇事件，所有稀松平常的小事都可以激发他的创作灵感。他在创作时选择包容一切，没有任何的逃避。每一个读过惠特曼诗歌的美国人，都会对自己祖国的广袤领土、富饶资源以及充满希望的未来有更为深刻的理解。

我认为，正是惠特曼激发了美国文学的自我意识。他的诗歌充满阳刚之气，饱含民主精神，是一个新生国家最真实的呐喊，也是民族文学最坚固的基石。在欧洲博物馆中，我们常常会看到耶西家族的族谱被演化成一棵大树，亚当结实魁梧的身躯是树干，以色列各族长和国王则化身为向四方延伸的树枝。如果用这样的形式表示美国文学的发展，那么向四方延伸的树枝无疑就是欧·亨利、林·拉德纳、西奥多·德莱塞、辛克莱·刘易斯、薇拉·凯瑟、罗伯特·弗罗斯特、维切尔·林赛、尤金·奥尼尔、埃德温·阿林顿·罗宾逊，而树干必然是杰出、无畏、具有独创精神的沃尔特·惠特曼。

谈俄罗斯三大长篇小说

屠格涅夫《父与子》

现在，我要跨越几年时间，向你们介绍 19 世纪俄罗斯的三部小说：屠格涅夫的《父与子》、托尔斯泰的《战争与和平》以及陀思妥耶夫斯基的《卡拉马佐夫兄弟》。在这三位作家之中，屠格涅夫成就最低。不过他是一位十足的艺术家，能够敏锐地察觉生活中的诗意。而且他充满了魅力、同情心以及人文关怀。他的作品或许不会让读者大受触动，但也绝不会让人厌恶。

在他最杰出的作品《父与子》中，他首创了一个虚无主义者，这个人物可以称得上是共产主义的先驱。很有趣的一点是，主人公巴扎罗夫身上的许多特质也出现在当今社会中一些政治人物的身上，他们或是给世界造成了巨大的灾难，或是开启了一个新纪元。巴扎罗夫的性格极其残忍，但是他给读者留下了不可磨灭的印象，而且他也不是一个完全冷漠无情的人。他的能力毋庸置疑，尽管小说中的他只是枉费口舌，没有机会去付诸行动，但我们相信，一旦时机成熟，他就能将自己脑中的一个个大胆的想法变为现实。纵然他伟大的形象是阴暗的，但也让人同情。

托尔斯泰《战争与和平》

当我开始写这些书荐的时候，原本想推荐托尔斯泰的《安娜·卡列尼娜》而不是《战争与和平》，因为在我的印象中，前者更好一些。但为了慎重起见，我将这两部作品重读了一遍，现在我可以毫无疑问地断言，《战争与和平》才是真正无与伦比的伟大作品。

在《安娜·卡列尼娜》中，托尔斯泰生动地描绘了19世纪末俄国的人间百态。不过在我看来，这部作品加入了太多有关道德的描写，反而让人无法在阅读过程中得到享受。托尔斯泰极为反对安娜对渥伦斯基的爱，为了告诫读者"罪恶的代价是付出生命"，他偏执地主导了故事的走向。若不是托尔斯泰对她持有偏见，我们实在想不出为什么安娜不能离开与她互不相爱的丈夫，嫁给渥伦斯基，过上幸福的生活。为了制造这一出他谋划已久的悲剧，托尔斯泰把女主人公描写得愚昧、刻薄、令人厌恶、蛮不讲理。无可否认，这样的女人随处可见，对于她们因为自身的愚蠢而遭受的磨难，我们实在很难给予同情。

我之所以对《战争与和平》的态度不够笃定，是因为我觉得这部小说从某种程度上来看有些乏味。全书充斥着有关战争的细节描写，皮埃尔在共济会的那段经历显得尤其乏味。然而，把这些都忽略了之后，《战争与和平》仍然是一部伟大的小说。它以史诗级的大手笔描写了整整一代人的成长和发展。从伏尔加到奥斯特利茨，书中的场景遍布整个欧洲，一系列个性鲜明的人物接连登场，大量的素材处理得当。时而如荷兰画派一般落笔细腻，时而如西斯廷教堂中米开朗琪罗的手笔一般气势恢宏。该书所刻画的生命之困惑将给你留下不可磨灭的印象，当黑暗的力量掌控国家命运的时候，个人显得如此卑微。

《战争与和平》是一部惊心动魄的鸿篇巨制，是一部天才之作。在这部小说中，托尔斯泰完成了小说家最难完成的创举：他刻画了一个自然、迷人、活灵活现的年轻姑娘，她或许是最有魅力的小说女主人公。不过，托尔斯泰对于这部作品的处理还有其他独到之处，这是任何小说家都想象不到的：在小说的结尾，女主人公再度出现，她拥有了家庭，成了一位母亲。原本的俏丽佳人变成了一个挑剔、平庸、臃肿的妇人。或许你会感到震惊，不过只要稍加思索，我们不难发现，这样的事再正常不过了。最后的这个细节也为这部令人叹为观止的小说增添了几分真实性。

陀思妥耶夫斯基《卡拉马佐夫兄弟》

在本书开篇我写道，如果不能把阅读当作一种享受，那便是毫无益处的。然而，当我要将《卡拉马佐夫兄弟》列入推荐书单时，不免有些犹豫。我不知道这部气势恢宏的悲剧作品是否会给读者带来享受。不过这主要取决于读者。如果你能够从风暴肆虐的大海、烈火燃烧的丛林，以及奔袭而来的洪流中获得享受，那么，你一定会喜欢《卡拉马佐夫兄弟》。

而且，我也说过，我要推荐的都是那些不容错过的书，那些会给你带来巨大的精神财富、让你的生活更加充实的书。从这个角度来说，《卡拉马佐夫兄弟》绝对不容错过，它甚至可以说是这份书单上最值得一读的书。除了艾米莉·勃朗特的《呼啸山庄》和麦尔维尔的《白鲸》，再没有哪部小说与陀思妥耶夫斯基的作品相类似。《卡拉马佐夫兄弟》是陀思妥耶夫斯基最杰出的作品。当你在阅读的时候，不能把它当作描写生活中随处可见的普通人的那一类小说。我之前提到风暴中的大海、烈火中的森林，绝不是空穴来风。陀思妥耶夫斯基笔下的人物，大多有阴暗的一面。他们并不是普通人，他们热情、朝气蓬勃，又非常敏感，他们忍受着莫大的痛苦，对待一切事物都非常极端，遭受着上帝的责难。他们的举止就像精神病院里的疯子一样，然而这一切肆意妄为中又隐藏着某种重要的寓意。你会发现，他们在呈现自身的痛苦时，也揭示了人类灵魂深处的可怕力量。

由于《卡拉马佐夫兄弟》篇幅冗长，所以部分内容显得有些零散；不过，除了个别章节，整部作品都能完全吸引住读者。书中包含着不少异常恐怖的场景，但同样也包含了一些极为美妙的画面。我再也想不出有哪部小说能够将人类的崇高和卑劣描写得如此淋漓尽致；同样，也没有哪部小说能够用如此深刻的怜悯以及摧枯拉朽的力量来叙述人类灵魂所承担的痛苦。正是因为陀思妥耶夫斯基自身承受着痛苦，所以他才对苦难中的人们怀有诚挚的同情。他说："不要对他人妄加判断，要懂得爱他人；不要害怕他人所犯的罪孽，要爱那些负罪者。"

读完这本书，你一定不会感到失望，相反，你会感到精神愉悦，因为透过丑陋不堪的罪恶，你将看到真善美的光芒。

托尔斯泰和《战争与和平》

（一）

　　前文提到过，《战争与和平》无疑是最伟大的一部小说。只有智力超群、想象力极为丰富、对世界具有广泛认知、能够深刻洞察人性的作家，才能写出这样的作品。没有哪部小说如此气势恢宏，能够刻画如此重要的历史时期以及如此多样的人物。而且，我推测，将来也再不会有人能够写出这样的作品。从伟大程度来说，也许还是会出现不输于它的小说，但是这一类题材绝不会再有了。随着生活的机械化，随着国家对公民生活控制的严格化，随着教育的统一化，以及人们在机会获取方面的公平化（假设未来世界就是这般模样），人们仍然不是生而平等。

　　有些人生来就具有成为小说家的特殊天赋，然而，他们所接触到的世界以及周围人的行为方式，更有可能造就写出《傲慢与偏见》的简·奥斯汀，而非写出《战争与和平》的托尔斯泰。我将这部小说称为史诗级的作品绝不过分。我实在想不出还有哪部小说能够担得起这一称号。

托尔斯泰的好友斯特拉霍夫，同时也是一位杰出的评论家，他用几句鲜活的语言表达了自己的观点："一幅人生的完整写照，一幅当时俄国的完整写照，一幅人类历史与奋斗的完整写照，一幅能够让人类发现幸福与伟大、悲伤与耻辱的完整写照。这便是《战争与和平》。"

（二）

托尔斯泰生于一个并不盛产杰出作家的阶级。他的父亲是尼古拉斯·托尔斯泰伯爵，而他的母亲玛丽亚·沃尔坎斯卡具有公爵继承权。他是家里五个孩子中年纪最小的，出生于母亲家的祖宅——亚斯纳亚·博利尔纳庄园。他幼年时，父母双亡。之后，托尔斯泰先是跟随家庭教师学习，然后又前往喀山联邦大学深造，最后又去了圣彼得堡国立大学。这位不走运的学生在两所大学都未取得学位。凭借贵族出身，他先后进入了喀山、圣彼得堡以及莫斯科的社交圈子，沉浸于上流社会的纸醉金迷之中。

他身材矮小，相貌平庸。他曾经这样写道："我很清楚，我的长相并不出众，我曾一度感到非常绝望，我觉得在这个世界上，像我一样长着宽鼻子、厚嘴唇以及一双灰色小眼睛的人，是不会幸福的。我祈求上帝让奇迹降临，让我变得英俊，我宁愿付出自己当时以及未来所拥有的一切，只为换来一副英俊的容貌。"然而，他并不知道，他平凡的面孔下透露出一种精神的力量，具有非凡的吸引力。他未曾察觉，他的眼神使他的脸庞独具魅力。他的穿着潇洒（就像可怜的司汤达，希望通过时尚的衣着来弥补外貌的不足），太过重视自己的头衔。一位喀山大学的同学在笔记中如此描述他："我避开了伯爵先生，第一次见面时他显得冷漠极了，头发直立着，眯缝的眼睛让人不寒而栗。我从未见过这样怪异的年轻人，一副神秘莫测、高高在上的样子……我跟他打招呼，他几乎没有任何反应，仿佛在告诉我，我们根本不是一个层次的……"

1851 年，托尔斯泰二十三岁。他去莫斯科待了几个月。在炮兵部队服役的哥哥尼古拉休假，从高加索来到这里，假期结束时，托尔斯泰决定陪他回部队。又过了几个月，他在旁人的劝说下参军，作为一名士官生，参加了俄军对山区反动势力的几次战役。他不留任何情面地批判了这些军官同僚。他写道："起初，这个圈子的许多事情令我震惊，但如今我已经司空见惯，然而我并没有融入这些绅士。我已经形成了一种中庸的态度，既不高高在上，也不容易接近。"多么傲慢的年轻人啊！

他身强体壮，就算徒步走上一整天，或是在马背上待十二个小时也不会累。他嗜酒如命，赌钱的时候，什么都不管不顾，却总是输钱，还背上了赌债。他只好卖掉了亚斯纳亚·博利尔纳庄园属于他的那一部分房产。他的性欲旺盛，也因此染过梅毒。除了这桩倒霉事，他的军旅生涯和任何国家的那些出身高贵、富裕殷实的年轻军官没什么两样。他们精力旺盛，自然要发泄出来，而且他们沉迷于此，因为在他们看来（或者说事实就是如此），这种行为会提高他们在同伴中的声望。从托尔斯泰的日记中可以看到，在一夜放纵（通常是玩女人、打牌、和吉卜赛人狂欢，通过他的小说我们可以看出，这是俄罗斯男人最为常见的取乐方式）之后，他往往会陷入悔恨和自责；然而，一旦有机会，这样的事情又会在他身上重演。

1853 年，克里米亚战争爆发了，在塞瓦斯托波尔被围困期间，托尔斯泰负责指挥一个炮兵连。凭借在切尔纳亚河战役中表现出的"非凡的胆量和勇气"，他被提升为中尉。到了 1856 年，和平条约签署，他随即辞去了军队职务。服役期间，托尔斯泰写了大量随笔和小说，还有一部描写他童年以及少年时代的传奇故事；这些作品一经某杂志发表，就大受关注，所以，当他返回圣彼得堡时，受到了热烈欢迎。他不喜欢那里的人，那些人也不喜欢他。尽管他确信自己是真诚的，可他从不相信别人也是真诚的，而且他也从来不掩饰这样的想法。他从不接受别人的意见。他性格暴躁，反复无常，态度极为傲慢，根本不在乎别人的感受。屠格涅夫曾说，他从未见过比托尔斯泰拷问式的神情更让人不安的东西，再加上几句尖酸刻薄的言辞，一下就能激怒别人。对于别人的批评，他反应激烈。一个偶然的机会，他看到一封信中提到了自己，他就立刻向写信一方发起挑战，他的朋友们好不容易才制止了这场愚蠢的决斗。

当时，俄国兴起了一场自由主义浪潮。农奴解放问题迫在眉睫，而托尔斯泰在首都待了几个月后，回到了亚斯纳亚·博利尔纳，他拿出了一个方案，要让自家的农奴恢复自由之身，然而，他们怀疑当中有诈，断然拒绝了。过了不久，他出国待了一段时间，回国后，他为那些农奴的孩子开办了一所学校。他的教学方式是革命性的。学生们有权不去上学，即便在学校，他们也可以不听老师上课。学校完全没有纪律可言，也没有人会受到惩罚。托尔斯泰负责教学，白天，他都和孩子们待在一起；到了晚上，他还和孩子们一起做游戏，给他们讲故事，同他们一起唱歌，直至深夜。

大约是在这一时期，他和自家的一个农奴的妻子发生了关系，生下一个儿子。他并不是为了一时之快，他在日记中写道："我从未像现在这样坠入爱河。"后来，这个名叫蒂莫西的私生子成了托尔斯泰小儿子的马车夫。传记作家们惊奇地发现：托尔斯泰的父亲也有过一个私生子，而他也是家里某个人的马车夫。我认为，这是一种道德愚钝的表现。我知道托尔斯泰内心非常痛苦，他真诚地希望提高农奴们卑贱的地位，让他们接受教育，让他们生活得干净、体面、有尊严，可他至少应该为这个孩子做点事情。屠格涅夫也有个私生女，不过他无微不至地照顾她，请了家庭教师教育她，对她非常关心。当托尔斯泰看见自己的私生子以农奴身份待在他嫡子的马棚里，他的内心难道没有受到丝毫的谴责吗？

托尔斯泰在性格方面有一大特点，就是能够充满热情地开始一项全新的事业，不过对此产生厌倦也是迟早的事。在毅力方面他有所欠缺。所以，在办学两年后，当他发现结果不如人意，便关门了事。他身心俱疲，对自己失望透顶，身体状况也一落千丈。后来，他写道，如果不是生活之中还有未曾探索的、幸福的一面，他真的就要陷入绝望了。而带来这个转机的就是婚姻。

他决定寻找结婚的对象。考虑了不少符合条件的年轻姑娘，但终究因为各种各样的原因而错失姻缘。最后，他和索尼娅结婚了，这个年仅十八岁的女孩是博斯医生的次女，博斯医生是莫斯科有名的内科医生，与他们家族是世交。托尔斯泰当时三十四岁。夫妇二人在亚斯纳亚·博利尔纳定居。婚后的头十一年，这位伯爵夫人生下了八个孩子，之后的十五年，她又生了五个孩子。托尔斯泰喜欢养马，骑术也很好，他还非常喜欢打猎。他扩大了产业，在伏尔加河东侧购置了新的庄园，后来，他拥有的土地大约达到了一万六千英亩。他的生活遵循着一个很寻常的模式。俄国的大部分贵族，年轻的时候都干着赌博、酗酒、通奸的勾当，结婚后，他们就生一大群孩子，定居在自己的庄园，操持着自己的产业，骑马打猎；他们中也有不少人像托尔斯泰一样主张自由主义，他们对农民的愚昧无知大为苦恼，力求改善他们的命运。而托尔斯泰和这些人唯一的区别就在于，在这个时期，他创作了最伟大的两部小说：《战争与和平》和《安娜·卡列尼娜》。

（三）

据说索尼娅·托尔斯泰年轻时非常迷人。她有着曼妙的身姿，美丽的眼睛，丰腴的鼻子，以及一头充满光泽的黑发。她充满活力，情绪高昂，声音甜美可人。长期以来，托尔斯泰都有写日记的习惯，他不仅记录了自己的希望和想法、祈祷和忏悔，还有他在男女关系以及其他方面犯下的过错。在订婚时，他不想对未来的妻子有任何隐瞒，于是就把自己的日记给她读。当时，她大为震惊，然而，在伤心痛哭、彻夜不眠之后，她将日记归还给他，并原谅了他。虽然她选择了原谅，却没有忘记。他们两人都容易激动，性情多变。通常这种性格容易造成不愉快的结果。这位伯爵夫人为人刻薄，占有欲和嫉妒心极强；托尔斯泰则非常严苛，独断专横，心胸狭窄。他坚持让妻子给孩子哺乳，她原本也乐意为之；然而其中一个孩子出生时，她的乳房疼痛难忍，只能把孩子交由奶妈哺育，于是他就无端冲她发火。他们经常吵架，但终究能和好。他们深爱着对方，总的说来，他们多年的婚姻还算幸福。托尔斯泰非常勤奋，一直刻苦写作。他的字迹通常都很潦草，不过每当他写完一个部分，伯爵夫人就会帮他誊写，她学会了如何辨认他的字迹，就连他匆忙之中写下的不完整的句子，她也能猜出意思。据说《战争与和平》这部作品，她誊写了七遍之多。

为了撰写本文，我参考了艾尔默·莫德的《托尔斯泰的一生》，还借鉴了他翻译的《忏悔录》。莫德的优势在于他认识托尔斯泰及其家人，同时，他的叙述也有很强的可读性。美中不足的是，他过多地谈论自己以及自己的观点，并认为这是理所当然的，然而读者对此并不买账。我要深深地感谢 E. J. 西蒙斯为托尔斯泰所写的那部全面、详细、令人信服的传记。他记录了许多艾尔默·莫德忽略的有趣素材（莫德或许是有意为之）。在很长一段时间内，这部作品必将是英文传记的典范。

在描述托尔斯泰的一天时，西蒙斯教授这样写道："全家人一起吃早餐，主人妙语连珠，整个交谈过程气氛很好。最后，他站起来说：'现在我要工作了。'然后他走进书房，通常手中还端着一杯浓茶。没有人敢打扰他。午后，当他再次出现时，就是要活动活动了，他总是选择散步或是骑马。到了五点钟，他就回来用晚餐，狼吞虎咽地填饱肚子后，他就绘声绘色地说起刚才一路上的见闻。晚餐后，他又走进书房读书，到了八点钟，他会来到客厅和家人或是客人一起品茶。通常，周围还伴随着音乐、朗诵以及孩子们嬉戏的声音。"

这样的生活既忙碌又有益，同时能让人感到满足。就这样愉快地度日，似乎也无伤大雅——索尼娅负责生孩子、照看孩子以及房产，并协助丈夫写作，而托尔斯泰每天骑马打猎，管理庄园，还坚持写作。当时，他已经年近五十，这是人生的一个危险时期。青春一去不返，回首往事，人们不禁会问自己活着究竟有何价值；放眼未来，由于年华老去，又难免心生感慨。托尔斯泰这一生始终被一种恐惧所纠缠，就是对死亡的恐惧。人人都无法摆脱死亡的纠缠，如果不考虑危险和疾病因素，大部分人的死亡都还算合情合理。托尔斯泰在《忏悔录》中对自己当时的心理状态做了这样的描述："五年前，我的身体开始有些异样。起初，我对生命产生了困惑和迷惘，仿佛我不知道应该如何生活或者究竟该做些什么，我也因此感到失落和沮丧。不过当这种感觉消失后，我的生活又重回正轨。然而，后来这种困惑的时刻出现得越来越频繁，而且它们总是以问题的形式出现：生命的意义为何？它又将指引我去向何方？我感到自己长期以来的立足点已经崩塌，竟然再无任何东西可支撑我的双脚。我赖以生存的东西已不复存在，生命再无依托。我的生命戛然而止。我虽然可以保持呼吸、饮食、睡眠此等必需的事情，但这完全不是生活，因为其中再无那些我认为理应实现的愿望。

"这一切降临的时候，恰逢世人皆认为我极其幸运。我年纪还不足五十岁，有个爱我的好妻子，当然我也很爱她，还有可爱的孩子们，以及大片产业，而且我怕不需要多费功夫，就能让这片产业增值……人们都称赞我，老实说，我都能感觉到自己声名在外……我拥有强健的思维和体魄，这在我的同类人中是不多见的：说到体力，我丝毫不逊色于收割作物的农夫；而说到脑力，我能一口气工作八到十个小时，而且并不会因此感到任何不适。

"我是这样看待我的精神状态的：我的生活就像是一个愚蠢而恶毒的玩笑。"

年轻时过度的饮酒给他造成了很大的影响。童年时，他就摒弃了对上帝的信仰，这种信仰的缺失却导致他失去了对于生活的快乐和满足，因为再无任何理论可以支撑他解开生命的谜团。他扪心自问："我为什么而活着？又该怎样活下去？"却无从找到答案。此时，他又恢复了对上帝的信仰，不过对一个如此情绪化的人来说，他的推理过程真是非常奇怪。他写道："我的存在必然是由于某种原因，以及更原始的原因。而这一切追根溯源就是由于上帝的存在。"在某个时期，托尔斯泰沉迷于俄国的东正教，但是让他无法容忍的是教会中的那些博学之士在生活中并不能秉承教义，他发现自己无法接受这些人要求他信仰的一切。他只愿意接受那些平凡而真实的事物。他开始接触那些贫穷、单纯、未受过教育的信徒。随着他对这些人生活的了解逐渐加深，托尔斯泰越来越相信，尽管他们充满了愚昧的迷信思想，但这正是一份对他们来说不可或缺的真正信仰，这份信仰赋予了他们生命的意义，让他们有了活下去的希望。

许多年后，他的观点才最终形成，而在这段时间里，他的人生充满了痛苦、冥想和钻研。这一观点很难被简单地概括，我也是经过再三思量才敢做此尝试的。

他渐渐认识到，真理只存在于耶稣的言辞之中。他完全否定了阐述基督教义的信条，因为这些信条荒谬至极，简直是对人类智慧的侮辱，他否定了基督的神性，以及圣女生子、耶稣复生这样的神迹。他还否定了圣礼，因为这些所谓的圣礼完全违背了基督教义，只是为了掩人耳目。有一段时间，他曾相信死后还有来生，然而后来，他意识到自我不过是宇宙万物的一部分，他完全无法想象自我会因为躯体的死亡而终止。最后，在他行将就木的时候，他声称自己不相信是上帝创造了世界，但他相信上帝存在于世人的意识之中，这样看来，上帝简直就和半人马或独角兽一样，完全是想象中的虚构之物。托尔斯泰深信，基督教义的核心就在于"勿抗恶"；他主张"不起誓"，这一训诫不仅是针对一般的赌咒，对于任何形式的誓言（包括证人席上的言辞以及军人的宣誓）也同样适用；"爱你的敌人，祝福诅咒你的人"这一条教义，则是禁止人们同本国的敌人战斗，或是在受到此类人攻击时发起反抗。托尔斯泰认为，一切信仰都应该付诸行动：如果他认定，基督教的本质就是关爱、谦卑、克己、宽容，他就会义不容辞地放弃生活中的享乐、谦卑待人、接受苦难、多行善举。

索尼娅·托尔斯泰是一位虔诚的东正教徒，她坚持要让自己的孩子接受宗教的洗礼，而且对于任何事情，她都"恪尽职守"。她并不是一个很在意精神世界的女人；事实上，她有这么多孩子，不仅要照顾他们、督促他们接受合适的教育，还要操持一堆事务，实在没有时间去在意精神世界的建设。她完全无法理解也并不赞同丈夫对于信仰的态度转变，可她还是宽容地接受了这一事实。然而，当思想的改变导致行为发生改变时，她感到气愤，而且毕露无遗。此时的托尔斯泰认为自己应该尽量避免消耗别人的劳动成果，于是他开始自己烧炉子、打水、收拾衣服。他想要凡事亲力亲为，还请了一位鞋匠，跟他学怎么做靴子。在亚斯纳亚·博利尔纳，他和农夫们一起耕地、运送干草、劈柴；伯爵夫人大为反对，她认为他一天到晚干的活都毫无意义，即便是对于农民，也只有年轻人才干这样的活。

她在给丈夫的信中写道："你当然会说，这样的生活是你心之所向，你感到很快乐。但这完全是另一码事，我只能说：那你就请便吧！但是我还是感到恼火，这么伟大的精神力量，竟然在劈柴、烧茶、做靴子这样的杂事中耗之殆尽，把这类事情当作放松或是调剂还算不错，可你不能一门心思扑在上面啊。"她的话颇有一番道理。托尔斯泰认为体力劳动比脑力劳动更加高尚，这种想法很愚蠢。体力劳动也不见得更使人疲劳。每个作家都很清楚，通常写作几个小时，身体就会疲惫不堪。任何工作本质上都是没有什么可赞美的。人们从事工作就是为了得以享受闲暇。只有愚蠢的人才会因为不知道要干什么而工作。

不过，尽管托尔斯泰不愿意写小说给那些闲人看，但所有人都认为他应当干点比做靴子更能发挥他才智的活，他的靴子做得实在很差，送给别人的靴子人家都不愿意穿。他的穿着变得像个农民一样，又脏又破。有这么一件逸事，据说某天他装卸完肥料之后去参加晚宴，可是他满身恶臭，不得不把窗户全部打开。他放弃了自己一度痴迷的打猎，甚至为了避免动物被捕食，他变成了素食主义者。多年以来，他一直会适当地喝一些酒，可此时却完全戒酒了，最终，经过一番痛苦的煎熬，他把烟也戒了。

此时，他的几个孩子已经长大成人，为了方便他们上学，同时也是为了大女儿塔尼娅步入社会，伯爵夫人坚持要求举家搬到莫斯科。尽管托尔斯泰并不喜欢城市生活，但面对妻子的要求，他还是选择了妥协。在莫斯科，他对自己所见到的贫富差距大为震惊。他写道："我觉得非常可怕，而且这种感觉简直一刻都不会停止。我们有吃不完的食物，有的人却根本吃不上饭；我有两件外套，而有的人一件都没有，我感觉自己充满了罪恶感。"周围的人一直在劝他，这世间的贫富差距是永远存在的，但都无法让他释怀，他觉得世道不公。他探访了一个贫民夜间住宿点，那惨状令他不忍直视，想到自己一回家就能吃上有五道主菜的大餐，还有两位戴着白手套的侍者在一旁伺候，他感到非常羞耻。对于那些向他求助的贫困者，他总是施以援手，但后来他发现钱财对这些人来说，往往会带来恶果，而非造福。于是，他说道："钱财是邪恶的，而施舍钱财的人也是邪恶的。"因此，他认定自己的产业充满了罪恶，拥有它也是罪恶的行为。

对像托尔斯泰这样的人来说，接下来该怎么做是显而易见的：他决定放弃自己拥有的一切；不过他也因此和妻子产生了激烈的冲突，索尼娅可不想变成身无分文的乞丐，也不想让孩子们一贫如洗。她扬言要去法院上诉，让丈夫宣布自己没有能力管理所有事务。天知道他们为此发生过多少次激烈的争吵，后来托尔斯泰提出将自己的财产交给妻子管理，不过她拒绝了，最后，他将财产分给了妻子和几个孩子。这场争执持续了一年，其间他不止一次离开家，和农民住在一起，不过他还没有走多远，就因为给妻子带来了痛苦而感到内疚，并回到家里。他仍旧住在亚斯纳亚·博利尔纳，尽管这种生活只能勉强称得上奢侈，可他还是对这种奢侈感到羞耻，不过他终究享受着这种生活带来的种种好处。他们夫妇间的矛盾还在继续。他不赞成妻子让孩子们接受传统教育，也无法原谅妻子阻止自己随意支配财产。

由于种种限制，我在概括托尔斯泰的生平时，略去了许多有趣的内容。而对于他性情转变后的三十年，我会介绍得更加简洁。他成了社会名人，被公认为俄国最伟大的作家，同时他作为小说家、导师以及道德楷模，也在全世界享有盛誉。那些以他为精神领袖的追随者不断地开辟新的领域。当这些追随者试图将他的道德准则付诸实践的时候，遇到了重重困难，他们的不幸遭遇显得既有启发性又具有戏剧性。由于托尔斯泰生性多疑、争强好胜、专横独断，而且他向来深信与自己意见相左的人根本不值得交往，所以他几乎没什么朋友。不过，随着他的名气越来越大，大批的学生和崇拜者前往俄国这片圣地，记者、游客、追随者和信徒，不论贫富贵贱，都纷纷来到亚斯纳亚·博利尔纳。

之前我已经说过，索尼娅·托尔斯泰的嫉妒心和占有欲极强。她认为丈夫只属于自己，对于进入家门的陌生人她总是嗤之以鼻。此时，她的忍耐力受到了严峻的考验，她说："他向那些人描述自己所有细腻的情感，同时，他还是像以往一样生活：热衷于甜食、骑自行车、骑马和性事。"她还在日记里写道："我没法不抱怨，因为他为了让别人开心把我们的生活搞得一团糟，我们的日子越来越不好过了……他一味地宣扬爱与善，却对自己的家庭漠不关心，各种三教九流闯入了我们的生活。"

托尔斯泰的早期信徒中，有个名叫切特科夫的年轻人。他家境殷实，曾经担任过警卫队长，不过，当他开始将不抵抗原则奉为人生信条后，便辞去了自己的职务。他是一个忠实的人，一个理想主义者，同时还是一个狂热分子，然而他太过专横，总想把自己的观念强加于人；艾尔默·莫德写道：所有和切特科夫打过交道的人要么变成了他的傀儡，要么与他发生争吵，要么索性躲开他。他和托尔斯泰联系密切，而这样的关系一直持续到了后者离世，他在很大程度上影响了托尔斯泰，这也让我们的伯爵夫人非常气愤。

尽管在托尔斯泰仅有的几个朋友当中，切特科夫的想法显得太过极端，但是切特科夫不断地敦促托尔斯泰更加严格彻底地执行其意志。托尔斯泰致力于自己的精神事业，却忽略了自己的财产，他总价值六百万英镑的财产每年只给他带来区区五百英镑的收益。这显然不够维持家庭的生计和几个孩子的教育。索尼娅说服丈夫将1881 年以前所写的所有作品的版权交给自己，接着她又借了些钱，搞起了出版业。她经营得很好，还清了所借的所有款项。然而保留所有作品版权的做法显然和托尔斯泰的道德观背道而驰。后来，当切特科夫得以左右托尔斯泰时，他怂恿后者放弃了1881 年以后的所有作品的版权，让任何人都可以出版。这一行为彻底激怒了伯爵夫人，可托尔斯泰要做的还不止于此：他又要求索尼娅交出自己早期作品的版权，其中包括他那几部最受欢迎的小说。当然，索尼娅断然拒绝了，因为她自己以及全家人的生计都依赖这些版权带来的收益。接下来便是长期的激烈争吵。托尔斯泰夹在索尼娅和切特科夫之间左右为难。

（四）

1896 年，托尔斯泰六十八岁。他已经结婚三十四年，大部分子女都已长大成人，他的二女儿也即将完婚；而他的妻子在五十二岁时爱上了一个比她年轻很多的男人，一个名叫塔纳耶夫的作曲家。托尔斯泰对此大为震怒、羞耻。这里有一封他写给妻子的信："你和塔纳耶夫的关系简直令人作呕，我实在无法忍受。如果继续这样和你生活下去，只会让我折寿并痛苦一生。你应该知道，我已经受了一年的煎熬。我曾经怒斥你，也乞求过你。到后来，我已经不想再说任何话。我尝试过所有方法，可都不奏效。你们的亲密关系还在继续，而且我估计你们可能会一直这样下去。我再也忍受不了了。很明显，你不愿意和他断绝关系，那我们就只能分开了。对此我已经下定决心，不过我得想一个最合适的处理方法。我想我最好能够出国。我们不妨再一起想想怎样做才是最好。不过有一点是确定的——我们不能继续这样下去了。"

可是，他们并未分开，他们仍旧痛苦不堪地生活在一起。伯爵夫人以一个坠入爱河的老女人的方式纠缠着那个作曲家，起初那个男人或许受宠若惊，但他很快就厌倦了这种毫无所得、荒谬不堪的爱情。她终于意识到他在回避自己，最后，他还在公开场合辱骂了她。她深感羞愧，不久后，她就认清了塔纳耶夫"肉体和灵魂都无耻粗鄙"的真面目。这桩有失体面的桃色事件也就此告终。

此时，他们夫妻不和已经是众所周知的事，最令索尼娅痛苦的是，托尔斯泰的追随者们（如今这是他仅有的朋友）都站在他那一边，而且，由于索尼娅阻止托尔斯泰按这些人的意愿行事，他们都对索尼娅充满敌意。托尔斯泰精神的皈依并没有为他增添多少快乐，反倒让他失去朋友、家庭不和、夫妻争吵不休。他的追随者们对他口诛笔伐，因为他还过着安逸无忧的生活，而事实上，就连他自己也觉得这样的谴责无可厚非。他在日记中写道："我已年近古稀，虽然精力仍旧充沛，却向往宁静独居的生活，虽然这一点也不够协调，但要好过我的生活和我的信仰以及道德观之间的极端矛盾。"

他的健康状况越来越差。接下来的十年光景，他屡患疾病，其中有一次病情非常严重，差点致命。在这段时期与他交往的高尔基这样形容他：身形瘦小、头发灰白，但是目光如炬，比过去更加敏锐。他的脸上满是皱纹，白色的长胡须杂乱不堪。八十岁的他已是风烛残年。又过了两年，八十二岁的他衰老得更快了，再过了几个月便去世了。而这几个月充满了令人不快的争吵。显然，切特科夫并不赞同托尔斯泰认为"钱财是罪恶的"这一观点，他一掷千金为自己在亚斯纳亚·博利尔纳建了一座豪宅，尽管托尔斯泰反对他如此挥霍，但这毕竟为两人之间的交往提供了便利。这段时间，他敦促托尔斯泰履行自己的心愿，在死后将所有作品的版权献给公众。托尔斯泰在二十五年前转交给妻子的小说版权，现在竟然要被夺走，这让后者怒不可遏。她和切特科夫之间的仇恨被彻底激化了。

除了最小的女儿亚历珊德拉完全听从切特科夫的指示，其他几个孩子都站在母亲一边。尽管托尔斯泰已经将自己的财产分给了他们，但他们不想过父亲期望中的那种生活，他们也无法接受父亲作品带来的巨大收益被剥夺的这一现实。据我所知，他们当中没有一个人有能力自力更生。尽管面对家庭带来的重重阻碍，可托尔斯泰还是立下遗嘱，将所有作品的版权献给公众，同时，他还宣布自己死后所有的手稿归切特科夫所有，这样一来，所有想出版他作品的人便无须支付任何版权费。但这显然不符合法律规定，于是切特科夫又敦促托尔斯泰立下另一份遗嘱。为了防止伯爵夫人知晓实情，公证人被悄悄地带进托尔斯泰的书房，托尔斯泰反锁房门后又亲手抄了一份文件。在这份遗嘱中，所有的版权归小女儿亚历珊德拉所有，正是切特科夫建议将她列为继承人，他曾经轻描淡写地说道："我非常清楚，托尔斯泰的妻子儿女不愿意看见一个外人成为这份遗产的受赠人。"这番话是可信的，因为正是这份遗嘱断了托尔斯泰妻儿的主要经济来源。不过切特科夫对此并不满意，他又起草了一份遗嘱，托尔斯泰就坐在切特科夫豪宅附近树林的一个树桩上抄写了一遍。切特科夫也因此获得了托尔斯泰的全部手稿。

其中最珍贵的是托尔斯泰晚年的日记。他们夫妇长期以来都有写日记的习惯，任何一方都有权看对方的日记，这件事完全是可以理解的，但这是个不幸的安排，因为一旦谁读到了对方的抱怨之词，便会导致激烈的争吵。托尔斯泰早年的日记都在索尼娅的手中，可他人生最后十年的日记都交给了切特科夫。索尼娅决心要回这些日记，一方面因为这些日记可以带来一些收益，更为重要的是托尔斯泰坦率地记录了他们夫妇之间的不和，而索尼娅不愿将这部分内容公之于众。她写信给切特科夫，要求他归还这些日记。后者断然拒绝了。于是她又威胁切特科夫说，如果不归还日记，她就服毒或者自溺而亡，托尔斯泰被她闹得不得安生，只好向切特科夫讨回了日记。不过他并没有把日记交给索尼娅，而是放进了银行的保险柜。切特科夫为此给托尔斯泰写了一封信，后者关于该信在日记里这样写道："我收到了切特科夫的一封来信，信中满是辱骂和谴责，简直骂得我体无完肤，有时候我真想远远躲开所有人。"

幼年时，托尔斯泰就时常想远离这个混乱不安的世界。他想找个地方独自生活，安然地享受自我。就像其他许多作家一样，他将自身的渴望寄托在了小说中的两个人物身上，那便是《战争与和平》中的皮埃尔以及《安娜·卡列尼娜》中的列文，他特别偏爱这两个人物。当时生活中的种种不愉快让他对这种愿望几乎达到了一种痴迷的状态。他的妻子和儿女折磨着他；朋友们的反对意见也令他心烦意乱，他们觉得他应该坚持自己的原则，将之完全付诸实践。他们中有不少人因为他违背了自己宣扬的道理而愤恨不已。每一天，他都会收到许多反对他的信件，人们在信中指责他虚伪。一个极端的追随者在信中请求他放弃所有产业，将钱财分给亲戚和穷人，自己什么也不要留在身边，像乞丐一样在城市中流浪。

托尔斯泰这样回复道："你的来信让我感触很深。你的这个建议一直是我神圣的梦想，但就目前来说，我还无法这么做。原因有很多……但最主要的一点是，如果我这样做的话，一定不能影响到其他人。"我们都很清楚，人们时常把自己的真实行为强加于无意识的背景之中。而针对这件事，我认为，托尔斯泰之所以没有遵从自己的良知以及那些追随者的促请，根本就是因为他不愿意这么做。

关于托尔斯泰的心理状况，有一点我从未见到任何人提及，不过任何一个研究过作家生平的人都应该很清楚，对每一个富有创造力的作家来说，其作品或多或少是一种对于本能、欲望或是妄想（随便你怎么形容）的升华，作家们由于种种原因，压制了这种情感，将其通过文学表达出来，他自身也甩开了禁锢，这些情感也完全得到了释放。但这并不是最完美的结果，作家们还觉得做得不够。这就是作家们赞颂具有实干精神的人，虽不情愿却仍然仰慕他们的缘由。如果托尔斯泰没有因为文学创作而丧失了一部分决心，或许他会发现自己完全有能力去做那些自己认为正确的事。

　　他是一位天生的作家，总是出于本能地以最高效而有趣的方式处理问题。我指的是他的那些寓意深厚的作品，为了使自己的观点更具有说服力，他不加顾虑地振笔疾书，如果他停笔考虑片刻这样做所导致的后话，势必无法直抒胸臆。当然，托尔斯泰也做出过完全意义上的妥协。因为，如果妥协在某项实践中是不可避免的，那就说明该实践是行不通的，那么其相应的理论也必然存在问题。然而不幸的是，托尔斯泰的朋友以及亚斯纳亚·博利尔纳的追随者们都无法接受他们的精神领袖做出妥协让步的举动。他们为了自以为崇高的信念，一再逼迫这位老者做出自我牺牲，实在是过于残忍。他被源于自我的信条所禁锢。他的作品以及他对公众的许多灾难性影响（有些人被流放，有些人则被捕入狱），连同他的热忱、他被激发的爱、他受到的崇敬，逼得他只有一条出路，可他却无法迫使自己走这条路。

　　最后，他终于远离家园，踏上了那段不幸却值得庆祝的旅程，但他之所以下决心迈出这一步，却不是由于良知或是追随者们的驱使，而是为了躲避自己的妻子。这件事的起因实属偶然。那天他已经上床睡觉了，没过多久，他听见索尼娅在自己的书房搜寻文件。自己暗中立下遗嘱的事情一直萦绕在他心里，或许托尔斯泰当时以为妻子已经察觉到了这件事，正在寻找遗嘱。于是当妻子离开后，他就起床，拿了一些手稿，收拾了几件衣服，随后叫醒了这段时间一直住在家里的医生，说自己要出远门。他还叫醒了亚历珊德拉，接着他又叫醒车夫起床，给他准备好马匹，随后，医生陪托尔斯泰一同驱车去了火车站。

当时是清晨五点钟，火车站挤满了人，他们只能站在车厢尽头的露天平台上淋着寒冷的雨。他第一站去了沙马丁，他的妹妹在当地的一所修道院做修女，而亚历珊德拉也在那儿和他会合。她带来了一条消息：伯爵夫人在得知托尔斯泰离开后，曾试图自杀。这并不是什么新鲜事，不过她总是会暴露自己的意图，因而也从未酿成悲剧，只是一场场令人生厌的虚惊。亚历珊德拉让他走得更远些，以免她母亲发现他的行踪后赶来。于是他们一道前往罗斯托夫。途中他染上了伤风，病得很重，因此医生让他必须在下一站下车。这个落脚的地方就是阿斯塔波沃。火车站的站长得知了他的身份，把自己的房子让给他养病。

第二天，托尔斯泰给切特科夫发了电报，亚历珊德拉也托人捎信给自己的长兄，让他从莫斯科带一名医生来。然而，托尔斯泰声名远播，他的任何举动都不会无人知晓，不到一天，就有记者将他的落脚点透露给了伯爵夫人。于是，她和家里的几个孩子急忙赶往阿斯塔波沃，但此时，他已经病危，身边的人觉得还是不要把伯爵夫人前来的事告诉他，他们也将伯爵夫人拒之门外。他患病的消息引起了全世界的广泛关注。接下来的一个星期，阿斯塔波沃火车站内挤满了政府代表、警员、铁路工作人员、记者、摄影师以及其他各类人。他们就住在车厢里，一节节车厢被移出轨道，成了房子。当地的电报局根本忙不过来。托尔斯泰就这样于公众的关注下等待着死亡的来临。

更多的医生赶来了，到了最后，他身边总共有五名医生照料。他大部分时间都处于昏迷状态，清醒的时分却总是记挂着索尼娅，他始终以为索尼娅还在家里，不知道他的行踪。他知道自己行将就木，他过去曾惧怕死亡，现在却释然了。他说："就这样结束吧，不要紧。"他的病情越来越重。在神志不清时，他不断地呼喊着："快逃啊！快逃！"最后，索尼娅终于得以进入房间，他已经完全失去了意识。她跪下来，亲吻了他的手，他叹了口气，但并没有其他任何迹象表露出他知道妻子来了。1910 年 11 月 20 日早晨六点刚过几分，托尔斯泰永远离开了人世。

（五）

托尔斯泰在三十六岁时开始创作《战争与和平》。这正是创作优秀作品的黄金年龄。在这个年龄的作家，写作手法往往都日趋成熟，也有了一定的生活阅历，思维足够活跃，创造力也达到了巅峰。托尔斯泰所选择的创作背景是拿破仑战争时期，故事的高潮部分是拿破仑入侵俄国、莫斯科大火、法军的溃败及覆灭。在这部小说的创作初期，他本打算描写一个贵族家庭的生活经历，历史事件只是作为背景。故事中的人物将会有一系列对他们的精神生活产生深刻影响的痛苦经历，最终过上平静快乐的生活。后来在创作的过程中，托尔斯泰才把越来越多的笔墨用于交战双方的激烈斗争，并且构想出"历史哲学"这一庄重的名词。

不久前，以赛亚·伯林先生出版了一本非常有趣并且具有教育意义的小册子，叫《刺猬和狐狸》，在这本书中他提到："对于我现在必须简单讨论的这个话题，我想说，托尔斯泰的想法受到了著名外交官约瑟夫·德·麦斯特的作品《圣彼得堡的夜晚》的启发。这并不是在贬低托尔斯泰。小说家的职责不是创造想法，而是创造充当他们原型的人物。想法就像人类、人类生存的城乡环境、发生的事件（事实上就是关于人类的一切）一样，可以为小说家随意使用，以创造出一件艺术品。"看过伯林先生的书后，我感觉有必要去阅读《圣彼得堡的夜晚》。对于托尔斯泰在《战争与和平》结尾的第二部分详细表达的想法，德·麦斯特先生用了三页进行阐述。此想法的要点可以用一句话来总结："是观点导致战争的失败，亦是观点带来战争的胜利。"托尔斯泰曾在高加索和塞瓦斯托波尔目睹过战争，由于这些切身经历，他才能够在小说中生动地描绘出各种人物所参加的战争。他观察到的现象与德·麦斯特先生的想法非常一致。但是他写出来的东西过于冗长，并且有些复杂。我认为，从他叙述过程中的零散的语言和安德烈公爵的反思中，我们可以更好地了解到他的想法。顺便说一句，这是小说家表达自己想法的最合适的方法。

在托尔斯泰看来，由于偶然因素、未知力量、判断失误、意外事件的存在，根本没有什么精确的战争科学，因此也不存在什么军事天才。影响历史进程的，并非人们普遍认为的伟人，而是一种不可名状的力量，这种力量贯穿诸国，驱使它们无意识地取得胜利或失败。军队的领导者所处的位置，相当于一匹被套在马车上、正往下坡猛冲的马——某种意义上来说，这匹马不知道是自己在拖着马车跑，还是马车在迫使它往前跑。拿破仑能够获得战争的胜利，并不是由于他的战略好或者他带领的军队强大，事实上由于战局发生了变化或是命令没有得到及时传达等原因，他的命令并未被执行；造成该结果的原因是敌方认为他们已经战败，于是放弃了战斗。结果取决于一千个不可预料的偶然因素，并且其中任何一个都可能是决定性因素。"从自由意志角度来看，拿破仑和亚历山大对各类事件的贡献，并不大于那些被迫应征入伍的士兵。""那些声名卓著的伟人，实际上都是历史的标签，尽管他们的名字和各类事件联系在一起，但他们往往并未产生什么决定性作用。"托尔斯泰认为，他们只不过是名义上的领袖，被时势推动着前进而已，他们既不能反抗也不能掌控。这个观点令人有些困惑。我不知道他到底如何调和"命中注定、不可抵抗的必然性"与"多变机会的偶然性"之间的矛盾，因为一旦命运推门而入，机会便会破窗而出。

我们不难得出一个结论，那就是托尔斯泰所持的历史哲学产生于他贬低拿破仑的愿望，至少从某些方面来看是这样的。拿破仑很少直接出现在《战争与和平》的故事中，即便当他出现的时候，他也被塑造成了一个无足轻重、容易上当、愚蠢可笑的形象。托尔斯泰把他称作为："历史中一个微乎其微的工具，从未显露出男子气概，即便在流放时也是如此。"就连俄国人都视其为伟人，托尔斯泰对此感到非常气愤，要知道他甚至连个骑马的样子都没有。

在这里我必须说一下我的观点。法国革命造就了很多像科西嘉律师儿子那样的雄心勃勃、聪明勇敢、无所顾忌的年轻人；人们不禁要问，一个长相平平、说话带有外国口音、无钱无势的年轻人，是如何取得一次次战争胜利，成为法国的独裁统治者，让半个法国都置于其统治之下的？如果一个桥牌选手在一项国际锦标赛中获得了胜利，我们可能觉得是他运气好或者搭档优秀；但是即便他的搭档再怎么优秀，如果他连续多年都获得国际锦标赛的胜利，那我们最好承认，他拥有特殊才能和卓越的天赋，而不是声称他的胜利是由于之前的偶然事件所带来的不可抵挡的巨大压力。我本应该想到，一个伟大的将军就像一名优秀的桥牌选手一样，同样应当具备这些综合素质——知识、辨别力、勇气、预测形势的智慧、判断对手心理的直觉。当然，拿破仑得益于他所处的时代，但如果要否认他具备利用时代机遇的天赋，那必然是对他的偏见。

然而，这些都没有对《战争与和平》的震撼力和趣味性产生影响。这本书所叙述的故事就像日内瓦罗纳河奔腾的急流涌向莱蒙湖平静的湖面。据说此书约有五百个人物，并且个个站得住脚，这是一项了不起的成就。与大多数小说不同，该书并不是把重点只放在两三个人物或者某一群体的身上，而是立足于四个贵族家庭。这四大家族分别是罗斯托夫家族、保尔康斯基家族、库拉金斯家族和别祖霍夫家族。正如书名所示，这部小说以战争与和平作为对比鲜明的背景，展现人物的命运。当小说主题需要作者处理各种各样的事件、不同的群体时，困难之一就是如何让读者相信并且坦然接受事件之间的过渡，以及群体之间的过渡。如果作者成功做到了这一点，读者就会觉得，作者叙述的一系列事件和群体都是他必须了解的，并且他渴望了解其他未知的事件和群体。总的来说，托尔斯泰巧妙地完成了这项艰巨的工作，所以我们才感觉自己是沿着一条叙事线索在阅读这本书。

就像大多数小说家一样，托尔斯泰也是根据他认识或者听说的人来进行角色的塑造。不过似乎他并不只是将这些人作为想象产物的原型，而是忠实地描绘他们。挥霍的罗斯托夫伯爵对应的是他的祖父，尼古拉斯·罗斯托夫对应的是他的父亲，既可怜又可爱、相貌丑陋的玛利娅公爵小姐则对应着他的母亲。有人曾认为，在刻画皮埃尔·别祖霍夫和安德烈·保尔康斯基公爵这两个人物时，托尔斯泰想的是他自己。若真是这样，那我们说，托尔斯泰是在意识到自身的矛盾后，以自己为原型刻画了这两个相互矛盾的人物，目的是了解他自己的性格，也不算是瞎扯。

皮埃尔和安德烈公爵这两个人物都爱上了罗斯托夫伯爵的小女儿——娜塔莎。托尔斯泰把她塑造成了小说中最可爱的女孩。要塑造一个既有魅力又风趣的年轻女孩，是最困难的事情。一般而言，小说中的年轻女孩要么平庸无奇（《名利场》中的艾米莉亚），自命清高（《曼斯菲尔德庄园》中的范妮），过于聪明（《利己主义者》中的康斯坦莎·达勒姆），要么是笨蛋（《大卫·科波菲尔》中的朵拉），或者是愚蠢的卖弄风骚之人，或者又天真得令人难以置信。刻画她们对小说家而言比较棘手，这是可以理解的，因为在她们那样的年龄，个性还没有形成。同样地，要让一个画家把一张脸画得生动，前提必须是这张脸经过生活、思想、爱情和苦难的历练已经形成了个性。

要刻画一个女孩子，最好的方法是展现她青春时期的魅力和美貌。但娜塔莎被刻画得真实自然。她善良，敏感，富有同情心，孩子气，却又拥有女人味，充满理想主义，脾气急躁，热心肠，性格固执任性，从各方面来看都很迷人。托尔斯泰塑造过很多女性人物，而且都非常真实，却从来没有一个像娜塔莎这样赢得读者的喜爱。而她的原型是托尔斯泰妻子的妹妹塔尼亚·博斯，他为她痴迷，正如查尔斯·狄更斯被其妻子的小妹妹玛丽·霍格斯所吸引一样。这样的巧合真是令人深思啊！

皮埃尔和安德烈公爵都爱娜塔莎，在这两个男性人物身上，托尔斯泰都赋予了自己追求生命的意义和目标的热情。这一点在安德烈公爵的身上更加明显。他就是当时俄国大环境下的普遍产物。他是一个有钱人，拥有大量土地，还有很多奴隶可供他使唤，假如有奴隶惹怒了他，他可以剥光他们的衣服，鞭打他们，或者以暴力夺取他们的妻子孩子，把他们送到军队做壮丁。假如他喜欢上某个女孩或者已婚女人，他可以派人把她们带来，取悦自己。安德烈公爵长相英俊，轮廓分明，眼神慵懒，神情倦怠。事实上，他就是浪漫主义小说中的"披着漂亮外衣的恶魔"。这个人物非常英勇，以自己的血统和地位而自豪，品格高尚，但同时又傲慢自大，专横傲慢，心胸狭隘，不讲道理。对待和自己处于相同地位的人，他态度冷漠傲慢；而对待地位较低的人，他态度和善，愿意庇护他们。他聪明，雄心勃勃。托尔斯泰对他的描述十分巧妙："当他有机会指导和帮助年轻人在上流社会取得成功的时候，安德烈公爵通常都表现得非常热心。他骄傲自负，从来不会接受别人的帮助，却打着帮助别人的名号，接触上流社会那些获得成功、吸引他的人。"

皮埃尔这个人物就更加令人不解了。他身材庞大，相貌丑陋，视力很差，必须戴眼镜才能看得清楚，而且非常臃肿。他暴饮暴食，是个花花公子，还很愚笨。但是他性格很好，待人真诚，善良体贴，不自私。因此，认识他的人很难不喜欢他。他很富有，乐意让那些阿谀奉承者随意把手伸进他的钱包，也不管这些人是否值得交往。他是一个赌徒，曾被自己所在的莫斯科贵族俱乐部会员残忍欺骗。他很早就与一个漂亮的女人结婚，而这个女人嫁给他只是为了他的钱财，她还对他不忠。在与妻子的情人进行了一场滑稽的斗争后，他离开了她，前往圣彼得堡。途中他偶然遇到一个神秘的老者，他是共济会成员。他们交流起来，皮埃尔坦言自己不相信有上帝。"如果上帝不存在，我们现在就无法谈论他。"这位共济会成员答道，接着老者又继续向他解释用本体论证明上帝存在的基本形式。这是由坎特伯雷大主教安塞姆所提出的理论，内容是这样的：我们将上帝定义为想象力的最伟大产物，而想象力的最伟大的产物是必然存在的，否则就必然存在另一个同样伟大的产物。由此可见，上帝是存在的。这个说法遭到了托马斯·阿奎那的抵制，还被康德推翻了，但皮埃尔被说服了。当他到达圣彼得堡后不久，他就加入了共济会。

当然，在小说中，对于事件（无论是具体的还是精神上的）的描写必须进行缩短，否则小说永远无法完结。一场长期战争，必须用一两页描述完，除了作者认为必须交代的内容，其他都应忽略。对于内心变化的描写也是如此。在这方面，似乎托尔斯泰做得远远不够。如此突然的一场对话令皮埃尔这个人物显得异常浮于表面。然而结果是，皮埃尔决定放弃颠沛流离的生活，返回庄园，将他的奴隶释放，然后献身于他们的福祉。但他被自己的管家欺骗了，如同之前被赌博的朋友欺骗一样，他的美好意愿受到了阻碍。由于缺乏毅力，他的慈善计划大多数都未实现。他又回归到原来那种懒散的生活状态。当他发现共济会的大多数会友只注重形式和礼节，而且很多人加入的原因"只是为了接近富人，然后从中获利"时，他对共济会的热情也消减了。带着厌恶和疲惫的心情，他再次开始赌博、喝酒，过着淫乱的生活。

皮埃尔深知自己的缺点，并且厌恶这些缺点，但缺乏坚强的意志去改正。他谦虚、高尚、温厚，但奇怪的是，缺乏常识。他在博罗季诺会战中的表现简直愚蠢至极。作为一个平民百姓，他竟然驾着马车进入战场，阻碍了所有人的道路，令自己变成惹人讨厌的家伙。到最后，为了活命，他又仓皇而逃。当莫斯科大疏散的时候，他又选择留下来，还作为纵火嫌疑犯被捕，被判死刑。后来，死刑豁免，他被关了起来。当法国军队在仓皇撤退时，他和其他罪犯一起被押解上路，最后是一群游击队员救了他。

要想了解皮埃尔这个人物有些困难。他善良谦虚，性情温和，却又很软弱。我认为这个人物是非常逼真的。我觉得，可以把他视为《战争与和平》的男主人公，因为最后他娶到了迷人可爱的娜塔莎。托尔斯泰必然很喜欢这个人物，因为他在创作时，带着柔情和同情之心。但我也思考，到底有没有必要把他刻画得如此愚蠢。

要创作《战争与和平》这样的一部复杂的长篇小说，而且又历经如此漫长的时间，作者难免会出错。托尔斯泰以撤离莫斯科和拿破仑军队的覆灭作为小说的结尾，但是在这个篇幅很长却非常必要的叙事部分，存在一个问题，那就是他在向读者传达大量已知的事情，除非读者对历史异常无知。其导致的结果是，缺乏惊喜，读者不再期待后面的故事发展。尽管托尔斯泰叙述的事件悲惨且激动人心，读者也会失去一定的耐心。他用这些章节把一些松散的事件紧密联系在一起，让我们早已忽略的人物再次出现在场景中。但我认为，他的主要目的是介绍一个新的人物，而这个人物将对皮埃尔的精神世界发展起到重要的影响。

这个人物就是皮埃尔的狱友——柏拉图·卡拉塔耶夫，他是个农奴，因偷盗木材被判入狱。在当时那个时代，他属于俄罗斯知识分子重点关注的那一类人。他们生活在严酷的独裁统治之下，了解贵族阶层生活的空洞乏味，商人阶层的无知狭隘，所以他们坚信只有依靠被压迫、受到不公平对待的农民阶层，才能够拯救俄罗斯。托尔斯泰在《忏悔录》中告诉我们，对自身阶层失望的他，如何求助于老信徒去追求赋予生命意义的善良和信仰。当然毫无疑问，地主、商人、农民都有好坏之分。"只有农民身上才有美德"的这种观点，只是文学作品造成的一种错觉。

托尔斯泰对这位普通士兵的塑造是《战争与和平》中最为成功的人物塑造之一。所以皮埃尔很自然地被他所吸引。柏拉图·卡拉塔耶夫爱所有的人，大公无私，敢于承担任何艰难险阻。他个性善良，品格高尚。正如之前容易受到其他人的影响一样，皮埃尔发现了他身上的善良特质，也开始相信善良："已经支离破碎的世界，在他的灵魂深处再次涌动，具有了全新的美感，建立在一个全新的坚不可摧的基础之上。"从柏拉图·卡拉塔耶夫的身上，皮埃尔认识到："人类的幸福只有从内心深处找寻，源于对基本需求的满足；不幸并非来源于贫困，而是拥有的太多；生命中没有什么是难以面对的。"最终，他发现自己拥有了内心的平静，这是他一直在寻找却一直没有找到的东西。

如果有些读者认为托尔斯泰对撤退部分的描述没有什么意思，那么在小说结尾的第一部分，他就做了补偿。这部分写得实在巧妙。

老一辈的小说家习惯在讲完故事之后向读者交代主要人物后来的命运：男主人公和女主人公过着富足幸福的生活，生了很多孩子；而坏人（假如在结局还没有被打败的话）则沦落到贫困的境地，娶了一个唠叨的妻子，罪有应得。但他们用一两页草草交代这些内容，会给读者留下这样的印象：这是作者为了安慰他们所使的小伎俩。而托尔斯泰要让结尾具有真正的意义。七年过去后，读者被带到尼古拉斯·罗斯托夫的家中，发现他已经娶了一个有钱的妻子，有了孩子。安德烈公爵在博罗季诺会战中因伤致死。尼古拉斯娶的人就是他的妹妹。皮埃尔的妻子在入侵期间合乎时宜地去世，如此他顺理成章地娶到了他倾慕已久的娜塔莎。他们也有了孩子，彼此相爱，不过天哪，他们的生活竟然如此平庸乏味！经历了重重危险、遭受了痛苦和折磨之后，他们安定了下来，心满意足地过着中年生活。娜塔莎，曾经那么可爱甜美、难以捉摸的女孩，如今却变成了一个挑剔、苛刻、脾气暴躁的家庭主妇。尼古拉斯·罗斯托夫，曾经那么英勇热情，却变成了一个固执已见的乡绅。皮埃尔变得比之前更胖，不过依旧和善，但不如以前聪明了。这样的一个幸福结局实际上带有悲剧色彩。

我觉得，托尔斯泰在写这段时并没有带着痛苦，因为他知道这就是生活最终的样子，他不得不讲述事实。